中国传统美德
教育好故事

ZHONGGUO CHUANTONG MEIDE JIAOYU HAOGUSHI

从故事中学习人生成长的好方法

主　编：金改平

编　写：徐昆林　程　梅　陈庆平　魏春楠

书法插图：石　峰

云南出版集团公司
云南科技出版社
·昆明·

图书在版编目（ＣＩＰ）数据

中华传统美德教育好故事 / 金改平主编. —昆明：云南科技出版社，2013.8

（教育好故事丛书）

ISBN 978-7-5416-7420-4

Ⅰ.①中… Ⅱ.①金… Ⅲ.①故事—作品集—中国 Ⅳ.①I247.8

中国版本图书馆CIP数据核字（2013）第185769号

责任编辑：赵　敏　张向清
封面设计：晓　晴
责任印制：翟　苑
责任校对：叶水金

云南出版集团公司

云南科技出版社出版发行

（昆明市环城西路609号云南新闻出版大楼　邮政编码：650034）

昆明研汇印刷有限责任公司印刷　全国新华书店经销

开本：787mm×1092mm　1/16　印张：13.25　字数：280千字

2013年8月第1版　2013年8月第1次印刷

定价：36.00元

庆贺　期盼

　　金改平老师与十余位多年从事教育教学教研工作的老师一起，将所见所闻的教育故事并加上自己的感悟分类编写成一套书，共六本。很有意义，特致祝贺。

　　期盼世界文明进步，务须尽快改善人心！

　　不要让今天的无知，增加明天的后悔。

　　人，生命有限，不必将憎恨及不顺心的事情驻留在心间。成功人士的经历明明白白地证实，优秀是从勤奋、刻苦中接受正道教育所得。天赋、兴趣及机遇也大有催化作用。

　　昨天经历的事情今天成为故事。真正可取的故事由读者品味评说、养德启智、终身受益、除邪归正、铭铸心田、安康常伴。盼平安，得先心安；要心安，须先得理；要得理，务需受良善真诚的教育。

　　期盼读者从细读这些故事中真实地共同得到安定和快乐！

伴草山民：容津蕃涂鸦

癸巳岁夏末于苴兰城

神州希望

各司其職

恩恩感恩恩

癸巳荷月於苴簫城中

學弟容津番

【目 录】

中 华 传 统 美 德
教 育 好 故 事

【第一篇】

孝悌篇

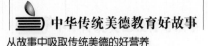
挑三拣四了。

朋友对您说

让孩子做家务的好处很多：1. 从小他能感恩父母，感恩他人，所谓习劳知感恩。2. 婚后家庭会和睦，会做一个好妻子、好丈夫。3. 在集体中，他会是个很勤劳的人，人际关系非常好。否则在公共场合，大家都在打扫卫生，他不干，东西放得又没有秩序，会很让人讨厌的。

孙元觉苦心劝父

从前，有个叫孙元觉的少年，小时候就十分懂事，可他的父亲对祖父却非常不孝敬。有一天，父亲要把病弱的爷爷扔到深山里去。孙元觉哭着跪倒在父亲面前，恳求他不要这样做。可是父亲却哄骗他："爷爷年老了，年老不死会变成妖怪的。"来到了山里，父亲把爷爷放下就要离开。这时，孙元觉对父亲说："扔了爷爷把筐子拿回去吧。"父亲不明白他的意思，孙元觉说："等到你老了，我好用它来装你，把你扔到山里来呀。"父亲一听，大吃一惊，最终改变主意，又把爷爷接回了家。

朋友对您说

我们说的孝顺不是愚孝，对于父母的过失我们应该善巧地劝谏，如《弟子规》说："亲有过，谏使更；怡吾色，柔吾声。"

兰姐善谏

明朝有个童养媳，名叫兰姐，十二岁的时候，看见婆婆和太婆相骂，婆婆骂太婆是老而不死的讨厌东西。兰姐就在那一天夜深的时候，流着眼泪，跪在婆婆的面前说："婆婆和太婆相骂，是给后人一个不好的榜样。假使将来婆婆年老的时候，也有人把婆婆当讨厌的东西看，那么婆婆又觉得怎样呢？每个人都有年老的时候，寿长寿短是有天命的，媳妇但愿婆婆像太婆一样长寿才好。"她的婆婆听了这一番话之后，非常感动，同时也觉悟过来，很孝顺自己的婆婆了。后来兰姐生了五个儿子，有两个儿子中了进士。

朋友对您说

《弟子规》教育我们"将加人，先问己，己不欲，即速已"。将心比心，冷暖自知。

韩伯俞孝母

汉代梁州有一个孝子叫韩伯俞，生性孝顺，深得母亲欢心。只是母亲对他十分严厉，尽管对他非常疼爱，但是偶尔也会因他做错事而发火，用手杖打他。每当这时，他就会低头躬身地等着挨打，不加分辩也不哭。直等母亲打完了，气也渐渐消了，他才和颜悦色地低声向母亲谢罪，母亲也就转怒为喜了。

到了后来，母亲又因故生气，举杖打他，但是由于年高体弱，打在身上一点也不重。伯俞忽然哭了起来，母亲感到十分奇怪，问他："以前打你时，你总是不言声，也未曾哭泣。现在怎么这样难受，难道是因为我打得太疼吗?"伯俞忙说："不是不是，以前挨打时，虽然感到很疼，但是因为知道您身体康健，我心中庆幸以后母亲疼爱我的日子还很长，可以常承欢膝下。今天母亲打我，一点也不觉得疼，足见母亲已体力衰迈，所以心里悲哀，才情不自禁地哭泣。"韩母听后将手杖扔在地上，长叹一声，无话可说。

朋友对您说

孝子的挚诚，实在令人感动。反思我们现在对父母的态度，我们当心生惭愧，因为父母为了儿女的成长耗尽了他们青春，日渐衰老。我们作为儿女，当父母去世之后，虽然不一定像古人那样在父母的墓旁守孝三年，但是我们要在内心常常追思、感怀父母养育的恩德，一生一世都不能忘怀。

包实夫拜虎

明朝包实夫，侍奉双亲，非常尽心尽力，同时他也是一位饱读诗书、通达五经、明白做人道理之人，学问、道德、涵养都非常高。他当时在太常（主管礼仪的机关）里教书，每年岁末他一定要回家去探望父母。一次在途中遇到一只老虎，他被老虎叨着衣服拖到山林里去。于是，他就对老虎叩拜，说道："你是不是要把我吃掉呢？没有关系，那是我的命运注定的。但是，我还有父母在家，年纪很大，七十多岁了，能不能容我回去把孝养父母这一份责任尽到？我一定回来供养你，让你吃。"没想到老虎竟然把他给放了。可见一个人的真诚心一发，连凶猛的老虎都变得温顺了，也似乎通人性，懂得了人类的语言，老虎竟自己走了。

后来人们就把那个地方起名叫作"拜虎岗"。

朋友对您说

这个故事给我们的价值在于一个字："诚"。现实生活中，我们孝顺父母，应该从真诚心出发，不可敷衍，不可自欺欺人。

李忠孝亲

元朝的李忠，是山西晋宁（今山西临汾）人。在他年纪很小的时候，父亲就不幸去世了，他和母亲相依为命。

自从父亲过世后，他的母亲就开始身兼二职，默默承担起家庭的重任。平时，她外出耕田种菜像男人一样维持着家庭的生计，走进家门，又要纺纱织布，打理家务，教育子女，尽心为孩子营造温暖的家庭气氛。母亲克勤克俭的生活作风和谨守节操的坚忍意志，让李忠耳濡目染、牢记在心。

俗话说："穷人的孩子早当家"。李忠不仅早早就懂得如何去体贴和照顾母亲，还以幼小的臂膀努力分担着母亲的辛劳。察觉母亲口渴了，他就为母亲端茶倒水；母亲外出劳作回来，他就帮母亲按肩捶背；一个人在家的时候，他就学着母亲的样子，扫地做饭；夜幕降临了，他就准备好洗脚水和被褥……不知不觉中，他学会了劈柴挑水，农忙季节，他小小的身影已经陪同母亲一起忙碌在田间地头。

李忠时时处处都念着母亲的辛劳和需要，把家中最好的一切都奉献给母亲，还想尽办法替母亲分忧解愁。孩子的孝顺，成为母亲强而有力的精神支柱，就算自己再苦再累，也觉得非常值得。丧失亲人的精神伤痛，就在母子之间相互的爱与关怀中，被抚平。

乡亲们看到小小年纪的李忠对母亲如此孝敬，做事勤奋努力，都深受感动。他们不但常常伸出援助的双手，还纷纷以李忠为榜样，来教育自己的子女。村里出了这样至孝的孩子，是全村人的荣耀。

大德七年（公元1303年）八月的一天，李忠家所处的郇保山一带，突然发生了猛烈的大地震。剧烈的震波突如其来，使整座山都在颤动。震波所及之处，房屋顷刻之间轰然倒塌，成片成片地被夷为平地，被压死的村民，惨不忍睹。

郇保山被震飞的山头径直冲向李忠家，这在千钧一发之际，奇迹发生了：飞散的山头突然分做两支，呈"V"字形，从两侧绕过李忠家的房屋，一直到五十多步以外的地方，才又合拢在一起。李忠的家，就这样在强震的灾难之中得以幸免。

朋友对您说

天道无亲，常与善人。而百善孝为先。孝子至诚的孝心孝行，是人的天性，本与天地大道相应，人人可行，人人必行。我们何乐而不为呢？孟子曰："亲亲而仁民，仁民而爱物。"孝爱是天地生灵万物和谐的根本。

庭坚涤秽

北宋黄庭坚，字鲁直，号山谷，善书法，为宋代四大书法家之一。他自小就非常聪明，禀赋过人，而且读书速度非常快，记忆力比一般小孩都强。历史记载，他看了几遍书，就能过目成诵。他的舅舅每次到他家里，就会顺手拿起书架上的书来问庭坚，每次提问，他都能对答如流，所以舅舅非常喜欢他，也特别愿意到他的家里，每次去都发觉他学问一日千里。

黄庭坚二十三岁就考上了进士，很快就做了太史。虽然他贵为太史，但是他奉养母亲非常尽孝，对母亲的生活仍照顾得体贴入微。黄母生病多年，庭坚日夜守护在母亲身边喂汤喂药、端屎端尿，衣不解带。因母亲爱干净，他每夜必亲自为母亲洗涮便桶，以安母心，丝毫没有松懈尽儿子的孝道，从来不用家里仆婢来做，他认为这是为人子女应该尽的本分。

当时，苏东坡赞叹黄庭坚的为人和文章：独立万物之表，巍立于文坛，万世不灭奇光。

朋友对您说

孝亲从小事做起，小事就是检验我们孝心的试金石。

寿昌弃官孝亲

朱寿昌是宋朝人，他七岁的时候，生母因为被嫡母嫉妒，被赶出家门另嫁他人，从此寿昌就和生母分离了。

后母朱氏很喜欢吃新鲜的活鱼，就命王祥去抓鱼。可是当时正值严冬，所有的江河全部都冻结了，哪里还有鱼呢？但王祥为了满足后母的愿望，还是顶着严寒来到河边，可河面早已冰封，如何抓鱼？王祥于是脱掉衣服，开始在冰上凿洞，希望鱼能出现。冰天雪地的，如今的我们出门都要穿着羽绒服，可王祥为了孝敬后母，却连身上本来单薄的衣服都脱掉了。他双唇变紫了，浑身颤抖。

我们想一想，平常为人子女的，母亲叫洗双筷子、洗个碗，可能都不愿意做。叫扫个地，可能也会不高兴。但对后母如此苛刻的要求，王祥都毫无怨言，一心只祈求能捕到一两条鱼，带回去奉养他的后母。这么淳厚的孝心，怎么不会感动这些鱼儿？

就在这个时候，冰突然自己裂开，竟然有两条鲤鱼跃了出来，王祥非常高兴，就拿回家烹调好给后母吃。

此外，后母还要求王祥捕黄雀烤给她吃。我们想一想这是多么困难的事情。捕鸟很费周折，然而皇天不负苦心人，竟然有好多的黄雀飞到王祥的帐篷里头。让王祥顺利地抓到黄雀。黄雀自动牺牲来帮助王祥，又是一件至孝感通万物的证明。他的后母不仅如此刁难王祥，更过分的是：家里有棵果树，在果实成熟快要落地时，她吩咐王祥守着树，不可以让一个果子掉在地上。我们都知道果树会结满树的果实，而且果实成熟后会自然落地。而后母要王祥保证一个果实都不落地，这简直是在鸡蛋里挑骨头啊！然而王祥并没有与后母大吵大闹，而是每到风雨天，别人都在家里避雨玩耍时，他却穿梭在风雨中奔向果树，抱着树哭泣着，祈求这些果实不要掉落下来。

王祥有一颗至诚的孝心，实在是非常难能可贵。在王祥如此的孝行之下，后母终于受到了感化，对王祥也同亲生儿子一般对待了。

后来社会动荡，王祥带着父母逃难，后母死后，他又守墓。一个人在如此的环境中，是什么力量能支撑他这样生活下去？唯有一个"孝"字，孝可以产生如此大的力量。

朋友对您说

生活中我们想一想，平常为人子女的，母亲叫洗双筷子、洗个碗，可能都不愿意做。叫扫个地，可能也会不高兴。所以这个故事告诉我们，王祥即使面对这么恶劣的环境，他依然能无怨无悔，依然能安然地度过。这种孝心很值得我们每一个人学习。同时要指出的是，保护好自己的身体，其实也是一种对父母的孝，所以，不可片面地理解这个故事。

王裒孝母

三国的时候，魏国有一位叫王裒的人，非常孝顺。

王裒的父亲王仪当时在朝廷里当官，有一次大将军司马昭出兵，在这次战争当中，很多士兵战死了，所以司马昭就在上朝的时候，询问手下的这些文武百官，要大家分析这次战役为什么会损失惨重。结果没有人敢出口说话，唯独王仪是一个高风亮节之人，他就直陈说："这次战役的责任完全归于元帅。"大家都知道，元帅就是司马昭，所以司马昭非常生气，一怒之下就把王仪拉出廷外问斩。父亲如此冤屈而死，王裒非常难过。因此他终身不再面向西坐，以表示不为晋朝之臣。王裒自幼饱读诗书，所以他的学问、品行非常好，朝廷也屡屡征召他出来为官，可是王裒面对金钱名利的诱惑，都不为所动，一生不做官。

父亲去世后，王裒在母亲的抚育下渐渐长大，王裒对母亲也百般孝顺。只要是母亲的事情就亲力亲为，体贴入微。他将全部的孝心放到了母亲身上。除了亲自照料母亲的饮食起居，还常陪她说话，逗她开心，解除老人精神上的孤独和凄苦。母亲病了，他日夜侍候在床前，衣不解带地喂汤喂药。母亲生性害怕打雷，每当下雨打雷的时候，他便将门窗关得严严实实的，拉着母亲的手，绝不离开半步。很多年以后，王裒的母亲久病不治，溘然长逝。他悲痛万分，将父母合葬一处，虔诚恭谨地守丧尽孝，每天早晚，都到墓前祭奠。他惦记着母亲怕雷的事情，每当刮风下雨的天气，一听到轰隆隆的雷声，便狂奔到父母的墓地，跪拜着哭诉说："儿子王裒在此，母亲您千万别怕！"

王裒隐居的时候还讲课，每当他授课读到《诗经·小雅·蓼莪》中"哀哀父母，生我劬劳"时，他就非常地难过，潸然泪下，以至于没有办法教授学生。他的学生担心老师哀伤过度，所以就把《蓼莪》这一篇给废止了。如果一个人不能用孝心奉养父母，那就应该天天读《诗经·小雅》里的《蓼莪》篇"哀哀父母，生我劳瘁。……父兮生我，母兮鞠我。拊我畜我，长我育我，顾我复我，出入腹我。欲报之德，昊天罔极"。

朋友对您说

一个人的孝心孝行，可以作为后人最好的典范。现在我们看到这样的孝行是不是也深受感动？从小，如果生病，最着急担心的是父母；孩子出门时，父母又会想孩子是否安全；出门办事，回到家里第一件事情，就是探望自己的孩儿是不是很好……父母的心时时刻刻都牵挂在孩子身上。想一想父母是怎样照顾我们的，那么我们今天长大成人了，有没有想到父母年纪大了，而我们是否尽到孝心？如果父母健在，我们还可以尽到孝道，要好好地孝敬父母。如果父母已经不在，我们也要这样经常地想念他们，做到我们做子女应尽的责任。

孟宗哭竹

三国时候，吴国有个孝子，姓孟名宗，字恭武。他很小的时候，父亲便去世了。从此，母子俩相依为命。孟宗一直很孝顺他的母亲，对母亲侍奉有加。母亲年纪渐渐大了。有一次，母亲病得很厉害，很想吃鲜笋做的汤，但这时都快冬至了，天很冷，哪里还会有笋长出来啊。孟宗实在没有办法，心里焦急万分，可是束手无策，便忍不住跑到竹林里。他双手抱着毛竹，想着卧床的老母，不禁两行泪簌簌往下落，孟宗越想越难过，竟大声地哭了起来。或许是他的一番孝心感动了天地，突然间，眼泪滴落的地方裂开了，从地上露出了几茎竹笋，孟宗看了破涕而笑，抹掉脸上的泪珠，兴高采烈地把这些竹笋带回家去。他做竹笋汤给母亲吃，母亲吃了新鲜味美的汤后，疾病居然立刻就好了。

孟宗的一片孝心竟感动了天地，让竹笋冬天破土，让老母立刻康复。可见他是多么的孝顺。

朋友对您说

孟宗"哭竹生笋"带有传说的色彩，在现实中是难以想象的，但孟宗对母亲的孝敬却是一种真挚的情感。善良的人们敬佩孝顺之人，这种至纯的孝行，正是人们所向往和推崇的，因孝心而显现的奇迹正是大家共同的愿望。

我们孝敬父母，不是只供给他们吃穿，还要让父母感到快乐。同时更要善体父母的心思。父母想要的、想得到的、想听到的、想看到的，为人子女都要善加观察，尽量能曲承亲意，让他们感受到温暖体贴的孝心，享受到人生的幸福美满。现在因为大家都很忙，不可能每天跟父母亲在一起，甚至远离父母，一生跟父母相聚的时间都很短。但我们可以借助电话问候，可以借助传真或 e-mail、手机短信等，一句关怀的话语都可以让父母欣慰。所以孝不分贵贱，也不分时间有无，只要你能真诚地付出，任何的方式都足以让父母得到安心，都足以让父母感到欣慰。

陆绩怀桔

三国时期的陆绩，字公纪，是当时吴国（今江苏苏州）人，是个天文学家。父亲陆康，曾经在庐江当过太守，与将军袁术私交很好。陆绩自小受父亲高风亮节的熏陶，深懂孝、悌、忠、义之道。

有一次，父亲带六岁的陆绩到袁术家里做客，袁术提出的问题，陆绩对答如流，不卑不亢。袁术惊叹小陆绩的才学，破例给他赐座，还命人端来一盘桔子。那桔子肉肥汁多，味道极美。陆绩悄悄地往怀里塞了三个，在场的人谁也没有注意到。当他向袁术拜别时，怀中的桔子滚落到地上。主人很奇怪，大笑说："我招待你吃还不够，你为什么还拿？"陆绩说："我在你家吃到了，母亲爱吃新鲜的桔子，她没吃到，我是为了孝敬母亲的。"小陆绩神色自若，一点也不觉得难堪，因为在他心中，母亲是伟大而神圣的，儿子孝顺父母是天经地义，没有什么见不得人的。主人听了这番话，觉得非常的稀奇，这小小的年龄就有这样的孝心，将来肯定是个不同凡响的人物！

又有一次，父亲领他去参加聚会，他坐在后面。大人们有的提出用武力解决当今的乱世，坐在后面的陆绩大声说："这是错的！管仲不是用武力，而是用自己的德行感动各国统一天下，连我童蒙都知道这样，为什么你们大人却不知道呢？"

朋友对您说

陆绩的孝行史籍记载只有一件事，但足以反映他的为人。所谓"当年桔子入怀日，正是天真烂漫时，纯孝成性忘小节，英雄自古类如斯"。

董永孝父

东汉董永，家里非常贫穷，他是一位孝子，父亲去世，没钱办丧事，就用自己的身体抵押，借钱葬父。后来到主人家做长工，走到半路上遇到一位女子，女子向他表明，希望董永能娶她为妻。董永深受感动，觉得自己是个穷人，如何能娶妻呢？但是这个女子态度非常诚恳，所以董永也就欣然同意了，两个人一起来到主人家。主人说："织三百匹布，就可以回家。"董永妻子听了非常高兴，因为她是玉皇大帝派来的织女，所以用一个月的时间，就完成了凡人十几年甚至几十年的工作。主人看到非常惊讶，但又不能失信于董永夫妇，于是就叫夫妻两人回家了。当走到

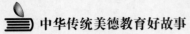
董永与妻子相遇的地方时,妻子就停下脚步,对他说:"我是天上的织女,由于你的孝心、孝行感动了上天,玉帝便让我来帮助你。"讲完便凌空而去。董永这才知道,为什么妻子有这么好的手艺。

朋友对您说

孝道是人生的主题,贯穿人生的始终。善有善报,孝有善报。

江革负母

东汉江革,字次翁,临淄(今山东淄博)人。年少时父亲就去世了,与母亲相依为命,当时正遇王莽作乱,所以他就背着母亲逃难。

在逃难中,经常遇到盗贼,这些盗贼不但想要劫他,还想让他当盗贼。面临这种情形,江革就在盗贼面前苦苦哀求,希望盗贼能念他老母没有人赡养,放他一马。盗贼看到孝子如此诚心诚意地哀求,所以不忍心劫他,更不忍心杀他,甚至有的还告诉他如何行走,以免再遇到盗贼。有的盗贼被他感动,思念自己的母亲,便纷纷解散了,可见做盗贼也不是人的本性,都是因为一时社会动荡,环境所迫,才沦为盗贼。因此江革虽然多次遇到困难,多次遇到艰险,到最后还能得到这些盗贼的帮助,转危为安,可见孝道的力量有多么大!孝道感染力有多深!

后来盗贼被平息之后,江革就带着母亲一起走到下邳(今江苏睢宁北)居住。因为非常贫穷,他就找了一份苦力挣钱供养母亲,挣的钱再少,也买最好的东西给母亲,自己破衣赤脚,而母亲所需甚丰。母亲去世后,江革非常哀伤,晚上睡觉都不脱孝服。他的行为不但感动邻里,还感动了地方的父母官,在汉明帝时被推举为孝廉;汉章帝时被推举为贤良方正,任五官中郎将,但是不久,他就辞官返乡。皇帝非常敬重江革的为人,决定朝廷要年年慰问江革,而且他一生所得的俸禄由朝廷来供给。

朋友对您说

作为子女应该以孝为荣,以不孝为耻。今天社会讲竞争,我们容易被眼前名利障碍和迷惑,然而世界越是浮躁我们的内心应该越是淡定,行大道,做孝子。扬名声,显父母。

汉文帝尝药

诗曰：汉孝文帝，母病在床，三载侍疾，汤药亲尝。

汉文帝，姓刘名恒，是汉高祖刘邦的第三个儿子。他在位二十四年，重德治，兴礼仪，爱民如子，注重发展农业，到了播种的时候，亲自带领大臣到乡下耕地、播种，调动了农民的积极性，使西汉社会稳定，人丁兴旺，经济得到恢复和发展。他身为皇帝，非常虚心，而且知错就改，在位期间，没有建新宫室，把省下的钱用来照顾孤儿和老人。

他治国有方，是中国历史上一位贤明的皇帝，与汉景帝一起被誉为"文景之治"。

在他八岁时，高祖封他做代王，因为他是庶出的，母亲是薄姬，后来称薄太后。汉文帝的天性很孝顺，薄太后曾经生病整整三个年头之久，文帝心忧如茶，早晚侍奉毫无倦怠，和颜悦色来安慰自己的母亲，用亲情为母亲解忧，照顾得非常周到。夜间睡觉的时候，衣不解带，每次端药都要亲自尝一尝后再给母亲喝，可见汉文帝的至孝之心！虽然贵为天下之尊，奴婢成群，但他都亲自来侍候着自己的母亲，以自身的仁、孝治天下。

朋友对您说

言教不能令人折服，唯有身教能摄于无形。这个故事说明，孝贫贱，不分富贵。只要你有心，每一个人都可以恪尽职责，都可以尽到孝道。

郯子鹿乳

郯子，春秋时期人。他天性非常孝顺，父母年老，双目失明，听人说喝鹿乳会好，郯子就借了一件鹿皮的衣服，乔装成一只鹿，跑到深山里，混进鹿群中取鹿乳。猎人看到动也不动的"鹿"，抽出箭想射。郯子便慌忙立起身来，掀掉鹿皮，并大声地把详细的情形告诉猎人，才免掉了被射杀的危险。猎人非常感动，就把鹿乳送给他。郯子将鹿乳取回家中，双亲喝后眼睛复明。

后来，他做了郯国的国君，所治理的郯国虽是区区小国，却颇有名气，这其中主要原因是郯子的政绩、才华和仁孝之德赢得了人心。郯子治国讲道德、施仁义、恩威有加，百姓心悦诚服，使郯地文化发达，民风淳厚，一些典章制度都继续保持下来，对后世的影响十分深远。

备出父母最爱吃而又很丰盛的菜肴。

父亲曾点深受圣贤教诲的熏陶，平常乐善好施，经常接济贫困的邻里乡亲。对于父亲的这个习惯，曾子也同样铭记在心。

在曾子的心中，时刻想到的都是父母的需要，父母所喜爱的一切事物，他也都会放在自己的心里，以便随时可以满足父母的心愿。父亲平时很喜欢吃羊枣，曾子就会在外出时尽量给父亲多带回一些。待父亲过世之后，曾子睹物思情，看到羊枣，他就想到父亲在世的情景，心中不免勾起无限的伤痛。所以从那以后，他就再也不忍吃羊枣了。

有一次，曾子到山里去砍柴，只有母亲在家。不巧家里突然来了客人，母亲一时不知所措，唯恐因待客不周而失礼，情急之下，她就用力咬了自己的指头，希望曾子心中能有所感应，赶快回家。果然，母子连心，曾子正在山中砍柴，忽然感觉一阵心痛，他马上就想到了母亲，于是，就赶紧背着木柴赶回家中。

还有一次，曾子的妻子蒸梨给年迈的婆婆吃。当时梨蒸得还不熟，她就端给婆婆吃。

曾子看了非常生气，也很懊恼，就把妻子休出家门。从此，曾子没有再娶，通过自己的言传身教，把儿子曾元从小就教得非常好，使他后来也成为贤达之人。

曾元长大成人之后，因为思念自己的母亲，向父亲请求是否可以把母亲接回来住，但是曾子并未答应。他告诉儿子说："人一生最重要的无过于他的德行，而德行的根本在于孝道。一个女子嫁到丈夫家，最重要的是要使这个家能够承上启下，也就是能孝敬公婆、教导子女、辅佐丈夫。"

由此可见，曾子极其重视孝道。他认为妻子连蒸梨这种小事都处理不好，又怎能承担起整个家庭的责任？怎能尽到一个儿媳、母亲和妻子的本分？如此身教会有损于家风，会影响到后世子孙。所以与妻子分离也实在是不得已之举。曾元听到父亲这番意义深远的话语，也理智地认同了父亲的看法。

又有一次，曾子路过一个叫"胜母"的地方，他很避讳这个名字，所以就不肯踏入这个地方。

孔子知道曾子是一个孝子，所以将"孝道"的学问传述给他。在《孝经》当中，孔子与曾子以一问一答的形式，把孝道表露开解无遗。他嘱托曾子一定要把孝道发扬光大。由此可见，曾子的为人和孝心孝行非同一般常人。

曾子不但对于奉养父母的身体非常重视，即使在日常生活、言语行为当中，也非常谨慎，唯恐有辱父母养育之恩，担心因为自己表现不好而使父母蒙羞。

同时，他更非常留意如何教导自己的学生，时刻以自己的修身来做学生们良好的行为典范。所以，他的学生"子思"继承了他"养志"的精神，不仅使自己成为贤人，他的学生"孟子"后来则成为"亚圣"。

曾子一生秉承孔子的教诲，依教奉行，专心致力于孝道，也用自己一生的行持来告诉我们，如何顺承亲意，如何将孝道落实在日常生活当中。他不但做到了"入则孝，出则悌"，还做到了"谨而信"，并且把夫子所教的这些德行流传于后世，培育他的学生。而由他所传述的《孝经》，也流传千古，直至今日。期间不知造福和成就了多少的家族。

朋友对您说

纵观天下父母之心，都是希望自己的孩子能够成龙成凤，希望他们能有所成就。然而，成就"功名利禄"并不算真有成就，而成就"道德学问"才算真有成就。

母在一子寒，母去三子单

春秋时期的鲁国，有个姓闵名损字子骞的人。在他很小的时候，母亲就不幸过世了。父亲娶了后妻，后妻又连续生了两个弟弟。人都有私心，因为不是自己亲生的，所以后母对待孩子就有很大的差别。后母平时对子骞很不好。严冬，后母给自己亲生的两个孩子穿着保暖的丝絮做的棉衣，两个小孩子就算是在户外玩耍也感觉不到冷。可怜的子骞却裹在一件单薄的芦花做成的衣服里。数九寒天，寒风刺骨，子骞经常被冻得四肢僵硬、脸色发紫。就是在这种极大的差别中，子骞也从来没有一点怨言。假如今天是我们，在这样的家庭生活中，是否能够承受？是否有勇气继续生活下去？可是子骞一点也没有怨恨他的后母。

在一个严寒的冬天，子骞的父亲外出办事，要子骞驾车。冰天雪地，子骞身上芦苇做的衣服哪里能抵挡住冬天的严寒！双手被冻僵了，嘴唇被冻紫了。一阵寒风吹过，子骞剧烈抖动的身体实在没法抓紧缰绳，一失手，缰绳脱落了，这样就引起了马车很大的震动。因为子骞驾车的技术一向很好，今天却大失水准。坐在后面的父亲身体猛晃，就非常生气地抽了他一鞭子，衣服破了，芦花飞了出来，父亲顿时脸色大变，眼睛湿润：原来，子骞的"棉衣"里全都是一丝丝的芦苇絮，没有一片丝絮的影子！这样寒冷的天气，怎么能忍受得了呢？让孩子在三九天里冻成这样，遭这样的罪，是自己没有尽到做父亲的责任啊！没想到同床共枕的妻子品行竟然这样恶劣，对子骞如此狠毒。子骞的父亲当即决定把妻子赶出门去。子骞听后扑通一声跪在地上，含泪抱着父亲说："母在一子寒，母去三子单。"这就是说，母亲在的时候，只有我一个人寒冷，可是如果母亲不在的时候，家里的三个孩子就都要受冻挨饿了。他的这番话使父亲非常感动，于是就不再赶他的后母了。看到闵子骞一点都不怀恨于心，后母深受感动，她对自己的行为深感后悔，从此也把子骞当成自己的亲生孩子一样疼爱。

在当时，如果子骞的父亲一怒之下把后妻赶走了，那么可以说，这个家庭从此以后就天伦不再，妻离子散，这是何等的悲惨！可是因为有这样一位孝子子骞，才使整个家庭结局为之转变，避免了沦落到如此悲惨的境地。而造就这种转变的力量只在我们一念之间，这一念就是纯洁之孝，也就是每一个人心目当中都有的自性的纯孝。

朋友对您说

"母在一子寒，母去三子单。"子骞挽留后母的话，非常的恳切，完全是肺腑之言。他的天性是何等的孝敬、纯洁，何等的淳厚、善良。这句话流传千古，让后代的人都不禁赞美闵子骞的孝心孝行。如果能向子骞学习，相信在家庭生活当中，一定可以免去许多的误会、许多的争执和许多的不愉快。人都有孝心、孝行，天下不会有人心肠像铁石一样，只要我们肯用心，发自内心对父母孝顺奉养，父母再怎么不好，也都会有感悟的一天。

道纪法师孝母

南北朝时的南齐，有一位很有修行的高僧——道纪法师。他常常在邻城东边讲经，来去之间都挑着两个担子，一个担子里坐着他的母亲，一个担子则摆满了佛经佛像。日常生活中，不论穿衣、吃饭、大小方便，都是由道纪法师亲自为母亲料理，如果有人要来帮忙，他一定会拒绝，并且说："这是我的母亲，不是你的母亲！你应对你的母亲也这样做！"道纪法师时常告诫人说："自己的母亲一定要亲自供养，供养母亲的福德与供养登地菩萨的功德一样大。"很多人被道纪法师的行为感动，纷纷效法他的孝心孝行。

法师说："为什么说对待父母好，因为他们是我们最大最大的恩人，可怜天下父母心。一个人如果对父母能够念得起这份恩德，业障就会慢慢地消除。念父母恩，要体会父母对我们的好，也要懂得回馈。同时也要懂得感激他人和为他人着想，这份能够感激他人，为他人着想的心，必须从感念父母的恩德开始。"

朋友对您说

身体发肤，受之父母，父母与我，实为一体。我爱自身，应孝父母，能不辱身，便是荣亲。敬师师严道尊，人伦表率，道德学问，是效是则。养我蒙正，教我嘉谟，不敬其师，何能受益。

杨黼注释《孝经》

明朝时有个叫杨黼的人，一心想要修行，要得到解脱。他辞别了母亲到四川去拜访禅宗一位很有名的祖师——无际大师。

走到了半路上，杨黼遇到一位老和尚，老和尚问他要到哪里去？杨黼说："我要去拜访无际大师。"老和尚说："你要去拜访无际？那不如去见活佛啊！"杨黼说："见活佛？佛在哪里呢？"和尚说："你只要向东方回去，到时候，看见一个披着棉被、倒穿拖鞋的人，就是活佛了。"杨黼听了和尚的话，于是就回去了。正在半夜的时候，走到了自家门口，去敲门："开门哪！我回来啦！"他的母亲在屋内一听儿子回来了，高兴得不得了，来不及穿衣着袜，随手抓起棉被披在身上、套着拖鞋就出来开门了，在匆忙中，连鞋子穿反了都不知道。

杨黼一看这位"披着棉被、倒穿拖鞋的人"，竟然是自己的母亲，当下就感悟修行应从何处下手了，晓得家里的爹娘，就是活佛啊！从此以后，他竭力孝顺母亲，并且注释了一部几万字的《孝经》。他活到八十岁，诵念经偈而逝。

朋友对您说

好高骛远和自不量力是人们常常犯的错误，究其原因都是因为我们忽视了身边，举手之劳就可以完成的修养和成就。

行孝是人生最大的修行。

吴猛至情孝亲

吴猛是晋朝的人，字世云，自幼就是非常孝顺的人。当其他同龄的小孩子还在父母的庇护下撒娇时，吴猛就已经懂得如何孝敬父母了，我们来看看他这么小的年纪到底是怎样孝顺父母的。

刚入夏，吴猛发现父母的眼睛总是布满血丝，红红的，没有一点精神。他很奇怪，不知道为什么，后来经多次细心观察，发现了原因。原来吴猛家境贫寒，住在偏僻落后的地方，屋子破旧，又靠近河边，蚊子非常多。可家中又穷得买不起蚊帐，每逢夏夜，满屋的蚊子便"嗡嗡"叫，叮咬得父母睡不好觉。

父亲每天都起早摸黑地到外面干活儿，炎炎烈日晒得头昏脑胀、筋疲力尽，回家后要好好休息，第二天才有精神和体力继续干活。母亲也要大清早就到外头去帮

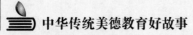

佣，赚一点钱补贴家用，劳累了一天的母亲也疲惫不堪，所以父母才经常眼睛里布满血丝。

吴猛非常心疼父母，很着急。他想来想去，最后干脆就把衣服脱掉，先去躺在床上，任凭屋子里的蚊子叮咬自己。因为他怕赶走了这些蚊子后，蚊子再去叮咬父母，为了父母，他能忍受着痛，忍受着痒。尽管蚊子那么多，统统围在他的身上，他还是忍耐着，希望蚊子叮了自己之后，就不再去咬父母。结果吴猛经常被蚊子咬得伤痕累累，满身是包。整个夏季都如此坚持下来。

他是多么孝敬、体贴父母的孩子啊！用自己的血肉和伤痛换来父母的安眠。

朋友对您说

吴猛小小的年纪，就这样至情，这样体贴亲意，实在是值得我们学习。而今天，父母养育儿女，整天担心孩子吃不好，担心他们出门发生意外，可以说照顾得无微不至。炎炎夏日，父母会驱蚊虫保护孩子细嫩的肌肤，用一切方法来赶蚊子。如果孩子撒娇，父母会把孩子抱在怀里搂一搂、拍一拍。在寒冬里，怕孩子半夜踢被子，母亲会多次起来照看孩子。孩子受到任何一点点的伤害，父母都会感到不安和心疼。父母不计一切的辛劳，只希望孩子能在安全、温暖、保护当中茁壮成长。父母爱护自己的子女是如此的情深，那么为人子女的怎么不能像吴猛这样，为父母做一点回馈呢？因此，我们一定要向吴猛学习，体贴父母，报答父母。

黄香温席

东汉时有个人，姓黄名香。在他九岁的时候，母亲便病故了。虽然黄香只有九岁，但他已深深懂得孝的道理。

黄香每天都非常思念去世的母亲，常潸然泪下，乡里的人看到他思母的情景，都称赞他是个孝子。失去了母亲的黄香，更把全部的孝心都倾注于父亲，家中大大小小的事情，都亲自动手去做，一心一意服侍父亲。

三伏盛夏，酷热难当。每天只要吃过晚饭，就可以看到邻居们搬出椅子，坐在屋外乘凉聊天。小孩子这时总是会趁机要求大人们讲故事，要不就是追逐着在夜幕下玩耍。但是在这么多人中，却永远找不到黄香的影子。原来细心的小黄香，担心劳累一天的父亲因天太热，睡不好觉，正拿着扇子在床边扇枕席。左手扇累了，换右手，右手酸了，再换左手。就这样一下又一下地扇着，一直扇到席子已经暑气全消，黄香才会去请父亲上床睡觉。一夜、两夜……整整一个夏天都这样。

过了秋天，隆冬来临，每到晚上整个屋子就冷得像冰窖一般，要是碰上下雪的日子，就更有得受了。但是孝顺的黄香，仍然有办法让父亲每天晚上睡得舒舒服服。只要天一黑，黄香就会钻进父亲冰冷的被窝里，用自己的身体把被子焐得暖烘烘的，然后再请父亲去睡，这样父亲就可以免去寒冷之苦了。

日复一日，年复一年。黄香的孝行，传遍了左邻右舍，传遍了全县，也传遍了全国。九岁的孩童能这样懂得孝顺父亲，感动了太守刘护，他上书向朝廷申报，推举黄香为"孝廉"，黄香由此成为一位因孝敬长辈而名留千古的儿童。当时有"江夏黄香，天下无双"的赞誉，后来他当了官，做了尚书令。

朋友对您说

现今科技发达，物质生活富裕了，我们不需要再像黄香那样扇席暖床了。但他孝敬父母的精神是永远值得我们学习的。行孝也不只是小朋友的责任，而是天下所有子女应尽之责。当父母上年纪时，更需要的是精神上的关爱，如果有时间，应该经常和父母在一起，让父母感到亲情的温暖。

庞氏孝婆

东汉姜诗，是一位非常孝顺父母的人，他的妻子庞氏也很孝顺。婆婆愿意吃鲜美的鱼，又爱喝六七里路以外的江水，庞氏就去很远的地方挑水，无怨无悔。

有一次在取水的半路遇到大风，回来迟了，婆婆口渴，姜诗不问青红皂白，就把妻子赶出了家门。庞氏毫无怨悔，但又不想离开这个家，就到邻居家居住一段时间，在邻居家还关心婆婆和丈夫。她用纺织得来的钱，买一些东西，叫邻居送给婆婆吃，并且不让邻居说出来。婆婆觉得奇怪，问邻居："你为什么经常送这么好的东西给我吃，以前却没有？"后来邻居把一切告诉了她的婆婆，婆婆很感动，便将庞氏接回来。庞氏回家后，更加孝敬婆婆。

有一次，姜诗的儿子不幸在外面被水淹死，他跟庞氏为了不让母亲伤心，就编了个理由对母亲说孩子出外求学去了，不能回家。后来夫妻二人对母亲的孝敬感动了天地，在他家的旁边，竟然涌出一口泉水，而且泉水的味道就跟江水一样甜美，每天还有两条鲤鱼自水中跃出。庞氏每天将鲤鱼供养给婆婆，同时也请邻居一起分享。

姜诗居住的地方曾经有盗贼八次经过，不仅不抢他家，而且还拿一些东西送给姜诗，姜诗并没有留下，把东西都给埋掉了，姜诗又做到了"见得思义"，不食不义之食。

朋友对您说

孝行能感动天地。儿子孝顺父母，远不如媳妇孝敬父母，因为媳妇会影响儿子。中国有句谚语：儿子未结婚之前是娘的儿子，可是儿子娶妇之后，那就变成了妻子的"儿子"。这说明结婚之后，儿子能否孝顺，很大程度与媳妇的人品有关。所以古时候的人对待婚姻非常慎重。女儿出嫁前，三天不熄灯，父母要叮嘱女儿如何保持家风，相夫教子，孝养公婆。我们现在的人不晓得结婚有这么深刻的重大意义，也不在乎家庭脆弱，结婚不久就离婚，对待婚姻如同儿戏，殊不知，娶到孝妇是家庭兴盛的原因。

大三女生带着癌症父亲上武大

一年里，相依为命的父亲6次发作脑溢血，右半身一度完全偏瘫；紧接着，又是糖尿病、膀胱癌……

这些打击，21岁的武汉大学计算机学院大三女生黄来女，默默地扛了下来。"我5岁时妈妈就走了，我和爸爸算是相依为命。"她笑着说起贫穷的童年，那些跟着父亲在广西四处流浪的日子。"再难爸爸也没扔下我，我不能不管爸爸。"

她过着打仗一样的生活：一日三餐的饭食，她来做；爸爸的日常起居，她得照顾；繁重的功课，因照顾父亲不得不常常缺掉，她就在熬药、父亲打盹的间隙补回来，通过了英语6级，还拿到了国家奖学金……而在这样满的时间表里，她还做着两份家教和一份勤工俭学的工作！

生活如此苦难，但黄来女很少哭泣。在她和爸爸简陋的家——武昌茶港的一间简陋出租屋里，挂着一幅温馨的木框画。那是黄来女花5元钱从毕业的大四学姐手中买来的，她还给它配上了1元钱买来的塑料青藤。"生活里，有很多美好的东西。"

第一次父亲住院是在寒假，同寝室的女生听说了，每人向家里借了1千多元，"给你救急"。后来每次父亲发病需要住院，她第一个电话总是打给辅导员李勤老师："我爸又病了。"而老师、同学、学校，为她组织了一次又一次捐款。一年里，他们无私地帮助了她 4 万多元。

生活里，的确有很多美好的东西……

 **朋友对您说**

生活中很多人盲目地追求个人幸福，其实幸福就在孝道中，能在父母身边行孝，是人生最大的幸福。

七旬老汉照顾百岁母亲数十年如一日

105 岁老人连细妹爱跑爱跳，虽年过百岁，依然身体健朗，这与一直照顾她生活起居的儿子郑裕瑞分不开。现年 73 岁的郑裕瑞，三十多年来一直和母亲生活在一块，无微不至地关怀着老母亲。

揣摩耳聋母亲心思

随着年龄的增长，连老的听力下降很严重，不像过去那么喜欢和子女们交流。平常没事的时候，郑裕瑞就常和她聊天，渐渐地学会了如何揣摩母亲的心思，母亲任何一个细微的动作，他都有办法揣摩出她需要什么。

如果看到老人吃饭时哪盘菜没动过，那下顿保证就会出现一道新的菜肴，郑裕瑞总想方设法地变换不同的菜色，促进老人的食欲。母亲闷闷不乐的时候，他挖空心思逗母亲开心。"毕竟现在自己也是个老头了，她需要什么，要从哪方面照顾，现在我都能知道。"

常陪母亲跑步锻炼

老人有个爱运动的好习惯，每天都会出去晨练。郑裕瑞不放心她一个人出去，就常陪着她一块去锻炼。

郑裕瑞说，现在他们年纪也大了，正好借着这个机会一起跑跑步，有时候一家人还经常比赛看谁跑得快，从村头跑到村尾，村里人也常常为他们喝彩助威。有时候四五岁大的小重孙也和百岁的曾祖母一起跑步，一起练操。

请假一月照顾母亲

十年前，连细妹的右脚严重溃烂，深可见骨。为方便照顾母亲，郑裕瑞就把母亲接到自己的住处，并特地向单位请了一个月的假。因当时很多医院看老人年纪太大都不敢动手术，他就每天帮老人清理伤口，熬汤换药。老人行动不方便，他们就把痰盂端到房间，端屎倒尿，不厌其烦。老人身体有所好转后，才回到单位上班，与爱人轮流照顾老人。在他们的悉心照顾下，老人很快得到了康复，且没留下任何后遗症，至今腿脚仍非常灵活，在家里上下楼梯一点都不成问题。

郑裕瑞说，母亲守寡近 70 年，帮别人种田以谋取生计，含辛茹苦地把他们姐弟俩拉扯大。如今自然要尽自己的孝心，让老人在有生之年，享受更多的快乐。

朋友对您说

孝道是人间的正道，无论子女年龄多少，在父母眼中永远是孩子。我们应以此心来对待体会父母，孝顺父母。

巨人也会变老

一直以为，父母也应该跟我们一样能适应这个变化的世界，直到最近几年才知道，为了怕我们不耐烦，父母往往忍住了想说的话、想做的事。

那次，我们五姊妹只凑足了三个，决定陪爸妈去新加坡玩。在去的飞机上，老爸四小时都不愿如厕，任凭我们好说歹说，他依然老僧入定，不肯起身。在每一站观光区，他也是万不得已才进男厕。

有一次，我观察到他小解很久才出来，看不到亲人的身影，先是向东搜寻，继而向西眺望，即使在这节骨眼上，他也不愿大喊大叫，让我们子女感到没有面子，父亲站在人群中，一副魂不守舍的样子，眼巴巴地盼着女儿出现。

我终于了解父亲出门在外不愿如厕的原因。以前不懂事的小外孙常笑他连纽扣都不会扣，真慢，真笨！好简单的一件事，为什么老人家就是做不好呢？

我们还未经历到，当然难以理解，年纪大了，有时候手脚会不听使唤。

这之后的行程中，我根本无心玩乐，只要看到老爸表情稍有异样，便好说歹说强行押解他到男厕，自己则守在男厕外头。起初老爸感到万分不自在，后来也就渐渐习惯了。

回程飞机上，我陪老爸去洗手间，他忽然低声对我说："其实我不会锁飞机上厕所的门。"我拍拍他的肩膀，告诉他"没关系"，暗暗地却感到心酸。

我很想立即告诉同行的妹妹，下次出游，把各自的老公也带来，可以多尽一份孝心，也很想告诉没有同来的妹妹，钱财日后都赚得回来，唯有父母健在安康，又能带着远游，这才是为人子女最大的福分；想告诉老爸，如厕问题解决了，我们下次可以飞去更远的地方。

一趟旅行带给我许多感触，原来老爸老妈已经变了，不再是以前那"强壮的臂膀"、"温暖的避风港"，原来一直帮我扛着头上那片天的巨人，也会变老……

朋友对您说

如果说人生的主题是实现生命的价值，但生命是有限而短暂的，在有限的时空里，孝道是无限的，只要我们的心是孝心，我们的行是孝行。

真正的孝子

崔沔天性至孝，他的母亲双眼失明，他就倾家荡产到处求医，为母亲治疗眼睛；事奉母亲三十年，非常的恭敬小心；连晚上都不把帽子和外衣脱下来。每当遇到了佳节，或是美景良辰，他一定扶着老母亲赴宴，和大家有说有笑，使母亲忘掉失明的痛苦。后来母亲过世了，崔沔伤心到吐血；并且发誓为母亲终身吃素；他爱哥哥姊姊，就跟爱母亲一样，他对外甥侄子，好过对自己的孩子。所得的薪俸，都分给了亲人，并且说："母亲既然已经过世，我没有办法表达对母亲的孝心，想她老人家在生的时候，最挂念的，就是哥哥、姊姊、外甥和侄子这四五个人了；所以我都要好好的厚待他们，这样做，或许可以安慰母亲在天之灵啊！"后来崔沔官做到了中书侍郎，他的儿子佑甫，为贤明的宰相。

朋友对您说

崔沔是真正的孝子啊！母亲在世的时候，能够尽力地使老人家欢心，母亲过世以后，又能够完成老人家的心愿；然而世上却有身居富贵有钱有势，对待自己的同胞兄弟姊妹，却和陌生的路人一样；刻薄自己的双亲、岳父母，就如同对待普通的客人一般；看到崔沔这样的孝心，能够不感到惭愧吗？

让我抱一抱您，我的妈妈

他感觉和母亲很远，也许真是大了，小的时候天天围绕在母亲的身边，如今娶妻生子，加上工作忙，他很少有时间回家。

但这次，他却必须回家了。

母亲病了，住院了，从医生的神态中他看出，母亲的病很重，而母亲也确实看上去十分憔悴，好像秋天棉花摘完了，就是光秃秃的秆了。

母亲的头发全白了，很小的人窝在白被子里，他虽然人坐在那里，还在想着公司的事情，电话一个接一个，他的手机此起彼伏地响，母亲说，你要是忙就去吧，有护士呢。

他笑了笑说，没事的。其实他很想走，但他又从母亲的眼光中看出了留恋，他是家中独子，父亲又去世得早，母亲一直没有再嫁，把他拉扯大极不容易，母亲现在需要他了，他真的不能离开，虽然待在医院里一天他要损失几万块。

母亲要做各种化验，于是他有了任务，他要抱着母亲放在轮椅上，再把母亲放

兄弟折箭

元太祖铁木真有五个兄弟，他们常为一些小事发生争吵，闹得很不和气。铁木真的母亲非常不安。一天晚上，她把五个儿子叫到身边，取出五支箭，发给每人一支，让他们把箭折断，结果他们没费多大力气就把箭折断了。接着，母亲又拿出五支箭，用皮绳捆在一起，让他们来折。这一次，五兄弟费尽九牛二虎之力也没能折断。母亲意味深长地说："只有齐心协力，才能战无不胜啊！"五兄弟明白了母亲的用心，从此以后相处十分和睦，再也不闹矛盾了。

朋友对您说

兄弟姐妹，手足骨肉，痛痒相关，休戚与共。兄爱弟敬，和和睦睦，家庭之福。

季札让国

季札是春秋时期吴国人，因受封于延陵一代，又称"延陵季子"。他的祖先是周朝的泰伯，曾经被孔子赞美为"至德"之人。泰伯本是周朝王位继承人，但父亲太王有意传位给幼子季历以及孙子姬昌。于是泰伯就主动把王位让了出来，自己则以采药为名，逃到荒芜的荆蛮之地，建立了吴国。

数代后，寿梦继承了吴国王位。他的四个儿子当中，以四子季札最有德行，所以寿梦一直有意要传位给他。季札的兄长也都特别疼爱他，认为季札的德行才干，最足以继承王位，所以都争相拥戴他即位。但是季札不肯受位，坚持把王位让给哥哥。

哥哥诸樊觉得自己的德能远在季札之下，一心想把持国的重任托付给他，但被季札婉言谢绝了。他说："曹国之人想拥立贤能的子臧为国君，来取代无德的曹王，但被子臧所拒绝。为了坚守臣民应有的忠义，并打消国人拥立的念头，子臧离开曹国，奔走到了宋，使曹国的君主，仍然得以在位执政。子臧谦恭无争的美德，被人们赞美为能'守节'的盛德之人。前贤的殷鉴历历在心，国君的尊位，哪里是我季札所希求的呢？虽然我无德，但祈求追比贤圣，则是念念在心啊！"

季札的厚德感动了吴人，他们如同众星拱月般，一心想要拥戴季札为王。不得已之下，季札退隐于山水之间，成日躬耕劳作，以表明他坚定的志节，才彻底打消了吴人的这个念头。

吴王诸樊一直到去世之前，都还念念不忘弟弟季札。他留下遗训，让后人将王位依次传给几位弟弟，这样最终就能传到幼弟季札的手里，以满先王寿梦生前的遗愿。继位的吴王夷昧临终前，要把王位传给季札，但被季札再一次拒绝了。为了表明自己坚定的决心，他再度归隐而去。

朋友对您说

　　司马迁赞美季札是一位"见微而知清浊"的仁德之人。贤者的谦恭礼让、非凡气宇和远见卓识，一直在中国历史的长空中，闪耀不绝。

至诚感通

　　明朝陈世恩，是明神宗万历年间的进士，他有兄弟三人。长兄是一个学问道德都很好的人，孝顺廉洁，得到乡里的敬重。陈世恩是老二，当时还没有成就。但是德行也如兄长一样为众人所称许，尤其是他那种谦逊有礼、平易近人的态度，更让人敬佩。但他们的三弟由于与他们相隔的岁数比较大，父母对这个儿子不免有些宠爱，因此长大了之后，就整日无所事事，东游西逛。并且结交了一帮不好的朋友，到处游荡，经常是一大早就不见了人影，深更半夜才回来。

　　俗话说：长兄如父。三弟的年少轻狂大哥看在眼里，急在心头。假如三弟不成器，自己该如何向高堂老父老母交代，又如何对得起列祖列宗呢？于是，只要有机会，大哥就把三弟叫到一边，苦口婆心地劝他："三弟呀！不要再在外面游荡了！要早点回家免得让家人担心啊！"

　　三弟正是年轻气盛的时候，大哥劝一次、两次还罢，次数多了，他不但听不进去，还开始对大哥反感起来。以后他见到大哥就躲，实在躲不过，勉强听着，也是左耳朵进，右耳朵出，只要有机会就溜出去。一见到那帮朋友，觉得比自己的哥哥亲多了。俗话说"逸则淫，淫则忘善"，三弟因为放逸自己，不免越发离不开这帮一起吃喝玩乐的朋友，心里还怪大哥多管闲事。大哥看到三弟不仅不听自己的规劝，依然我行我素，而且比以前有过之而无不及，心里十分痛苦、烦闷。

　　陈世恩见此情景，请大哥来促膝长谈。大哥说："我如此煞费苦心地劝告三弟，他却愈发变本加厉。公然以不良的行为对我，难道是我哪里做错了吗？"想到自己的好心却不被弟弟所接受，大哥不禁有些激动。陈世恩按住哥哥的手，对他说："大哥，你的心是为弟弟好，这个没错，我对弟弟的行为也很担忧。但是你对弟弟讲话的时候，语气太直接了，年轻人恐怕面子上挂不住，并且还会伤到他的自尊心，对他来讲一点益处都没有。这样吧，你给我一段时间，由我来劝他，你暂时先放下这件事。"陈世恩和大哥就这样说定了。

　　当天晚上，陈世恩手里拿着院子大门的钥匙，在门前等弟弟回来。此时，月朗星稀，月色下，有一条路通向村外，路旁长着茂密的桑树和梓树。陈世恩不禁回想起弟弟小时候天真可爱的模样。唉！时间过得真快，哥哥已年过半百，自己也到了不惑之年，弟弟也一眨眼就长成了大小伙子了，手足之情，弥足珍贵啊！一阵清凉的风吹来，陈世恩感觉身上有些发冷。弟弟还是没有回来，他想到弟弟一大早出去，也不知衣服穿够了没有？再说，在外面闲逛，都是一帮不经世事的年轻人，怎么照顾得好自己？饥一顿，饱一顿，唉！弟弟的脸色好像是比以前差很多了。

夜深人静了，家家户户都已歇息，人们都已进入了香甜的梦乡，陈世恩还在门外徘徊，他耐心地等待着弟弟。突然，在月光下，对面走来一个瘦长的身影，他根据身形判定是弟弟，高兴地说："是三弟吗？""啊！是二哥。"弟弟没有料到是二哥在等他，意外之下显得有点不知所措。"赶快进来吧！外面冷。"世恩看着弟弟走进院子，就亲自把院门关起来，并且把锁锁上。弟弟以为二哥开始要教训他了，没想到耳朵边却传来二哥亲切的问候："你吃晚饭了没有？冷不冷？""噢……吃了，不冷。"弟弟说完，就急急忙忙地回自己房间去了。

第二天一大早，弟弟又溜出去了，仍然是一整天也没有回来，陈世恩和前一天一样，晚上仍在院子门口等弟弟。弟弟没想到二哥又在等他，不免有些心虚，站在院子外不好意思进来。陈世恩笑着说："自己家门都不进了吗？进来吧，我好锁门。"弟弟进门后，陈世恩照旧把院门锁好，他闻到弟弟身上有一股酒气，关切地说："喝酒了，难不难受？我刚好泡了一杯浓茶，你喝了可以解解酒。"说罢，世恩就把弟弟带到自己房间，看他喝了茶，漱了口，嘱咐他早点歇息。这下弟弟可有些睡不着了！假如二哥也像大哥那样骂自己几句，自己倒觉得无所谓，但是二哥却半点也没责怪自己。回想起自己在外面花天酒地的情形，弟弟觉得脸上有些发烧。一会儿，他又想到自己从小到大，两位哥哥对自己疼爱有加。尤其是二哥，从来都是无微不至地照顾自己，想到他，心里觉得特别亲。

此后连续几天，弟弟在外面开始待不住了，眼前尽是哥哥深夜翘首期盼自己归家的情形。他对朋友们提出要先告辞，朋友们嘲笑他说："急什么？难道怕家里的大棒槌吗？"弟弟只好又和他们玩到天黑，赶回家一看，二哥又是一脸关切地等着自己。弟弟低下头，喏喏不能成言。陈世恩亲切地抚着弟弟的肩头，问他有没有哪儿不舒服的地方。弟弟不觉羞惭交加，感到太对不起哥哥和家里人了。他心头一酸，"哇"地一下哭出声来，跪下去对二哥说："我错了！请二哥责罚！"陈世恩也感动不已，他高兴地说："好！好！回来就好！哥哥知道你会自己改正的！"从此以后，弟弟像换了个人一样，再也不和那一帮朋友一起混了。在两位哥哥的精心教导下，他认真学习，发奋图强，成了一位德才兼备的人。

世恩发达时，他的兄长已经去世了。有一次，他嫂子的弟弟来看姐姐，世恩见他衣服破烂，就关切地问候他。世恩的弟弟就问："你为什么能对嫂子的弟弟这么好？"

他就说："嫂子没有子女，年轻时就为哥哥守节，所以也要敬重嫂子以及她的家人。"世恩再一次感动了弟弟。

朋友对您说

这是一个普普通通、充满了人情味的故事。

大哥的劝导指责无可厚非，但为什么没有收到良好的效果呢？关键在于他在劝导弟弟的时候，只是以道理来说教，态度强硬，反倒让弟弟产生反感。而陈世恩则是用善巧方便的方法来感化弟弟。毕竟家才是一个人最温暖的港湾，兄弟之间互相扶持才能风雨同舟啊！可见一个人如果要劝勉对方，一定要懂得善巧。除了懂得善巧之外，还要让对方能感动，在此基础上晓以大义，才有办法让他改正过来。

严凤敬兄

明朝严凤，天性非常的孝、悌，侍奉他的哥哥如同父亲一般。后来严凤做官，在他年纪大时告老还乡，回到家里，看到哥哥年纪已经老了，家里面又很穷苦，严凤就把哥哥接到家里侍奉。每逢请客的时候，必定叫哥哥放着杯子，自己拿着筷子跟在哥哥的后面把碗筷放好。

有一天，同样要宴客，严凤把筷子送上去迟了一些，哥哥生气了，就给他一个耳光，可是严凤欣然地顺受，情绪丝毫没受影响，仍然在这个酒席上谈笑自如。哥哥喝醉了，严凤亲自送哥哥回屋。第二天，天还没有亮，他就到哥哥的卧榻前面等候了，并且问哥哥昨天酒喝得愉快不愉快，睡得好不好，这样地关心哥哥，照顾着哥哥，没有把昨天被哥哥打的事放在心上。他的修养这么高，令人敬佩。后来兄长去世了，严凤失去哥哥很难过，很痛苦，一切遵照礼节来办丧事，为哥哥安葬尽了礼。

朋友对您说

人生苦短，数十寒暑间，这些同体连枝的兄弟姐妹，真的是"一回相见一回老"。想想我们还有多少时日，能够珍惜同聚同处的时光，千万不要等到追悔莫及之时，才徒自悲切，那不是为时已晚了吗？骨肉之情、手足之爱，当要切切珍惜啊！

廷机教弟

明朝李廷机，他官居大学士，管理太子、奏折和教学。他的学问、道德、涵

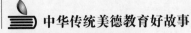
养、自律都很好。可是他弟弟是平民，没有考上功名。

有一天，弟弟从家乡来到京城探望哥哥，头上戴着新鲜的方巾，身上穿着新鲜的衣服，去拜见李廷机。廷机看见弟弟从故里来，非常高兴，问了家里的事情，寒暄慰劳后，看着弟弟的打扮，非常惊讶，于是就问弟弟说："你是不是已经进了学堂读书了，中了秀才？"弟弟回答："没有。"又问："有没有考上功名？"（考上后国家给一些俸禄）弟弟又回答："没有。""那你原来的帽子到哪里去了？"弟弟说："放在袖子里了。"李廷机说："你应该戴原来的帽子，不应该跟着习俗戴着方巾。"于是弟弟就把方巾拿下，戴上原来的帽子了。也丝毫没有为难的神情，欣然接受了。廷机他们兄弟真是有修养、有德行。

李廷机一生表现很好，他去世之后，皇上颁给他谥号"文节"。

朋友对您说

> 兄弟之间的和睦，要发自内心，所谓诚于内而形于外。

章溢代戮

元朝顺帝时，有一伙盗贼从福建省过来，侵犯浙江省龙泉赞善等地方。有一个人叫章溢，同他的侄子章存仁，逃到山里避乱，不料，章存仁被盗贼捉去了，章溢赶紧跑去对盗贼说："这是我的侄儿，他的年纪还小，哥哥只有这一个儿子，不可以叫我哥哥没有后代，我情愿自己来替我侄儿去死，千万不要杀我侄儿。"说着竟然号啕大哭，盗贼们看到这种情景，被感动了，因为敬重他的义气，就把他们叔侄俩都放了。

人逢患难，始识真情。元朝灭亡后，章溢成为明太祖朱元璋的得力助手。当明太祖登基时，还有的人愤愤不平。有一次，明太祖询问章溢说："现在这样应该如何统一天下？"章溢讲道："天道无常，唯德是福。"这就是说，天道无常，只有以德治国，才能长治久安。不好杀人者，实行仁政，才能一统天下。由此可见，章溢是如此厚道之人，如此有爱心慈悲之人。

朋友对您说

> 悌道是一种爱，天下唯有爱才可唤起爱，章溢用仁爱唤起强盗内心里存在但被遮蔽的爱。

张闰无私

元朝张闰,她家里有八代不分炊,共同生活在一起。最难能可贵的是一家上下有一百多口人,都非常和睦,从没有是非,没有闲话。每天张闰都领着家里这一大班的妇女们,会聚在一个房间里,一同做着裁缝或织布之类的活计。工作完毕后,所有织好的布,和做好的衣服,统统收归于仓库之中,没有一个人会占为己有。每逢小孩啼哭的时候,那些妇女们无论哪一个看见了,都作为自己的孩子一样对待和爱护。而这些孩子也一样不分是不是自己的母亲,凡是有人关爱他,他就能停止啼哭了。可见,她们一家是多么和睦和相融。

当时一些当官或大户人家都自惭不如,所以到顺帝至元年间,朝廷里就派了钦差,在她家门前旌表起来,把她们作为大家的学习榜样。

朋友对您说

现在常有许多父母、家长向老师抱怨孩子们的逆反情形。一次一位家长哭诉说:"孩子真的很难教,想不到年纪这么小就这么叛逆,对于父母的教导他不但不听,不但不能接受,还经常恶言相向。这到底是为什么?"

老师就反问她:"请问你们夫妻俩会不会吵架?假使会,是只有'文场',还是也有'武场'?"文场就是只有动口,武场就是出手。这个妈妈很难为情,很惭愧地说道:"很抱歉,过去孩子在更小的时候,我们夫妻俩经常在孩子面前,不是吵架就是大打出手。"

这个时候老师就跟她讲:"因为你们不能尽到父母应尽的责任,所以他现在稍微大一点,他有情绪,他不能与你好好相处,最大的因素就是父母彼此不能和睦,彼此不能相敬如宾。"因此要维系一家的和睦,人人都应该要懂得相处之道。

朱显焚券

元朝真定县(今河北正定)有一位叫朱显的人。元世祖至元年间,朱显的祖父卧病在床,想到自己随时都会撒手人寰,于是他决定在弥留之际,将家产按等份分好,还立下了字据,把后事交代得非常妥当。

英宗至治年间,朱显的哥哥不幸过世了,留下了几个嗷嗷待哺的孩子,家里一来。文灿猝不及防，倒在地上，哥哥又把他按在地上暴打了一顿。等哥哥打够了，文灿好不容易才爬起来，已是遍体鳞伤了。

邻居们闻讯纷纷赶来，他们早就对文灿的哥哥多年来仰仗弟弟生活有所不满，现在见到这幅情景，都感到愤愤不平。有的说："太不像话了！居然打自己的亲生弟弟，也不想想自己是靠谁生活？"有的说："文灿，别傻了，干脆告官算了！"这时哥哥的酒也醒了，看到如此情形，心中万分后悔，但又不知道说什么好，只是在一旁默默垂泪。几位邻居还在一旁大声指责。文灿看到众人这个样子，又看到哥哥在夜色中憔悴无助的模样，不禁一阵心酸。他走上前去扶住哥哥，怒声对着众人说："我的哥哥并非来打你们，你们哪里可以离间我们的骨肉至亲啊！"众人一听，不禁一愣，仔细一回想，感到很惭愧，就悄悄地回去了。文灿把哥哥搀扶回家，帮他擦洗一番后安顿他睡下。在柔和的灯光下，文灿看着哥哥熟睡的面容，显得是那么消瘦和苍老。他不禁感慨万分，哥哥老了，我以后一定要更加细心地照料哥哥，让他能健康快乐地安度晚年。后半夜，哥哥醒了，他放心不下弟弟，轻手轻脚地起来，走到弟弟床边，在清凉的月光下，只见弟弟睡得很熟，很香甜，但脸上的伤痕却是清晰可见。哥哥不禁老泪纵横，弟弟呀，真对不住你啊！

这件事情就像长了翅膀一样，一时传遍了邻里八方，传到了朝廷。许多人家的兄弟争相以周文灿作为效仿的榜样。当朝的宰相司马光知道了这件事情，不禁为周文灿对兄长的至情至爱大加赞赏，还常常写这一桩事情去劝诫人家，告诫凡是有兄弟之人，一定要懂得包容手足。

朋友对您说

《弟子规》告诉我们："兄道友，弟道恭，兄弟睦，孝在中。"周文灿的这一举动，不仅使兄弟之间的感情更加和乐，也使离世父母的在天之灵倍感宽慰。同时化及乡里、民风，更使千百年后的子孙从中学习受益。

同时，这个故事也提醒我们，"言人之非，后患何其大"，如果因为我们一句话，而破坏别人的和睦，这个罪有多深？有多广？古人告诫我们，言人之非时，要想到它的结局和后果，到底会怎么样？我们每个人都要以同情心去尊重、关怀他人的处境，谨言慎行，促进每个家庭的幸福。愿天下的每个家庭都能以亲情为重，永远和睦相处！

陈昉百犬

宋朝陈昉有一个备受瞩目的家庭，那就是以纯朴厚道的家风，代代承传的陈氏家族。陈家上下有十三代人，共同生活在一起，有七百人之多。他们的祖先陈崇德高望重，为家族制定了严格的家规，希望子孙后世得以恪守不移，代代相传，从而使纯朴厚道的家风能够绵绵远远地传承下去，至久不息。

到了陈昉主持家务的时候，家道依然非常的厚朴善良。陈昉为人温和厚重，以身作则，勤勤勉勉，使得陈氏家族枝繁叶茂，代有贤人，全家上下充盈着一派吉祥和顺的景象。

家族人数如此众多，他们的生计如何维持呢？原来，陈家的子弟都克勤克俭，维持着非常俭约朴实的生活习惯，一切的事务，都尽可能自己动手来完成，从来都不委用仆役或者婢女。"习劳知感恩"，孩子们从小沿袭纯厚俭朴的家风，了解物力维艰的道理，知道一切都来之不易，所以他们一生都能够刻苦耐劳，知足常乐。

陈昉家中，矗立着一座特别建造的厅堂，非常宽阔，能够容下七百多人共聚一堂用餐。每到吃饭的时候，大家都穿着整齐，扶老携幼地来到厅堂中。彼此见了面，感到分外地亲切，都互相地问长问短，问寒问暖。他们按照年龄、尊卑的先后，次第而坐，大人坐在一个区域，小孩另外坐在一起，可谓长幼有序，条理井然。

全家上下，只要还有一位未到，大家都一定会静静地等待，直到所有的人都到齐了，才开始用餐。吃饭之时，厅堂悄无声息，一片宁静肃穆。等到都吃完了饭，大家才开始热火朝天地聊了起来，有的谈天说地，侃侃而谈，有的文质彬彬地寒暄问候，互问短长。这是全家共有的幸福时光，是其乐融融最感亲情温馨的交融时刻。许多家族性的问题，也常于此时及时沟通解决，避免了各自为政的误会与猜疑。

陈昉的家中，养了一百多条大大小小的狗，它们的性情都特别温顺。更有意思的是，这群家教严格的狗，全都是在同一个大槽里用食。主人们为家狗做了最好的示范，所以它们个个都温和而又乖巧。每到吃饭的时候，它们也牵家带口地来到大槽前，彼此互相摇着尾巴，以示问候。

几条年长的老狗，非常威武地站在那里，原来是在清点数目。只见它们左看看，右看看，发现了阿平家的大狗还没有来。于是，大家都不约而同地在那里憨态可掬地等待着它的到来。不一会儿，有的狗开始悠悠闲闲地来回踱步，有的狗示以问候地摇摇尾巴，调皮的小狗干脆一把搂住"哥哥"的脖子，在地上雪球般地滚了起来。大家左等右等，终于看到一只强壮的大狗，气喘吁吁地跑了过来。原来，今天主人为它洗了个澡，还理了理身上的毛，这才耽搁了用餐的时间。大狗非常抱歉地摇着尾巴，向大家低头忏悔，于是，一百多条狗就开开心心地开始了它们的午餐。

陈家主人们那上下同心、喜气盈人的祥和气氛，连狗都普受熏陶，从而互相尊重、互相敬爱。乡里的人见到这种情形，深受感动。想想看，连狗都能够互敬互爱，如果人父子兄弟之间不能和谐共处，那将何以为人呢？所以乡里之人都纷纷起而效法，忏悔改过，使得那一带的风俗日渐纯朴厚道。

郡守张齐贤将陈昉一家的事迹，向朝廷作了禀报。朝廷有感于他们人与人之间的互敬之诚，所以就免了他们的徭役，而且礼遇有加。希望这个家族的典范，不但

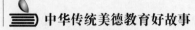
影响全乡，而且能感化全国。

陈昉一家七百多口人，能够如此敦睦和合地生活在一起，实在是难能可贵。相比之下现代社会，真的很难见到数代同堂的景象了。甚至夫妻两个人都两天一小吵，三天一大吵，孩子如何在这样的环境中，身心健康地成长呢？

朋友对您说

"陈昉百犬"的故事生动展现了中国传统的大家庭中和煦温馨的一面。它让我们了解到，和气就是家庭最温暖的阳光，它能够使一个家庭枝繁叶茂、欣欣向荣、充满希望。

美满的家庭，更是国家未来栋梁成长的温床。一个美好的家庭气氛的构成，正取决于家里的每一分子能否互相尊敬，互相关怀，互相礼让。您是否愿意为朝夕共处的家人，献上您灿烂的微笑与温暖的关怀呢？

士选让产

五代时期张士选，幼小年纪就丧父母，靠着叔叔养育教诲他。等到张士选十七岁的时候，他祖父遗下的家产很多还没有分过，他的叔叔就对士选说："现在我和你把祖父遗下的家产分做两份，各得一份。"可是张士选说："叔叔有七个儿子，应当把家产分作八份才好。"叔叔不肯，极力主张分两等份，然而张士选看到叔叔这样坚持，更加礼让。最后叔叔没办法就答应了，把所有的财产分成八等份。

张士选十七岁，就被推荐进京参加考试，同时被推荐参加考试的有二十几位。那时有位精通相学的术士指着张士选说："今年高中状元的，就是这位少年啊！"同辈的人听到了，都大笑不已，并且反驳相士的说法。相士说："做文章这件事情，不是我所能够了解的，但是这位少年，满脸都充满着积德的气象，这一定是他做了大善事的缘故，所以我才敢断定他今年必定高中状元啊！"果然张士选考中，名传金殿。

朋友对您说

古人说："薄待了兄弟，便是薄待了父母啊！薄待了堂兄弟，便是薄待了祖宗啊！"因为树木的根本，若是有了亏损，那么它的枝叶，必定会遭到损坏！这种追本溯源的道理，大家应该要三思啊！

百忍家道兴

　　唐朝张公艺，他的家里竟有九代同堂，住在一块不分家，也因为这么和气兴盛，引起皇帝的注意。他家祖先从北齐开始得到当时皇帝重视，表扬这户人家能和睦共处，足以成为邻里的典范。到了隋朝以及唐朝太宗皇帝时也一样得到朝廷的表扬。等到了唐高宗时，这户人家依然兴盛。有一次，高宗皇帝到太山路过当州这个地方，就来拜访张公艺，问他："为什么你们这一家可以和乐融融，这么多人都能居住在一块呢？"张公艺就请求用纸笔来对答，高宗皇帝就给了他纸笔，他提起笔竟连写了一百多个"忍"字呈给皇上，并且说："一个家庭一切都得利于'忍'。宗族为什么不能和睦相处呢？最主要是领导人有偏颇、私心，在衣食住行方面会徇私，家人当然就会起愤愤不平之心。除此之外，长幼是否有序，也是一个重要的关键。如果一个家庭没有尊卑，没有次第，那么这个家一定是很混乱，在一起相处时一定会纷争不断，更何况彼此之间如果不能相互包容，就会相互争吵，彼此不能同心协力相互合作，不愿意努力生产，家里的产业就不能蒸蒸日上，这个家就没有办法维持下去了。如果每一个人，都积极为家里做贡献，在平时互相协助，都能用这个'忍'字，做到礼让，那么家庭当然就能和睦了。"

朋友对您说

　　我们在日常生活和工作中，都应该学会"忍"。经典中云："一切法得成于忍。"如果你没有忍耐的功夫，就可能一事无成。

文本乞恩

　　唐朝岑文本，官居右丞相。他的弟弟岑文昭，做了校书郎。可是与岑文昭来往的朋友，多是些轻薄没有修养之人。太宗皇帝非常重视臣子们的德行，所以看到文昭屡屡出差错，心里很不高兴，对岑文本说："你的弟弟事故很多，我要把他调到边远的地方去。"

　　岑文本听后就叩着头对太宗皇帝说："我的弟弟因为很小就没有了父亲，所以老母非常溺爱他，现在皇上要叫他外出，母亲一定会忧愁劳瘁的。倘若没有了这个弟弟，就等于没有了我的老母了，让我回到家里，竭力劝诫他，弃恶从善。"讲到这时，他就呜呜咽咽地哭泣起来了。太宗皇帝很怜惜他爱护弟弟的情谊，就收回成命。最后文昭也改邪归正了。

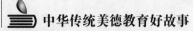

文本记忆力好，文笔好，浑然天成。太宗说："有文本在，天下的诏书就没有问题了。"因为他跟过去写诏书的人最大的不同之处是，文本的文思非常流畅，而且出口成章。来不及写，他就口述，由几个童子一起书写，很快就把这些诏书写完。完成以后，大家看这些诏书内容非常好，所以文本当时以文而出名，太宗也器重他，因此今天他请求太宗才得以获允，手足之情也出自一片孝心。

朋友对您说

孟子说："孩提之童，无不知爱其亲者，及其长也，无不知敬其兄也。"这就是说，孩子在孩提时懂得敬爱父母，稍微长大之后懂得友爱兄弟，这些都不用学习就能知道的，因为它是源自于自然的天性，是人人本具的良知良能，正是所谓的"人之初，性本善"。

李绩焚须

唐朝李绩，字懋功。本姓徐，叫徐世绩，后改为李绩，因为当时太宗皇帝李世民跟他父亲唐太祖李渊打下天下的时候，李绩追随他们父子俩南征北战，出生入死建立唐朝，唐太宗非常感念他对国家的功劳，所以赐他姓李，并且封他为英国公，做了宰相。

有一次他返乡探亲，顺道去探望他的姐姐，姐姐这个时候碰巧生病了，李绩就留下来照顾姐姐，每天侍候着姐姐，亲自给姐姐煮粥。古时候煮粥很不容易，李绩在外面蹲着用炉子烧着劈柴煮粥，不小心一阵风吹来竟把李绩的胡须烧着了，姐姐看见了，就说："我们家里佣人很多，为什么要你自己做，辛苦到这般地步呢？"李绩回答："我难道是为了没有人的缘故吗？因为现在姐姐的年纪已经老了，我的年纪也老了，我们还能有几时在一起，我为姐姐煮粥的机会越来越少了。"李绩在外做官，与姐姐相聚太不容易了，而姐弟之情，别人是代替不了的。

朋友对您说

兄弟姐妹之情，别人是代替不了的。是人生宝贵的财富，要珍惜。

梅妻鹤子

林和靖是北宋的一位隐士，他在幼年时期，父亲就去世了，家里一贫如洗，三餐不继。然而，林和靖颇不以为意，对物质上的贫乏，全然不放在心里。

他自幼勤奋刻苦，致力于圣贤之学，淡泊名利，尤其不喜欢趋炎附势。后来隐居到了杭州，在西湖的孤山结庐而居，二十年来都未曾到过城镇市集。陶醉于山水之间的林和靖，厌弃世间的功名利禄，潜心体悟圣哲的道理。临终前，他留下了这样一句发人深省的诗："茂陵他日求遗稿，犹喜曾无封禅书。"感怀言志，余韵不尽。

林和靖一生都没有娶妻生子，他在草庐的庭院中，种植了许多梅花，还养了一群气质高贵的仙鹤。徜徉在青山绿水、松鹤梅兰之间，多少诗情画意在其中。林和靖尽其一生，都与它们相随相伴，人称"梅妻鹤子"。

然而林和靖过世之后，他所种植的这些梅树，都相继枯萎而死，所有的仙鹤，也都一只只悲鸣不已，哀号欲绝，没过多久，全都相继随林和靖而去。

由此可知，真诚之心，无不感人心怀，化及万物。纵使是一枝一叶、一草一木，也能受到感动。

朋友对您说

放下功利之心，达到纯善之境。物质简朴，情趣高雅。

田真叹荆

隋代有一户田氏人家，住着田真、田庆和田广三兄弟。自他们分别成家之后，兄弟三人就想要各自发展，决定要分家，把家产分成了三份。

分到最后，只剩下庭院中那棵开满紫红色花朵的紫荆树了，多少年来，它一直欣欣向荣，象征着这个家庭的兴旺。一代又一代的田氏子孙，就是在紫荆树默默地俯视下成长起来的。他们其乐融融地生活在这块土地上，繁衍了许多代。老树蕴涵着人们不尽的追忆和缅怀。

哥哥田真叹息着说道："田家的历史有多长，紫荆树就有多老。"田庆不以为然地说："我们家产都分完了，留着这棵树也没什么用了，不如把它给分了。"

幼弟田广精打细算地说："有理有理，紫荆树的树皮和木材都可以入药，我们干脆直接把它砍掉，一人分一份，还能卖个好价钱呢。再说，我们分了家之后，都要各奔前程，谁还顾得上照顾它啊？"

田真说："使不得，使不得。我们怎么忍心伤害这些美丽的花朵和润泽的叶子呢？它鲜活的生命力，伴随着一代又一代人的成长。眼见那翠绿的色泽，谁不发自内心地赞美它的生命？家族有多兴旺，紫荆树就有多美。这是我们家族繁盛的见证，怎能如此伤害于它呢？"

田庆说："哥哥您别犯傻了，谁还会注意到这棵老树？您要是不肯，那我就和弟弟对半分了。"

两位弟弟那样坚持，哥哥也无可奈何，于是他们决定将紫荆树砍成三段。田真仰望着昔日的故宅和茂盛的老树，内心十分的伤感，但也无计可施。

第二天，原本茂盛挺拔的紫荆树，一夜之间突然全部枯萎凋零。看到的人无不大惊失色，疑惑地想到：难道紫荆树也伤心欲绝，知道自己的生命将被截成三段，不如先自行了断吧。

三兄弟见到这个情形，都不禁大吃一惊，开始痛切地忏悔：为什么手足之情要这样分离？连树都觉得伤心，连树都为之涕泣，连树都不想再活下去。昨天热火朝天的砍斫计划，一时间令两位弟弟感到万分地沮丧羞愧。

田真神情肃穆地说："树木原本就是同气连枝的，正是因为听说将要被砍成三段，它们才会如此悲伤，我们人竟然连树木都不如啊！"

田庆看到这番景象，深有所触，他追悔不已地说："当我们还非常小的时候，我们同吃同住，同出同息。那种在父母身旁承欢膝下、同舟共济的幸福生活，现在想起来还那么令人怀念。"

田广伤感地说："现在父母都不在了，我们兄弟就是最亲最亲的人了，如果连我们都不肯团结友爱的话，那父母在天之灵一定会天天流眼泪，一定会比紫荆树还要伤心的。"

田真说："我们为什么不能继续从前的生活呢？'三人同心，其利断金'。我们是同一个生命共同体，要想重振家业，就要通力合作，和睦共处，团结一心。"

兄弟三个人的手紧紧地握在了一起。他们把分家的契约在紫荆树面前一同烧毁，决定继续同舟共济，共同经营幸福的生活。兄弟三人默默地祝祷着，感恩祖先留下的这棵紫荆树，示现了及时的枯萎，让他们深深体会到：连树木都有真情，难道人连树木都不如吗？

第二天，当太阳早早地爬上枝头的时候，田广打开窗户，惊讶地喊了起来："哥哥，哥哥，快来看看，叶子绿了，紫荆树的头抬起来了，叶子变绿了。"

鸟儿听到他的叫声，也不由自主地朝着紫荆树那片绿油油的枝头望去。两位哥哥惊讶地探出了头，紫荆花那片殷红的色彩，湿润了他们的眼睛……

从此之后，他们兄弟更加友爱，他们相互扶持，相互帮助，再也不提分家分财产的事情了。美丽的紫荆树，也繁茂如初，就像这个团结如故的家庭一样，欣欣向荣，充满无限生机。

朋友对您说

"和"为贵。人体各个器官如果不能协同配合，身体必遭病魔的侵袭；团体不和睦，必定迅速瓦解；国家上下不团结，则很难抵御外敌的入侵。俗话说，"家和万事兴"，和睦何其重要！兄弟是同气连枝的生命共同体，就像树枝树干一样不可分离，只有和谐共处，才能繁茂兴盛。彼此之间如果产生对立和嫌隙，整棵树都会受到伤害。

刘琎束带

南北朝时期的刘琎，字子敬，在泰豫年间（公元 472 年）曾经当过明帝的挽郎，是一位非常有德行的君子。他学识渊博，为人恭敬谨慎、刚方正直，与哥哥刘瓛都深为当世人所尊重。

有一天晚上，刘瓛突然想到，有一件事情要跟弟弟作交代，于是就在隔壁房间叫着弟弟的名字。话音刚落，刘琎那边马上传来了一阵窸窸窣窣的声音。他满以为弟弟很快就会回应，可是左等右等，却没有等到他的回复，令人感到特别地奇怪。过了好一阵子，才传来了弟弟那毕恭毕敬的声音："哥哥，您有什么事情吗？"

哥哥感到十分讶异，于是就责问他说："我已经等了好久了，你怎么到现在才回答？"刘琎深表歉意地说："因为我的腰带还没有系好，穿得这么随便，就回您的话，是多么失礼的事情啊。所以我才耽误了这么长的时间，实在是对不起。"

原来，刘琎已经换好睡衣，躺在了床上。他一听到哥哥在叫他，就赶紧下了床，把白天穿的正式的衣服拿出来，迅速穿上，束好腰带，全身上下都收拾得整整齐齐，并毕恭毕敬地站好了之后，才回应他。

在中国古老的《礼记·曲礼》中开端云："曲礼曰，毋不敬"。"毋不敬"就是指哪怕是任何微小的细节，都不忘恭敬谨慎的态度。所以听到哥哥呼唤的时候，为什么刘琎他不先回应，然后再出来呢？因为他一心想到的就是，人一定要恭敬。

我们想想，亲生兄弟并不是关系疏远的人，卧室也不是会客的正厅，夜晚睡眠时间，更不是进退礼节需要十分周全的时候。在这种情况下，每个人都不想太过于拘束，所以自然而然地言语行为也会变得任意随便。

可是刘琎并不这样认为，他觉得自己连腰带都没有束好，全身也没有打理好，怎么可以随随便便就回复哥哥呢？那是多没礼貌的事情啊。夜半时分，没有穿戴整齐，就连回应一声都不敢了。连小事都如此谨小慎微，当他身临大节的时候，不就更是毫不苟且了吗？想必一定更为谦恭审慎、诚惶诚恐了。从这件事中也得以看出，他对哥哥是多么敬重，兄弟二人的友爱之情，又是多么深厚。

曾经有一次，刘琎和朋友孔澈一起坐船游览。和煦的阳光，迷人的景色，令人心旷神怡。他们谈古论今，甚为惬意。小船乘风破浪，缓缓地前行，只见沿途山高水阔、非常壮美，置身其中真是神清气爽、心胸开阔。突然间，从远处传来了一阵又一阵美妙的歌声，循声望去，原来是许多美丽的少妇出门踏青，正在岸边愉快地悠游嬉戏。

这些婀娜多姿的女子，比春天的花朵还要美丽，孔澈的目光立刻就被吸引住了。他起初碍于情面，先偷偷地看上几眼，后来竟不知不觉陶醉其中，上上下下打量个不停，完全忘掉了身旁的刘琎。

刘琎对孔澈的表现感到甚为不齿，于是就一言不发地端起椅子，独自搬到另一边去坐，表示不肯和品行不端的人做朋友。孔澈于是感到很窘迫羞愧，却又不知所措，只好孤孤单单地独自低头忏悔。

严于律己的刘瓛，在品德学问、道德涵养上，都是出类拔萃的人物。文惠太子久仰其盛名，礼敬有加地把他请到东宫任职。刘瓛不负众望，他忠心耿耿，兢兢业业，成为一代名臣。

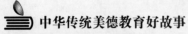
朋友对您说

《孝经》告诉我们这样的道理：友爱兄弟的人，自然懂得孝敬长辈；善于持家的人，将治家的原则推而广之，就能在做官的时候，更好地造福社会国家。刘瓛能够成为一代名臣，无不归功于他至诚的孝顺与友爱，这一切都离不开他自幼的严于律己、谦卑恭敬。

"刘瓛束带"的故事启发我们，无论做任何事情，君子都不失其恭敬之心。一个人如果具备了真诚恭敬，并且从身边的每一件小事做起，才能够"德日进，过日少"，我们在道德品行上，才真正得以日新又新。

庚衮侍疫

晋朝庚衮，字叔褒。当时正值瘟疫流行，他的两个哥哥都死于瘟疫当中，次兄庚毗又染上瘟疫，无奈之下，父母只好留下庚毗，领弟弟们到外地避难。

而庚衮不肯走，大家强行拉他走，他说："我生性抵抗力好，不怕瘟疫，我来服侍次兄庚毗！"他夜以继日地服侍着卧病在床的次兄，不但如此，还看护着两个哥哥的灵柩。看到这些天灾没有办法逃避，导致骨肉分离、家破人亡，他就忍不住哀哀啼哭。

然而庚衮在这样艰难的环境里，"忍人所不能忍，行人所不能行"。他的这种悌行感动了天地，经过一百多天后，流行的瘟疫终于停止了，家里人也都纷纷回来了。父母看到庚毗的病好了，庚衮也很健康，非常惊讶，真是奇迹！父母及弟弟们都非常高兴。

朋友对您说

瘟疫虽可怕，骨肉之情，更可贵。

王览护兄

晋朝的王览,有个同父异母的哥哥叫王祥,王览对这个兄长很尊敬。王祥侍奉后母非常孝顺,而后母却对王祥非常不好,经常打王祥。王览看到了,就流着眼泪抱着哥哥哭。后母刁难王祥,王览就与王祥一起去做。后母对王祥的虐待不仅在小的时候,到了成年娶了妻子以后,对王祥和他的妻子也是非常严厉。每一次母亲惩罚大哥,王览都带着妻子过来帮忙,尽心调和他们之间的关系,化解危机。

王祥的道德学问日益提升,后母起了个坏念头,因为王祥的名声越好,往后她的恶名就越昭彰。于是就在酒里下了毒,要给王祥喝,被王览发现,情急之下把毒酒夺过来自己要当场喝下去,替哥哥去死。这时后母立刻把酒打翻在地,恐怕自己亲生的儿子被毒死。见此情形,后母也很惭愧,心想,我时时想致王祥于死地,而我的儿子却用生命来保护王祥!兄弟之情终于感化了后母,当场后母和两个兄弟抱在一起痛哭流涕。可见唯有德行、唯有真诚能化解人生的灾难。

后来王祥和王览都在朝廷里当官。有一位大官叫吕虔,送给王祥一把传家之宝的佩剑,告诉他,拥有这把宝剑的人子孙会非常发达和荣显。结果,王祥回去之后马上把宝剑给了弟弟。史书记载,王祥和王览的后代九世都官至公卿。

朋友对您说

与其说拥有宝剑者的子孙发达荣显,不如说孝悌传家传万代。

缪彤自责

汉朝缪彤,字豫公。在他小的时候,父母双双去世,兄弟四个人同住在一起,缪彤是长兄,要照顾三个弟弟。他虽是一位读书明理之人,然而长兄要教育弟弟是很难的,身为父母教养自己的子女都很不易,更何况为兄的呢?

三个弟弟娶妻之后,纷纷要求分田产、分家业,而且还屡屡发生争夺。缪彤听说后很愤怒,也非常难过,就关起门来哭,自己打着自己说道:"缪彤呀缪彤!你勤学修身,学圣贤之道,为的是要以身作则,能感化周围的人,能移风易俗。可是如今连自己家里的人都没有办法说服,更何况去感化别人!"缪彤如此自责,大声痛哭,弟弟跟弟媳们听到后很受感动,都在门外叩着头,向缪彤忏悔、谢罪,希望长兄能原谅他们,也意识到长兄完全是希望这个家好,才如此做。

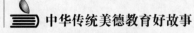

从此全家和睦，再也不起争端了。

朋友对您说

要知道父兄爱子弟，不必苛责子弟一定要顺从。子弟爱父兄，不必苛责父兄一定要慈祥。只要各尽自己本分，凡事反躬内省，父子兄弟的关系才能和谐。

许武教弟

诗曰：许武教弟，半读半耕，取多与寡，以成弟名。

汉朝许武，有三个兄弟，父亲很早就过世了，两个弟弟一个叫许宴，一个叫许普，年纪还非常小。在过去传统的家庭里长兄如父，父亲过世了，身为长兄的许武，必须要肩负家庭的重任，不但要负责生计，更要提携照顾两个弟弟。

许武知道他的责任非常重大，白天到田里劳作时，就把弟弟安置在树下荫凉的地方，教两个弟弟学习如何耕种；晚上回家时教两个弟弟读书，非常辛劳。如果两个弟弟不肯受教，他就跑到家庙向祖先禀明：今天我教导不力，所以两个弟弟才不受教。他把所有的责任自己承担下来，在祖先面前告罪，是自己的过失，忏悔自己没有尽心尽力，直到两个弟弟哭泣着来请罪，许武才起立，而且他始终没有严声厉色地对待弟弟。许武到了壮年还没有娶妻，有人劝他，他回答说："我恐怕找到不适当的人选，反而使兄弟的情感发生嫌隙！"

后来许武被推荐为孝廉。为了让两个弟弟也能够成名，跟他一样被举孝廉，就故意把家产分为三份，自己取最好的，让弟弟得到的又少又不好，让所有亲朋好友、邻里都骂这个哥哥贪婪，推崇两个弟弟谦让。等到弟弟在品德、学问和产业上有一点点成就，也被推举为孝廉时，哥哥才把亲朋好友聚集在一块，把他成就两个弟弟的苦心表露了出来。当场的人都非常惊讶，许武竟然是这样的长兄，疼爱他两个弟弟，提拔他两个弟弟，如此用心良苦！

从此以后，乡里的人都称他"孝悌许武"。郡守和州刺史推荐许武出来为民服务，并且请他担任"议郎"的官职。许武的声望非常显赫，不久，他却辞去官职而返回故乡，先为两位弟弟张罗婚事，而后自己才娶妻。兄弟们生活在一起，相处得非常融洽。

朋友对您说

生活中在名利面前有些人常常"目中无人"，"六亲不认"，这样德薄的行为，又岂能真正守得住家业呢？

赵孝争死

在汉朝的时候，有一个叫赵孝的人，字常平。他有一个弟弟叫赵礼，兄弟两个人相处得十分友爱。

有一年，由于收成不好，粮食减产歉收，饥荒严重，社会治安也很混乱。

这一天，空中乌云密布，天色显得十分昏暗。一阵狂风过后，人们的心头仿佛都有一种不祥之兆。果然，一伙强盗突然占据了宜秋山，开始四处抢掠，百姓们都慌忙逃命，因为在这种严重的饥荒灾区，饥饿已经使强盗们失去了理性，甚至连吃人的事情也有所耳闻。

强盗们在老百姓的家中大肆搜寻一阵，见找不出多少粮食和值钱的东西，一怒之下，他们就只好抓人，恰好把弟弟赵礼给捉走了。

赵礼虽然身体瘦弱，但是穷凶极恶的强盗们也不肯放过他，将他五花大绑捆起来后，绑在一个树上，然后在旁边架起炉灶生起火来，开始烧水，准备拿赵礼来充饥。

哥哥赵孝虽然幸运地躲过了这一劫，却找不到了弟弟。他心急如焚，四处打听，得知有人亲眼看见赵礼被强盗抓走了。

弟弟被掠走的消息让赵孝心如刀割。他焦急地想："我该怎么办？要是弟弟有个三长两短，可怎么对得起父母啊！我这个做哥哥的又怎么能再活在这个世上？弟弟是同胞骨肉，哪怕赔上自己的性命，我也要救出他。"想到这里，赵孝就下定了决心，寻着强盗撤离的方向奔了过去。

赵孝救弟弟心切，很快就赶到了强盗那里，见到了被捆绑的弟弟，同时也看到旁边有一锅正呼呼冒着热气的开水。弟弟赵礼见哥哥来了，先是一阵惊喜，随后马上就哀叹起来，埋怨哥哥说："哥哥呀！您怎么可以到这个地方来呀！这不是白白送死来了吗？"

此时赵孝也顾不上与弟弟搭话，就冲到强盗的面前，哀求强盗说："我弟弟是一个有病的人，而且身体也很瘦弱，他的肉一定不好吃，请你们放了他吧！"

强盗们一听大怒，气汹汹地对赵孝说："放了他，我们吃什么？"赵孝听强盗这样一问，就赶紧说："只要你们放了赵礼，我愿意用自己的身体给你们吃，况且我的身体很好，没有病，还很胖。"

强盗们听了赵孝的这番话，一下子都愣住了，他们没想到天下还有这样甘愿送死的人，相互震惊地对视着。

这时，就听见赵礼在旁边大声地喊："不行！不可以那样做的！"边上一个强盗就向赵礼吼道："为什么不行？"赵礼哭着说："被捉来的是我，被你们吃掉，这是我自己命里注定的，可是哥哥他有什么罪过呀？怎么可以让他去死呢？"听罢此言，赵孝连忙扑到弟弟面前，兄弟相拥在一起互劝对方要让自己去死，情急之下已是泣不成声。

这些无恶不作的强盗们，听着兄弟互相争死的话语，望着手足之间舍身相救的场面，被深深震慑住了。他们那尘封已久的恻隐之心，被这人间真情真义的感人场

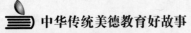
面唤醒了，也都不禁淌下了热泪。旋即，他们放走了兄弟两人。

后来，这件事辗转传到了皇帝那里，皇帝是一个深明仁义道德之君，不仅下诏书，封了兄弟二人官职，而且把他们以德感化强盗的善行，昭示于天下，让全国百姓效仿学习。

朋友对您说

兄弟之情可赞；强盗过而能改，善莫大焉；国家以孝悌治天下，能移风易俗。

泰伯采药

商朝末年的时候，有个孝、悌兼全的人，姓姬名泰伯，是诸侯周太王的长子，他有两个弟弟，大弟叫仲雍，二弟叫季历。季历的儿子姬昌，就是后来的周文王。文王生下来的时候，有一双赤色的雀子嘴里衔了丹书，停在门户上，表示圣人出世的祥瑞。

周太王看到了季历生儿子时有瑞相，再看到这个小孙子姬昌的确有不凡之才，所以太王有意将王位传给季历，再由季历传位给姬昌。泰伯知道父亲的意思，就和大弟仲雍商量约定，应该如何顺从亲意。这时，刚好周太王生病了，于是泰伯就跟仲雍以采药为名离开周国，到南方荆蛮之地，一是逃避父王派人追查；二是表示自己希望把周国的王位让给季历。

他父亲去世的时候，两个长兄也没有回去奔丧，顺理成章让季历继承王位。当时有许多人到荆蛮寻找泰伯，泰伯为了不被认出来，就披发文身。季历也是非常仁慈厚道，他看到两个哥哥如此礼让他，就不负众望，把国家治理得非常好，最后把王位传给姬昌，就是历史上闻名的周文王。

朋友对您说

"泰伯三以天下让"，他成全了父母的心愿；成全了周朝八百年的盛世；成全了整个社会的风气。后来，孔子表扬泰伯，说他已经到了至德的地步。

姜肱大被

汉朝的时候，有个人姓姜名肱。他有两个弟弟，一个叫姜仲海，另一个叫姜季江。他们兄弟三人非常的友爱。

兄弟三人天天在一起读书，下课又一起温习功课、玩耍，还一起帮家里做家务事。三个兄弟还缝了一床大棉被每天都睡在一起。或许我们会觉得，这种情形在幼年的时候才有可能发生，长大之后不可能，因为已经成家立业了。可是姜肱三兄弟长大之后感情依旧非常的好，好到有时还三个人睡一块，这就真的非常难得。他们三兄弟能同睡一条棉被，这样到成家之后，感情还这么好，就突显他们三兄弟的确是一条心。

有一次姜肱跟他的弟弟一同去京城，结果半夜路遇强盗。月光下，强盗面目狰狞，手里的匕首泛出幽幽寒光，看了直叫人打战。强盗嚣张地晃着寒光闪闪的匕首一步步逼近抱在一起的两兄弟。突然，哥哥推开弟弟，抢上前一步说："我弟弟还小，我是做哥哥的，我可以牺牲，我要挽救我的弟弟，希望你们放他一条生路。"这时，后面的弟弟也走上前来说道："不！你不可以伤害我哥哥。哥哥学问、品德很好，是家里的珍宝，是国家的栋梁，我年纪小，能力差，不及长兄，还是杀我吧！"兄弟俩都争着让对方活着，想到兄弟就要生离死别，俩人不禁抱在一起，痛哭流涕。

盗贼也不是铁石心肠，也是因饥寒才起盗心。他深深地被兄弟俩的手足情感动了，说道："我今天终于见到什么叫亲情了。"于是抢了一些财物便匆匆离开。进了京城，有人见到姜肱衣冠不整，穿得很破烂，就问他："出了什么事，你会如此的落魄？"但是姜肱用其他种种的言语，来掩饰他被抢的这一段经历，绝口不提被抢的这一段事，因为他深盼盗贼能悔改。

后来事情辗转传到盗贼那里，他听到姜肱被抢而不说，非常感激，悔恨交加。于是就跑去请求拜见姜肱，亲自把所有抢来的衣物还给了姜肱，并表明痛改之意。姜肱可以说仁慈到了极点，怎会不感化人？何况盗贼也是人啊。

朋友对您说

我们人与人之间也要像姜肱兄弟一样，相亲相爱，互相帮助。让世界成为一个和睦、友善、美好的大家庭。

几块？

哥哥对弟弟说：你猜猜我的口袋里有几块糖？
弟弟说：猜对了你给我吃吗？
哥哥点点头：嗯，猜对了都给你！
弟弟咽了咽口水说：我猜五块！
然后，哥哥笑着把糖放到弟弟手里，说：我还欠你三块。

朋友对您说

故事虽短，兄弟情深啊！

治还是不治

妻子晚上临睡前问老公："如果是我得了绝症，你会给我治吗？"

老公都快睡着了，迷迷糊糊说："别瞎说……倾家荡产也得治！"

我说："如果你得了呢？"老公："那就不治了。"

我问："为什么？"老公："剩下你一个人，挣钱不容易。"

朋友对您说

其实夫妻之道来自于从小的孝悌之心，在人生的某个时候我们将和一个没有血缘关系的人相处一辈子，如果从小没有孝悌之心，怎么能做个好丈夫、好妻子呢？

她一直没有睡好

我上床的时候是晚上 11 点，窗户外面下着小雪。我缩到被子里面，拿起闹钟，发现闹钟停了，我忘买电池了。天这么冷，我不愿意再起来。我就给妈妈打了个长途电话：

"妈，我闹钟没电池了，明天还要去公司开会，要赶早，你六点的时候给我个电话叫我起床吧。"

妈妈在那头的声音有点哑，可能已经睡了，她说："好，乖。"

电话响的时候我在做一个美梦，外面的天黑黑的。妈妈在那边说："小桔你快起床，今天要开会的。"我抬手看表，才五点四十。我不耐烦地叫起来："我不是叫你六点吗？我还想多睡一会儿呢，被你搅了！"妈妈在那头突然不说话了，我挂了电话。

起来梳洗好，出门。天气真冷啊，漫天的雪，天地间白茫茫一片。公车站台上我不停地跺着脚。周围黑漆漆的，我旁边却站着两个白发苍苍的老人。我听着老先生对老太太说："你看你一晚都没有睡好，早几个小时就开始催我了，现在等这么久。"

是啊，第一趟班车还要五分钟才来呢。终于车来了，我上车。开车的是一位很年轻的小伙子，他等我上车之后就轰轰地把车开走了。我说："喂，司机，下面还有两位老人呢，天气这么冷，人家等了很久，你怎么不等他们上车就开车？"

那个小伙子很神气地说："没关系的，那是我爸爸妈妈！今天是我第一天开公交，他们来看我的！"

我突然就哭了——我看到爸爸发的短消息："女儿，妈妈说，是她不好，她一直没有睡好，很早就醒了，担心你会迟到。"

朋友对您说

我们过多地关注的是自己，而往往会伤害到我们的父母，还有兄弟姊妹。因为他们离我们那么近。

生日派对之后

一位母亲在为孩子操办一个盛大的生日派对后，孩子却不领情，直埋怨母亲这里做得不好，那里做得不好。母亲觉得很伤心，问自己的孩子："母亲花这么多钱和精力筹办这个生日晚会，你有没有感恩的心？"孩子说："你办得好，当然我会感恩，但是你没有办好，我为什么要感恩？""就算你不满意，但是母亲这么辛苦，你就没有一点感恩之情吗？""我不觉得这很辛苦啊，为什么要感恩？""这个不辛苦，但是母亲生你，就不值得你感恩吗？""你们结婚生我，不是为自己也开心吗，我为什么要感恩？"母亲语塞，哭了起来。

在生活中，很多孩子认为，接受父母给他们准备的一切是理所当然的。而不少父母也不遗余力地爱自己的孩子，甚至超出了他们的能力，但他们的付出不仅没有换来孩子的满心感激，孩子还总觉得自己不幸福。稍有不如意，就怨天尤人。为什么会出现这种情况？主要原因是家长们忽视树立孩子的感恩意识。有句名言："人如果没有感恩的意识，那与禽兽有什么两样呢？"感恩是中华民族的传统美德，是一种处世哲学，是一个人对自己和他人以及社会关系的正确认识；感恩也是一种责任，知恩图报，有恩必报，它不仅是一种情感，更是一种人生境界的体现。

朋友对您说

培养孩子学会感恩，不仅仅是一种美德的要求，更是生命的一个基本要素。只有让孩子知道了感恩父母、兄弟姊妹、亲戚朋友乃至社会大众，他们的内心才会充实，头脑才会理智，人生才会有更多的幸福，常怀感恩之心，这个世界才会变得更加美丽。从某种意义上来说，缺乏感恩意识的孩子，无论他的能力多么出色，也是难以成为真正意义上的强者的，因为社会难以接受和认可不知道感恩的人。因此，父母要想把自己的孩子培养成一个强者，必须培养他们的感恩意识。

好福气也是会传染的

鹃鹃原本在美国工作，公司给她的待遇很好，再加上单身，过得很逍遥。

前一阵子她住在台湾的母亲罹患脑瘤，开刀后复原得很慢。鹃鹃立刻请调回台，找了间公寓，把母亲接到身边就近照顾。鹃鹃不是家中的独生女，上有大姐，下有弟弟，但是只有她放弃原本的生活，承担服侍母亲的责任。

她大姐偶尔给她一笔钱，当作是孝亲费，此外很少露面，更别谈关心自己母亲的现况，好像出点钱就可以心安理得地把母亲推给妹妹。我们这些鹃鹃的朋友看不过去，纷纷提醒她要找大姐和弟弟谈清楚母亲的事。鹃鹃保持她一贯的优雅从容，静静地说："照顾妈妈是我的福气。"

原本为她打抱不平的我们，听了这句话，顿时沉默起来。

难怪从来不曾听她抱怨，自认享有"福气"的人，怎么会向人诉苦呢？她总是耐着性子寻找适合母亲的饮食配方和复健机构，珍惜与母亲相处的时光，鹃鹃忙着张罗都来不及了，哪有闲工夫喊累叫烦哪！在鹃鹃细心打点下，病情不大乐观的母亲，身体竟一天天好起来，母亲想要康复的意愿也启动了，甚至会离开卧房到屋外走走。

原本令人觉得沉重的担子，因为鹃鹃懂得惜福，居然化作丰盛的礼物。

现在鹃鹃成了大家的强心剂，每当我们遇到困难，或者受了委屈，习惯性地退缩、放弃、抱怨或指责别人时，总会想起她的话。

朋友对您说

对于兄弟姊妹之间的责任，自己能多做一点是自己的福气。又何必去指责别人呢？心态就是命运。

"孩子不听话，耐着性子引导他是我的福气。"

"挤公交车没位子坐是我的福气。"

"能认识你也是我的福气。"

说这些话的时候，我们多少带着点自我解嘲的意味，有时也是开玩笑，但不知不觉中，我们看待周遭人事物的态度有了明显变化，原来好福气也是会传染的。

手足情深

收获的季节到了，两个强壮的男孩下山去找工作，他们对一位有钱的农夫说："如果你供我们吃饭，而且给我们五十元的工资，我们就帮你把谷粒搬到谷仓去。"

"五十元太多了！"农夫回答，"我觉得三十元已经够多了。"

"我们必须要五十元。"两个孩子说:"少一点就没有用了!如果你不能付这么多,我们只有去找别人。"

"为什么你们一定要这么多钱呢?"农夫问。

孩子回答:"在家里,我们还有一个十四岁的弟弟,有一位做马车的老板答应带他去店里做学徒,可是要我们先付一笔学费。父亲筹不出那么多钱,所以我们两个做哥哥的决定下山工作,来赚这笔学费。"

"很好!"农夫说:"因为你们的友爱,我决定破例给你们五十元工资。但是,你们一定要使我满意。"

两个孩子立刻开始工作,额上的汗珠大颗大颗地落下来。

当谷粒全都放好了,农夫付给他们五十元,并且说:"你们工作得很好、很认真,我要多给每一个人一块钱作为报答。"

朋友对您说

　　道德由近及远,兄弟姊妹之间依靠扶持,精神上的支持会化为强大的生命力。

相亲相爱的姊妹

一位贵妇收养了一个贫苦的孤女,小女孩非常聪明乖巧,又勤劳又温和。

有一天,贵妇对她说:"玲玲,你真是个好孩子,圣诞节快到了,我想给你添几套新衣服,我已经跟时装店讲好了,现在你带着钱,自己去挑选你想要的漂亮衣服,好吗?"

贵妇把钱递给她,玲玲考虑了好一会儿才说:"妈妈,我已经有许多新衣服了,可是我的妹妹兰兰她的衣服都是破旧的,如果她又看见我穿新衣裳,心里一定会很难过。我可不可以把这些钱送给她?她很喜欢我,我也很想她,以前我病了,都是她守在身边照顾我,她是天下最可爱的小护士。"

"好孩子!"贵妇回答说:"赶快写一封信给兰兰,请她来跟我们一起住,以后你有什么,兰兰也会有,既然你们姊妹俩那么相亲相爱,我也要尽量使你们都能快乐。"

朋友对您说

　　能给予才是富,心善良方显贵。

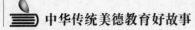
老母亲为何流泪?

老大和老二为轮流养老母亲而争吵起来，老大说："上个月妈妈在我家多住了一天，就在你家少住了一天，每天她的花费是 20 元，你该付给我。"老二说："我不给钱，我妈一天花得掉 20 元吗？这个月让她在我家多住一天不就抵消了！"

这时一旁的老母亲已经低声地啜泣起来。

朋友对您说

曾子曰："孝有三，大孝尊亲，其次弗辱，其下能养。"意思是说，孝有三方面，大孝是尊重父母，其次是不使自己的言行给父母带来耻辱，再次是能养活父母。做儿女的，要经常反省自己："尽到了做子女的责任吗？"

爸爸您喝口水

爸爸在帮妈妈打稿子，我看到爸爸这么辛苦，一直坐在电脑前，脚都坐麻了。于是，我就帮爸爸倒了点温水。双手捧着水杯，小心翼翼，就像捧着一颗温热的心，生怕荡到地上。爸爸喜出望外，仰起脖子，张着嘴巴，"咕咚，咕咚"地喝了几大口。看他那甜蜜蜜的样子，我心里也喜滋滋的。

父母对我们的爱就像一条长长的、细细的河，永远流淌在我们的身边。我们所付出的只是微乎其微的一点点呀！

朋友对您说

"香九龄，能温席。孝于亲，所当执。"从小事入手，孝道就在这些小事里。故事中的一杯水有限，但这一杯水蕴含的亲情无限。

包公辞官尽孝

包公即包拯（公元 999～1062 年），父亲包仪，曾任朝散大夫，死后追赠刑部侍郎。包公少年时便以孝而闻名，性直敦厚。在宋仁宗天圣五年，即公元 1027 年中了进士，当时二十八岁。先任大理寺评事，后来出任建昌（今江西永修）知县，因为父母年老不愿随他到他乡去，包公便马上辞去了官职，回家照顾父母。他的孝心受到了官吏们的交口称颂。几年后，父母相继辞世，包公这才重新踏入仕途。

朋友对您说

在古代社会，如果父母只有一个儿子，那么这个儿子不能扔下父母不管，只顾自己去外地做官。这是违背伦常规定的。今天社会流动性大，我们和父母如果分居不同的地方，一定要常回家尽孝道，如果父母有疾病，无论多么大的工作都应该放下，回到父母身边照顾他们。

不松手放掉的钱袋子

一天中午，一个捡破烂的妇女，把捡来的破烂物品送到废品收购站卖掉后，骑着三轮车往回走，经过一条无人的小巷时，从小巷的拐角处，猛地窜出一个歹徒来。这歹徒手里拿着一把刀，他用刀抵住妇女的胸部，凶狠地命令妇女将身上的钱全部交出来。妇女吓傻了，站在那儿一动不动。

歹徒便开始搜身，他从妇女的衣袋里搜出一个塑料袋，塑料袋里包着一沓钞票。歹徒拿着那沓钞票，转身就走。这时，那位妇女反应过来，立即扑上前去，劈手夺下了塑料袋。歹徒用刀对着妇女，作势要捅她，威胁她放手。妇女却双手紧紧地攥住盛钱的袋子，死活不松手。

妇女一面死死地护住袋子，一面拼命呼救，呼救声惊动了小巷子里的居民，人们闻声赶来，合力逮住了歹徒。

众人押着歹徒搀着妇女走进了附近的派出所，一位民警接待了他们。审讯时，歹徒对抢劫一事供认不讳。而那位妇女站在那儿直打哆嗦，脸上冷汗直冒。民警便安慰她："你不必害怕。"妇女回答说："我好疼，我的手指被他掰断了。"说着抬起右手，人们这才发现，她右手的食指软绵绵地耷拉着。

宁可手指被掰断也不松手放掉钱袋子，可见那钱袋的数目和分量。民警便打开那包着钞票的塑料袋，顿时，在场的人都惊呆了，那袋子里总共只有 8 块 5 毛钱，全是一毛和两毛的零钞。

为 8 块 5 毛钱，一个断了手指，一个沦为罪犯，真是太不值得了。一时，小城哗然。

民警迷惘了：是什么力量在支撑着这位妇女，使她能在折断手指的剧痛中仍不放弃这区区的 8 块 5 毛钱呢？他决定探个究竟。所以，将妇女送进医院治疗以后，他就尾随在妇女的身后，以期找到问题的答案。

但令人惊讶的是，妇女走出医院大门不久，就在一个水果摊儿上挑起了水果，而且挑得那么认真。她用 8 块 5 毛钱买了一个梨子、一个苹果、一个橘子、一个香蕉、一节甘蔗、一枚草莓，凡是水果摊儿上有的水果，她每样都挑一个，直到将 8 块 5 毛钱花得一分不剩。

民警吃惊地张大了嘴巴。难道不惜牺牲一根手指才保住的 8 块 5 毛钱，竟是为了买一点水果尝尝？

妇女提了一袋子水果，径直出了城，来到郊外的公墓。民警发现，妇女走到一个僻静处，那里有一座新墓。妇女在新墓前伫立良久，脸上似乎有了欣慰的笑意。然后她将袋子倚着墓碑，喃喃自语："儿啊，妈妈对不起你。妈没本事，没办法治好你的病，竟让你刚 13 岁时就早早地离开了人世。还记得吗？你临去的时候，妈问你最大的心愿是什么，你说：我从来没吃过完好的水果，要是能吃一个好水果该多好呀。妈愧对你呀，竟连你最后的愿望都不能满足，为了给你治病，家里已经连买一个水果的钱都没有了。可是，孩子，到昨天，妈妈终于将为你治病借下的债都还清了。妈今天又挣了 8 块 5 毛钱，孩子，妈可以买到水果了，你看，有橘子、有梨、有苹果，还有香蕉……都是好的。都是妈花钱给你买的完好的水果，一点都没烂，妈一个一个仔细挑过的，你吃吧，孩子，你尝尝吧……"

朋友对您说

"谁言寸草心，报得三春晖。"父母对子女的恩情重如泰山，为儿女者当感恩回报。

一盘沪剧磁带

在全国以实施"跨世纪教育工程"而著称的上海建平中学，一个 13 岁少年的题为《妈妈，我就是你的眼睛》的发言，使全国女市长考察团的 26 位成员潸然泪下。这位同学 9 岁时，母亲双目失明，他幼小的肩膀过早地承受了家庭的较多责任和义务，为了买一盘母亲喜欢的沪剧磁带，他利用休息日在上海的街头整整跑了 6 个小时！

朋友对您说

这位九岁的同学力行了《弟子规》中的"亲所好，力为具"，值得我们认真学习。

葫芦兄弟

传说葫芦山里关着蝎子精和蛇精。一只穿山甲不小心打穿了山洞，两个妖精逃了出来，从此百姓遭难。穿山甲急忙去告诉一个老汉，只有种出七色葫芦，才能消灭这两个妖精。老汉种出了红、橙、黄、绿、青、蓝、紫七个大葫芦，却被妖精从如意镜中窥见。它们摧毁不了这七个葫芦，就把老汉和穿山甲抓去。七个葫芦成熟了，相继落地变成七个男孩，穿着七种颜色的服装。他们为了消灭妖精，救出老汉和穿山甲，一个接一个去与妖精搏斗。红娃是大力士，但有勇无谋，落入蜘蛛网被擒。橙娃是千里眼和顺风耳，却被妖精的六棱镜射瞎了眼睛。黄娃是硬铁头，由于寡不敌众，被妖精用磁石吸住。绿娃有水性，被妖精用罂粟花醉倒。青娃会火功，又被妖镜的寒光变成冰人。蓝娃有隐身术，想去偷妖精的如意宝镜，反被他们吸进自己的宝葫芦，也被他们活捉。妖精把七兄弟送进炼丹炉，想炼成七心丹。这时，他们联合起来，发挥各人的法术，冲出炼丹炉，终于打败妖精，并把它们收进宝葫芦里。

朋友对您说

弟兄姊妹间团结就是力量，可以战胜一切困难。

打虎亲兄弟

从前，闽南某山区半山腰，有一小村庄，村前村后树林密布，常有野兽出没。村里有户人家，父母早逝，兄弟三人，白天结伴上山砍柴，挑往市场换口粮，晚上则遵照祖训，一起练武防身，天长日久，却也练就一身好拳脚。由于家境贫寒谋生艰难，老大跟乡亲们一道漂洋过海往南洋打工。几年后，老家的老二和老三都先后成家，分家过活。有一段时间，村里常发现有老虎出没，村民惶惶不安。兄弟俩见此情况，商议上山打虎为民除害。就找铁匠打造一双钢叉子和一对铁短棍为打虎武器。于是兄弟俩就拿着钢叉和铁棍上山埋伏。时近黄昏，一阵冷风过处，见一老虎从密林中闯出来，老三年轻气盛，拿着钢叉就冲着老虎迎上去。老虎见有人拦路就站着盯住来人。老三把钢叉在老虎面前虚晃几下，惹得老虎抖起虎威，"吼"的一声，跃起前腿，居高临下扑下来。老三不失时机，把钢叉对准老虎的脖子叉上去。老虎被钢叉叉在半空中，前腿乱踢。这时，老二急忙用铁棍打折老虎的两条前腿，老虎断了前腿，不能再抖威了。兄弟俩就双双举起铁叉和铁棍往老虎身上猛打乱刺。不一刻，老虎断气，两人就扛着死虎回村。从此以后，兄弟俩就以打虎为营生，日子却也过得颇顺心。一晚，老三向妻子讲起了打虎时兄弟两人如何配合默

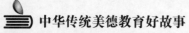
契。妻子听后很不以为然，觉得丈夫每次都是出大力气又老虎的脖子，而二哥省力得多，竟然也平分得利，实在不合理。丈夫经不起她的怂恿，也认为自己吃亏。这样，夫妻打起了小算盘，决定以后上山打虎两人同去，不邀二哥了。隔天，老二有事出门。老三夫妻俩拿了钢叉和铁棍独个儿上山，埋伏了一阵儿，有一只老虎从树林深处慢悠悠地踱出来。一见老虎来了，丈夫拿起钢叉熟练地与老虎周旋几下，就把老虎叉起来。这时，妻子见到老虎，胆战心惊，站都站不稳，差点昏厥过去。丈夫看到妻子没法帮他，心里也发慌了，就大声呼喊救命。他心里明白：如果没能把老虎前腿打断，就难得虎口余生。正当危急之际，只见他的大哥拿着大斧，二哥拿着铁棍双双赶来了。原来，老大多年在南洋谋生，但思乡心切，便和几位乡亲相邀返回故里。老大刚跨进家门，老二也跟着进来。兄弟俩相见却找不到老三夫妇，询问老二的妻子，才知道他们上山打虎去了。兄弟俩听说后，预感大事不妙，大哥急忙抄起当年砍柴的大斧，二哥拿起打虎的铁棍，抄小路赶上山，当看到人虎相持的架势时，老大和老三分别挥动大斧和铁棍，一左一右把老虎的两条前腿打折。老虎趴下死了，老三也无力地躺在地上喘大气。经此教训，老三的妻子再也不敢搬弄是非了。兄弟间、妯娌间关系更加密切。"打虎亲兄弟"这句话就在闽南一带流传开了。

朋友对您说

家庭和睦，齐心协力能够帮我们度过生命中的困难。说是非者易惹是非。

惺惺相惜

2001年5月，从德国求学归来的冯远征为拍一部小成本电影，前往马场练习马术时，巧遇了心中的偶像陈宝国。那时，《大宅门》正在各大电视台热播，陈宝国饰演的"白景琦"已经深入人心，同时也让冯远征对他高超的演技佩服至极。

短暂的闲聊后，陈宝国拍着冯远征的肩膀说："兄弟，你是个很刻苦也很敬业的人，有机会的话，我会向合适的剧组推荐你的……"

本以为只是一句客气话，没想到，几个月后的一天，陈宝国竟然主动给冯远征打来电话，请他一起去参加一个小型的发布活动。犹豫半天后，冯远征还是决定到现场去看一看，当看到众多大腕儿、制片人"星集"，再看看自己，他觉得有些相形见绌，极不自然。

陈宝国当时看在眼里，没有说话。等发布会结束后，陈宝国才推心置腹地对冯远征说："我这次主要是想让你多认识一些圈里的人，这对你以后的发展很有好处，没想到，你的自尊心太强了，还如此脆弱……"冯远征也有些不好意思："宝国大哥，我知道你是为我好，可是，你周围的人个个都那么优秀，和你们站在一起，我真的感到心理压力好大！"

冯远征的话让陈宝国听着有些生气，他非常不客气地说："远征，我觉得你的心态有些问题！你没有把自己的位置摆正，我的名气现在确实比你大，可是，如果你争气的话，就应该拿出本事来，闯出一条属于自己的路！"

一席话，让冯远征茅塞顿开，也让他羞愧地低下了头。

从那以后，冯远征常常聆听陈宝国大哥的言谈教诲，心态也越来越好。在冯远征的细心刻画下，他在《不要和陌生人说话》里扮演的"安嘉和"栩栩如生。然而，让他万分尴尬的是，这部戏在给他带来喜悦的同时，也为他带来了意想不到的麻烦。痛苦之余，他只好打电话向大哥诉苦，陈宝国听完后，却哈哈大笑起来："兄弟，你现在招人恨招人骂，就说明你真的演好了，演到位了！这不是一个演员苦苦追求的东西吗？这说明什么？说明你成功了，远征，祝贺你！"

在陈宝国的开导下，冯远征的心情一下子开朗了许多。随后出演的角色增多，他的名气在圈子里也慢慢响了起来。

然而，就在冯远征的事业蒸蒸日上之际，陈宝国的人生却开始被苦恼缠绕。

2008 年年初，陈宝国领衔主演 41 集电视连续剧《子夜》时，被一些媒体抓住"小辫"，称其在片场"耍大牌"。看到这些铺天盖地的负面新闻，陈宝国感到十分苦恼。得悉大哥的心情坠入低谷后，冯远征在多个场合公开为陈宝国澄清事实。

除了在媒体面前为大哥屡证清白外，冯远征还适时地劝解陈宝国："你没有必要拒绝所有的采访活动，只要不占用太多的时间，有些邀请你还是可以接受的。"冯远征的话也让陈宝国慢慢改变了对媒体的态度。

2009 年 6 月，两人联手接拍《钢铁年代》。可是，对于这部工人戏，冯远征却有些顾虑，毕竟这是自己第一次和大哥演对手戏，如果演砸的话，自己倒没什么，但对荧幕上一向高大伟岸的大哥来说，势必会影响到他的声誉。

看穿冯远征的心思后，陈宝国使劲地捶了他一把："兄弟，如今好剧本太少了，这次好不容易逮着一个，你高兴还来不及呢，愁眉苦脸的干什么？"

就这样，放下了包袱的冯远征才得以全身心地投入到角色当中。由于戏中的两个人要不断地掐架，两人私下里不断地探索如何演起来让人物更加逼真，更加过瘾，两人都倾尽了全力。

朋友对您说

"惺惺相惜"，这才是兄弟。陈宝国和冯远征整整十年时间为我们诠释了"兄弟"的真正含义。

家庭和諧

即使物質貧乏

仍是富在天倫之樂中

否則再多的錢財

也抵不過家庭失和的苦惱和缺憾

證嚴上人靜思語 壬辰秋 石崇 書

中华 传统 统 美德
教育 好 故事

【第二篇】

忠信篇

龙逢极谏

夏朝末代国君叫癸，因为他暴虐无道，所以把他称之为"夏桀"。他凭着自己的权力作威作福，为非作歹，丧尽了天良，对上天不敬，说出种种的妄言妄语；对老百姓特别狠毒，对忠臣劝谏不听，倘若有人劝阻，必定处死，真是为所欲为，专横跋扈。

有一天，龙逢就直接给夏桀讲以前的帝王是怎样治理天下的。龙逢劝谏说，古时的君主，非常懂得爱民，懂得节俭，对国家的财产绝对不敢随便浪费，因此能保国家之长久，而且帝王的寿命也是很长的。例如：尧帝活到一百一十六岁，在位九十八年，他的仁德可比上天，他的智慧可比神灵，接近他就能感到像太阳般的温暖，仰望他就好像是高洁的白云。他富有而不骄奢，尊贵而不放纵。有一天，尧帝下乡去巡视，刚好看到两个人犯罪正被押送。尧帝马上就跑过去问："你们两个犯了什么错？为什么犯错？"这两个人就说："因为上天久旱不雨，我们已经没有东西吃了，家里的父母也都没东西吃，所以我们只好去偷人家的东西。"尧帝一听完，马上就跟士兵说："你们把他们两个放了，把我关起来。"士兵一听都愣住了，怎么可以把君王关起来呢？尧帝就说："我犯了两大过失，他们并没有罪。一是我没有把子民教好，所以他们会偷人家的东西；二是我没有德行，所以上天久旱不雨，这两件事都是我的过失。"尧帝内心发出至诚的反省，马上感动天地，当场雨就下起来了。尧帝将帝位传给了舜王，舜王也非常长寿，六十一岁接替尧，登上帝位三十九年，也活到一百多岁。帝王的寿命长，就会国泰民安。尧帝过世时，天下百姓三年守丧，四方音乐不举，百姓没有饮酒作乐的。

龙逢接着又说，你今天用财太浪费，杀人不眨眼，人心已经散乱，这样下去，国家很容易灭亡，希望你能好好地改一改。

但是夏桀不肯听，还非常生气，龙逢劝谏后仍然站在朝堂上不动。夏桀大怒："我为什么要听你的话呢？"龙逢劝谏无效，反被暴君夏桀斩首。

朋友对您说

孔子曰："志士仁人，有杀身以成仁，无求生以害仁"，龙逢极谏虽遭到君夏桀斩首，但他的忠义气节名留千古，激励着一代代仁人志士。

比干死争

殷商灭了夏桀之后，商的开国之君为汤王。汤是一个贤明的国君，以"仁道"

治理天下，他曾说："万方有罪，罪在朕躬。"所以，商朝开始非常兴盛，历经二十九个国君，立国五百多年，最后毁于纣王。

据《史记》记载，帝纣天资聪颖，反应灵敏，能说会道，臂力过人，能徒手跟猛兽搏斗。他的智慧足以拒绝他人的劝谏，口才足以粉饰自己的过错。在大臣面前炫耀才能，在整个天下吹嘘名声。

纣王的叔父叫比干，在纣王身边做少师官，看见纣王这样的荒淫游泆①，叹着气说："国君暴虐得这个样子不去劝谏，那就是不忠了；为了怕死不敢说话，那就是不勇敢了，国君有过失就应该去劝谏，做臣子的不用死去力争，那么就对不起天下的百姓。"于是比干就到纣王那去强谏。纣王生气地说："听说圣人的心上有七个窍。"就剖开比干的胸膛，挖出心脏来观看。贤臣箕②子大为恐惧，于是假装疯癫去做奴隶，纣又把他囚禁起来。太师、少师便携带着祭器、乐器逃奔周国。周武王于是率领诸侯讨伐纣王。纣王兵败，逃回城里，登上鹿台，穿上他那饰有珍珠宝玉的衣服，跳到火中自焚而死。周武王于是斩下纣王的头颅，悬挂在大白旗杆上，又杀死妲己，把箕子从监狱里释放出来，给比干建了坟墓，为后人做榜样。周武王把首都迁到镐③京，建立了周朝。

【注释】①泆：yì，放纵，同"溢"。②箕：jī。③镐：hào。

朋友对您说

忠臣为什么不怕死，因为心中有一个"仁"字，所以能牺牲自己的生命来挽救天下人的生命。比干因为劝谏而死，因此孔子就把微子、箕子、比干同称为"三仁"。为什么把这三个人称为殷朝的"三仁"呢？因为：

微子看到纣王无道，就第一个来劝谏，劝谏无效就隐身而退，逃出殷朝这个国家不再回来。孔子说他是人、身、名并全成名。

箕子也劝谏纣王，纣王把他关了起来，箕子为了保存自己的生命，假装疯癫，受尽了屈辱，受尽了折磨，最后能保得自己的生命。孔子说他是人、身成名。

比干所选择的是强谏，非常激烈，最后是剖心而死。孔子说他是杀身成名。

孔子称他们为仁人志士，因为他们的心中只想解救天下百姓。尽管结果不同，但忠诚是一样的。

纪信代死

汉朝的将军纪信与汉王刘邦共守在荥阳城里。楚霸王项羽即将攻破荥阳城，楚汉相争到了危急时刻，汉王无法突击重围。纪信看到这种情景，就请求和汉王换衣服。于是汉王就扮了一个普通的人从西城门逃走了。纪信穿着汉王的衣服，坐着汉王的车子，插着汉王的旗子从东门大声喊叫："我就是刘邦！"围在旁的楚兵听了非常高兴，认为汉王出来投降，结果被楚人识破，用火烧死了纪信。后来汉王打下天下，做了汉高祖皇帝以后，就在顺庆（今四川南充）为纪信造了一座庙，叫"忠佑庙"。汉高祖诰词里面说："以忠殉国，代君任患，实开汉业。"

朋友对您说

纪信是以忠为国捐躯，代替刘邦来承受杀身之祸，如果没有他当时的勇敢殉烈，汉朝就没那么容易建立。可谓忠、仁之至！

苏武牧羊

两千多年以前的西汉，其版图十分辽阔，活跃在北方草原的匈奴不时地侵犯边疆，而汉朝也经常出兵反击他们。

后来匈奴的单①于派使节向汉朝朝贡，希望能借此拉拢彼此之间的邦国友谊。于是汉武帝决定派苏武向匈奴回礼，并护送他们的使节回去。

出使的那一天，苏武手中持着长长的"汉节"，那是邦国之间互相往来的信物，他带领着由一百多人组成的和平使团，随着一声威武的号令，庄严而肃穆地启程。他们带着丰厚的礼物，放眼望去，那浩荡的队伍展现出无比的威德，要传达给远方匈奴的是大汉民族对于战争永远不再发生的殷切期望。

但不幸的是，他们遇到了匈奴内部的一场叛乱。叛变的人和苏武的副使张胜曾经有过密切往来，结果不但张胜被连坐，连苏武也无辜地受到了牵连，被扣押在了匈奴，和平的任务尚未完成，即遭此劫难，让苏武非常痛心。

单于知道苏武为人忠贞爱国，于是想要借机劝他投降，就派遣卫律等人去游说，苏武义正词严地说："如果我忘恩负义，背叛朝廷，就算是活着，也没有颜面再回到汉朝！"说罢，抽出配刀，往自己身上刺了进去。顿时，鲜血喷洒而出，他倒在了血泊之中。卫律大惊失色，赶紧冲上前去救他，医治了半天之久他才苏醒过来。

单于看到苏武的志节这么样地高迈，内心对他产生了敬佩之情，就想用高官厚禄来收买他，请他为匈奴效力，但是均被苏武断然回绝了。后来，恼羞成怒的单于把他幽禁到了地牢里，想把他活活地饿死，逼他投降。

在寒气逼人的地洞中，身心交瘁的苏武躺在刺骨的寒冰上，疲惫地昏了过去。不久，难以忍受的饥饿使他苏醒了过来，他爬到雪堆旁，将一把雪塞进了嘴里，又抓起汉节上的一撮毡毛，艰难地咽了下去。奇迹出现了，几天之后，苏武居然没有死。单于被他惊吓坏了，以为他一定是个神人，若是普通人，不早就死了好几回了吗？

后来，单于把苏武流放到了荒无人烟的北海，只送给他几只公羊，目的是要让他像无法繁殖的公羊那样衰老、绝后、自生自灭，要他等到公羊能够哺乳才可以回来。

苏武挂着汉节，在风雪交加的北海牧羊，他常常抚摸着它，就像是见到汉王一样。汉节从来没有离开过他的手，节上的毛早就已经脱落了，完成出使匈奴任务的使命感和忠于汉朝的气节，始终在支持着他一定要活着回去。

苏武就凭着这股坚忍不拔的毅力，吃着野鼠、啃着野草，艰难地活下去，希望还有那么一天，能重见曙光，返回大汉的国土。

六年过去了，有一次，单于的弟弟到北海去打猎，惊奇地发现苏武居然还活着。在这种严酷恶劣的环境中，人怎么可能活得下去呢？他被深深地感动了，默默地送来了一些食物和牲畜，希望能改善他的生活。

但是好景不长，三年之后单于的弟弟去世，而苏武赖以生存的这些财物却全部被偷走了，又回复到从前那种艰苦不堪的日子。

艰辛的日子又过了五年，单于派李陵来劝苏武投降。李陵是汉朝将军李广的孙子，也是一位骁②勇善战的武将，他被俘投降匈奴之后，一直都不敢去拜见苏武，苏武高尚的人格，始终令他感到自责和羞耻。而这次受命于单于，他只好硬着头皮去。

李陵恳切地劝他说："在这种没有人烟的不毛之地，哪里有信义可言？有谁见得到你的信和义，忠与贞呢？回到汉朝的希望太遥远、太渺茫了，人生那么短暂，就像朝露一样，你究竟是何苦呢？"

苏武长叹了一口气说道："做臣子的忠于他的君王，就如同做儿子的孝顺他的父母一样，是天经地义的事情，儿子为了报答父母，就算是死了都在所不惜，更不要说这样的一点折磨了。我和父亲受封于朝廷，国家曾经给予我们非常优厚的恩宠，朝廷的深恩大德是我报答不尽的。今天就算是为国家牺牲，赴汤蹈火，我都心甘情愿，请你不要再劝我了。"

李陵听了之后百感交集，一时悲从中来，痛哭流涕，他赞美苏武是一位真正的义士，并对自己的苟且偷生悔恨不已。回去之后，他送来了几十头牛羊，希望能改善苏武的生活。

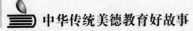

不久之后，汉武帝驾崩了，当李陵把这个消息告诉他的时候，苏武沧桑的脸上乍现出深切的痛苦。他面向南方，扑倒跪地，放声痛哭，鲜血顺着嘴角流在了地上。从那以后，他终日悲恸地哭泣，谁都劝不了他。

数年之后，汉朝跟匈奴开始和亲了，苏武终于能够回到故乡，李陵流着泪，目送他消失在万里黄沙中。十九年前由一百多人组成的声势浩大的使团，现在只剩凄冷的九个人，怀着无尽的伤感，踏上返乡的道路。

他回到长安，奉上太牢，泪流满面地拜谒③了汉武帝的陵墓。朝廷有感于他的志节，给了他非常优厚的待遇，后来宣帝封他为"关内侯"。苏武把财产全部分送给亲朋、故旧，自己什么都没有留下。他的妻子已经改嫁，儿子因被连坐而死，而他自己也已经白发苍苍了。

苏武八十多岁才去世。天下人对他敬仰不已，不但是在汉朝，在匈奴这样的国家，也赢得了匈奴人的尊敬。

【注释】①单：chán。②骁：xiāo，勇健。③谒：yè。

朋友对您说

许止净先生说，苏武的忠义精神真的是空前绝后、光耀千古。想想看，在冰天雪地的北海中，生活所需要的"衣食住"是一无所有，他怎么可能活得下去呢？可是他不但安然无恙，而且一住就是十九年，这岂不就是因为他的忠诚和节义感动了天地，这种绵延不绝的力量，正是源于他心中生生不息的浩然正气。

孔子曰："志士仁人，有杀身以成仁，无求生以害仁"，又曰："使于四方，不辱君命"，这正是对苏武最最真实的写照。

朱云折槛①

西汉时，有一个人姓朱名云，原来居住在鲁地，后来移居到平陵。他人如其名，年少的时候就像侠客一样，云游四方，经常有路见不平、拔刀相助之举。由于他身材高大，有八尺之高，非常雄壮魁梧，且好勇善斗，因此以武力著称于当时。

当他潇洒地走过四十个春秋之际，一天，突然心血来潮，揽镜自照，才发现脸上刻满了风霜，猛然感到过去的日子就像一场梦，浑浑噩噩，碌碌无为。如果再这样下去，一生不就空过了吗？人生重新开始，应该不算太迟吧！于是，他洗心易行，四处访求明师，期望能在后半生做有修有学的明白人。他师承白子友先生学习《易经》，通晓宇宙万物的自然道理。又追随萧望之将军学习《论语》，明了修身治国的道德精髓。他非常珍惜这来之不易的学习机会，发奋图强、废寝忘食，后来他两种学问都学得颇有成就。经过几年的熏习，朱云的德行已为时人所称颂，又兼有义薄云天的侠义之气，更是人们心中真正的高士。

汉元帝时，朱云被推荐为御史大夫，却因权臣的阻挠未能就位。朱云从未把职位放在心上，他坚守的信念是"国家兴亡，匹夫有责"。他曾在权贵之家谈论《易经》，以深厚的学识令众人叹服；又因屡次上书直陈时弊，受到迫害而四处奔走。但这一切对他犹如浮云，他的气宇和志节吸引了与他有相同抱负的义士，即使身处逆境，亦能同舟共济。到了汉成帝时候，他仍然只在槐②里（今陕西兴平市东南）当县令，虽然官职很小，但他素来疾恶如仇，忠心耿耿，勤政爱民，深受百姓爱戴与赞许。

当时，朝廷有一个奸臣叫张禹，身居高位，但贪得无厌，又善于谄媚。朱云做侠士的时候，对于一般平民的疾苦，尚且仗义执言，现在见到张禹这样欺上瞒下、为非作歹的佞③臣，更燃起一股为国除害的决心。于是他郑重地上书朝廷，希望能面见皇上，陈述社稷安危的重大事情。汉成帝颇感意外，但也接见了这个地方小官，朝廷重臣位列两旁。朱云气度优雅，从容不迫地走进殿堂，他慷慨激昂地对汉成帝说："今天朝廷内有一位大臣，上不能辅佐主上，下不能利益民众，身居高位，心心念念只想着多拿俸禄，孔子说：'鄙夫不可与事君'，微臣愿借陛下的尚方宝剑，将此佞臣斩首示众，以激励其他的官员。"成帝惊讶地问："此人到底是谁？"朱云斩钉截铁地说："安昌侯张禹！"此语一出，满廷皆惊！众位大臣面面相觑，有人暗中叫好，有人替朱云捏了一把冷汗，汉成帝更是异常震惊。张禹则是露出冷笑，直视朱云的动静。

汉成帝龙颜大怒，喝道："位卑小臣居然毁谤上官，辱骂帝师，罪死不赦！"即命左右把他推出去斩了。御史奉命强推朱云下殿，朱云非常激愤，众人交口称赞的英明皇上，却原来是非不分。他奋力向前，但被强行推到了金銮殿外，他死死抓住御殿栏槛不放，把殿外的栏槛都折断了。他大义凛然地高呼："我能跟龙逢、比干在地下相见，我很满足了！只是不知道陛下和朝廷的前途会如何？"

汉成帝侧身跌坐在龙椅上，依旧怒火满胸，什么话也听不进去。这时，左将军辛庆忌见到朱云如此英烈，深为感动。他卸下自己的衣袍、冠冕和印绶，在地上连连叩头，恳求皇上收回成命，只见他叩头的地上留下了一片殷红的血迹。他不顾一切地大声说："皇上，朱云性情狂直，早已天下闻名。他如果说得对，不能杀他；说得不对，也应该宽恕他。臣愿以死相保，请求陛下免他一死。假如您今天把朱县令杀了，您不就是成为暴君了吗？不就同商纣一样了吗？"辛庆忌的这一声怒喊，震醒了汉成帝，假如自己因为一时之怒而杀害了敢于直谏的忠臣，那岂不是要与商纣为伍，而成为恶名昭著的无道昏君吗？亏得这一声提醒！汉成帝转怒为喜，连忙命左右将朱云放了。

后来，随从准备修复被朱云折断的栏槛，却被汉成帝制止。因为这个被攀折断的栏槛，可以时时提醒自己不要受奸佞之臣的迷惑，同时也嘉勉像朱云这样忠直的谏臣。

朱云经过这件事之后，心生退隐之意。于是他告老还乡，每天乘着牛车到田里工作，空闲之时就教起了学生，生活悠然自得。人们经常看到一位鹤发童颜的老者，教学于田野之中，那就是远近闻名的朱云。

【注释】①槛：jiàn，栏杆。②槐：huái。③佞：nìng，巧言谄媚。

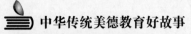

朋友对您说

朱云虽然是一个地方县令，人微言轻，但他忠心耿耿，忧国忧民，看到当世竟然有张禹这样祸国殃民的佞臣，激发了他义薄云天的豪气，因而置生死于不顾，要求借尚方宝剑为民除害。他视死如归，内心无比敬佩龙逢、比干这样敢于死谏的忠臣，希望自己也能与他们一样，正义凛然，浩气长存。朱云一生的忠贞事迹与侠义精神，流芳千古，为后人所赞颂！

汉成帝能在大臣的劝谏之下猛然醒悟，他非但不治朱云之罪，而且连被折断的栏槛也不再修复，以表彰这位忠直的大臣，这是很难能可贵的。《弟子规》讲到"过能改，归于无"，上自帝王将相，下至普通平民，无不如此。

嵇绍不孤

晋朝的嵇绍，字延祖，谥号忠穆，是嵇康的儿子。嵇康是晋朝的名士，著名的"竹林七贤"之一，他所写的《养生篇》等佳作，流传于后世，影响深远。嵇康才华横溢，以丝竹音乐闻名于世，像著名的《广陵散》是他的代表作。当时他和六位朋友经常聚集在竹林吟诗、畅谈，非常的悠闲。他们都是四方的贤达之人，对时局有清醒的认知，对人生有着不同流俗的志节与追求，被后人尊称为"竹林七贤"。

嵇康在很年轻的时候，由于遭受陷害，被司马昭杀害。他在临刑前，十分从容，将年幼的儿子嵇绍，托付给了好友山涛，希望他能够用心培养这个孩子，"有山涛在，你就不会孤苦无依，就好像父亲还在你的身边一样。"这是嵇康临别前留给儿子的话，当时的嵇绍才十岁。嵇康临刑的时候，抚着手中的琴，沉痛而又感慨地说："《广陵散》在世间就要从此绝响了。"在场的人都感到十分悲恸。嵇康被杀害之后，"竹林七贤"中的山涛和王戎，对嵇绍一直特别地照顾。他们尽到了朋友应尽的道义与责任，使得这个孤弱的孩子，即使失去了父亲，却还拥有他们慈父般的关怀与教导，不再那么无依无靠，这就是成语"嵇绍不孤"的由来。

朋友对您说

能有像山涛和王戎这样的朋友，实在是很幸运。他们对朋友的遗孤，至诚照顾帮助，令人感动至深，这样的信义与友情，也成为千古传扬的佳话。

嵇绍卫帝

嵇绍非常孝顺，他在父亲去世之后，小小的年纪，就担负起持家的重任，他细致体贴地关怀照顾自己的母亲，用倍于常人的孝行，抚平母亲内心至深的悲伤和痛苦。嵇绍自幼饱读诗书，而且跟他的父亲一样富有音乐家的禀赋。父亲嵇康通晓五经，擅长书画，深具非凡的艺术气质，这些特质也都能够在嵇绍的身上见到。嵇康的从容就义，在他幼小的心灵当中，留下了永生难忘的记忆。秉承着父亲的风范，嵇绍最后也是为了保卫国家，而牺牲了自己的生命。

当时，河间王与成都王起兵叛变，京城告急，晋惠帝与成都王交战于荡阴一带。不料晋兵打了败仗，眼见兵败如山倒，随驾惠帝的官员们仓皇逃遁，各自保命，卫兵们跑的跑，逃的逃，连个影子都找不到。兵荒马乱之际，举目茫茫，就在最为紧要的关头，只留下了侍中嵇绍一人，独自护在皇上的身边，保护着他的安全。这时，无数的飞箭从四面八方射了过来，嵇绍护在惠帝的身上，用身体挡住了雨一般的流箭，一时间，鲜红的血液，喷洒在惠帝的御衣上，留下了一片片殷红的血迹，嵇绍倒在了血泊中。他用最为壮烈的牺牲，呈现着对父亲精神的延续，如此从容而又忠烈！

动乱平定之后，左右侍从看到皇上的衣服上溅满了无数的血迹，就准备拿去洗，但是被惠帝拒绝了。他无限感伤地说："这是嵇侍中的血，不要洗掉……"语不成声，至为悲切。战场上的那一幕还恍若昨日，而节烈的忠臣，却永远不会再回来了。惠帝要永远保存这件血衣，作为对嵇绍永志不忘的追思。

【注释】①嵇（jī）绍：（鹤立鸡群与进退有节的嵇绍）史书中记载，曾经有人对王戎说："我昨天在市集来来往往的人群中，见到了嵇绍，看到他气质风度不同凡俗，就像是一只鹤站在鸡群当中一样。"王戎说："嵇绍确实是一位品格高尚、气宇非凡的青年才俊，看到他，就如同看到他的父亲当年一样，父子二人，竟然如此

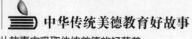

相像。"这是成语"鹤立鸡群"的由来，也是嵇绍卓绝品操真实而又生动的写照。

朋友对您说

自古，求忠臣必于孝子之门，嵇绍不惜生命，坦然就义，独自保驾护卫，如此忠烈的壮举，其深厚的根源，正是源于内心至诚的孝顺之心，所谓"移孝作忠"，这正是最为真实的写照。

南宋的文天祥，曾经在《正气歌》中赞美了"嵇侍中血"。多少年之后，就如同嵇康给儿子伴随一生的影响那样，嵇绍忠烈的精神，也曾深深激励过同是国之才俊柱石的文天祥，激励着他，在国家危难的时候他挺身而出，壮怀激烈，保家卫国，留下了"人生自古谁无死，留取丹心照汗青"的千古绝唱。

元方举知

唐朝陆元方，当时任监察御史，他经常到地方巡视。所到之处，定要明察暗访，挑选能效忠国家的栋梁志士来辅佐朝政。他在任天官侍郎时，也屡屡推荐贤士。这时候，唐高宗李治的皇后武则天正做着女皇帝，有人向武则天说："陆元方推荐的人才都是他的亲戚或好友。"武后耳根软听信了谣言，非常愤怒，想把陆元方免去官职，又怕别人说闲话，就令他穿白色的衣服（白衣是当时庶民的服色）继续做官。陆元方仍然忠心耿耿，继续推荐贤人。武后发现陆元方没有因此而怠慢他的职责，就当面问他，陆元方对答道："我所举荐的人，都是我了解的人，所以我不分仇人或亲人，不拘一格举荐人才。"

他穿白衣时推荐了一个叫崔玄业的人，认为他有宰相之才。武后对崔玄业有所了解后，承认陆元方是大公无私的，就又封他为鸾①台侍郎。他在临终时取出曾经向皇上举谏的草稿，一概用火烧掉，说："我在人间积下了阴德，我的后代也一定有像我这样推荐人才的人出现。"后来他的三个儿子都继承父亲的遗志，为朝廷效忠，毫不为己，无私举荐人才。

【注释】①鸾：luán，传说中凤凰一类的鸟。

朋友对您说

一个国家一个企业，都需要人才，这需要在职的管理者举荐人才，国家才能安定、发展、壮大。陆元方为臣忠心耿耿，他的儿子也继承父亲的遗志，为国家效忠，毫不为己，无私举荐人才。

真卿劲节

颜真卿，是唐玄宗时代的一位忠臣，他是北齐颜之推的第五代子孙。颜之推所写的《颜氏家训》[①]，成为后人教育子女、立身处世的著名箴[②]规。

由于父亲很早就过世了，颜真卿照顾母亲格外孝顺。他非常喜欢读书，从小的志节与追求就不同凡俗，可谓深明大义、志节凛然，是一位非常爱国的忠贞之士，被封为鲁郡开国公，史称"颜鲁公"。他的楷书遒[③]劲有力、圆润厚重，表现了大义凛然的志节，更表现着唐朝独有的风骨和气韵。

颜真卿曾经在五原作官，由于先前官吏不清廉，造成了许多冤狱，使得当地持续干旱，很久都没有下雨。他到任之后，就开始审理这些冤案，为许多无辜的人平反，终于感得上天降下了甘霖，这被当地人称之为"御史雨"。

当时，正值开元盛世的末年，唐玄宗晚年宠爱杨贵妃，疏忽了国政。他听信胡人安禄山的谗言，把许多兵权都交给了他，后来造成安禄山在边疆的势力日益壮大，并有了谋反的意图。

颜真卿在平原郡（今山东德州）当太守的时候，看出了安禄山有叛变的迹象，所以在暗地里就招兵买马、修筑城墙、囤积粮食，以防止突然的变故。不出所料，早就蠢蠢欲动的安禄山开始起兵谋反，一把火烧遍了中原，河北各郡相继沦陷。而只有城墙坚固的平原城，在颜真卿率兵顽强的抵抗之下，守护得非常成功，河朔各郡都把平原县看成像长城那样重要。

当兵书传到河北的时候，除了颜真卿兄弟等人之外，居然没有人起兵抵抗叛贼，唐玄宗感到十分痛心，他叹息道："河北二十四个郡，难道连一个忠臣都没有吗？"等到得知颜真卿的义行之后，玄宗非常感慨，后悔当时因为一时失察，听信了杨国忠的谗言，而将他贬官到平原。玄宗说："朕没有眼力看清颜真卿是怎样的人，想不到他是这样一位忠心耿耿的义士！"

安禄山之乱，唐朝一个泱泱大国却无力抵抗，玄宗不得已之下逃离了京城。"多行不义必自毙"，安禄山最后虽然攻进京城，圆了他称王的梦，可是不久还是惨死在他的儿子手中。

后来，节度使李希烈造反，颜真卿由于得罪了权臣，而被派去执行一项非常危险的任务——劝李希烈投降，希望能感化他早日回头，避免军事上的冲突。当时颜真卿已经七十多岁了，他毅然接受了这一任命，朝廷中所有的人都大惊失色，替他担心不已。

到了叛军那里，颜真卿正准备宣读诏书，就遭到李希烈手下之人的谩骂与恐吓。颜真卿气宇轩昂，毫无惧色，那镇定而又勇敢的气度，反而让李希烈对他敬畏不已。后来有人劝李希烈说："颜真卿是唐朝德高望重的太师，相公您想要自立为王，而太师他自己就来了，这难道不是天意吗？宰相的人选，除了颜真卿，还有谁会比他更合适？”

颜真卿听到这番话之后，威怒不已，大声呵斥他们不知廉耻，他说："你知道我的兄长颜杲卿吗？难道你们不晓得，我们颜家都是如此地忠烈吗？颜家的子弟只知道要守节，就是牺牲生命也决不变节，我怎么可能接受你们的利诱！"

原来，当年安禄山带兵横扫中原，气焰十分嚣张。颜家兄弟号召天下的志士仁人，一起出兵讨伐。颜杲卿率领义兵奋勇抵抗，在常山郡（今河北正定）进行了悲壮的最后一战，最终还是寡不敌众，被叛军将领史思明俘虏了。暴跳如雷的安禄山厚颜无耻地质问颜杲卿说："当年就是因为我的提拔，你才当上了常山太守，而今你凭什么背叛我？"

颜杲卿生性刚直，正气浩然，他义正词严地说："我们颜家是大唐的臣子，世世代代都忠于国家。难道受过你的提拔，就要跟你一样忘恩负义、背叛君国吗？而今你受尽国家的恩宠，皇上哪一点对不起你？你凭什么要背叛朝廷？凭什么要拥军自立，起兵叛乱？天底下最没有天良的事，都被你这种人干尽了。真是一只不知羞耻的'营州牧羊奴'！"

安禄山被气得上蹿下跳，却又无言以对。他恼羞成怒，暴跳如雷，于是派人把颜杲卿绑起来，将其舌割掉，又用刀将他的身体一截一截地割掉，最后颜杲卿壮烈成仁。

李希烈听了颜真卿的表白之后，内心非常惭愧，就向颜真卿谢罪，手下的这些叛贼看到这番情景，都低下头来，谁也不敢再说话了。后来李希烈以死相威胁，而颜真卿不为所动，他事先写好了遗书，做了必死的准备。最后叛贼痛下毒手，杀害了他。在生命的最后一刻，颜真卿仍在大骂他们是"逆贼"，当时，他已经七十七岁了。

噩耗传到朝廷，德宗悔恨交加，非常伤心，五天都没有办法上朝。所有的将士都痛哭流涕，深切悼念这位壮烈成仁的大唐柱石与忠臣———颜鲁公。

【注释】①颜氏家训："父子之严，不可以狎（xiá，亲近而态度不庄重），骨肉之爱，不可以简"，这就是说，身为父亲，以其之严，不该对孩子过分亲昵，要和子女保持一定距离，以至亲的相爱也不该不拘礼节。否则，孩子不懂得敬上，对父亲没有了敬畏之心，父亲的话又怎能听得进去呢？②箴：zhēn，劝告，劝诫。③遒：qiú，强健。

朋友对您说

"一门双忠，流芳千古"，颜家兄弟沿承了以"忠孝"传家的庭训，以凛然的气节，让后世的子孙永远地缅怀与追念。

李绛①善谏

唐朝李绛，善于劝谏，皇帝常常很感动，曾几度对他提拔，甚至说："李臣所言，朕应该把它记下来绑在腰带上，天天来作为警诫省查。"

白居易一生为官，不好名利，有一次，劝谏皇上要容纳群言，皇上要治他的罪。李绛劝皇上说："白居易一片忠贞，如果皇上治他的罪，天下人都必须把嘴闭上。"皇上听到李绛说此话，很难看的脸色转变过来了，可见李绛是多么善谏。

有一次，皇上曾经责怪李绛太过分地指责他的不是，令他很难堪。李绛这时非常难过，哭啼着说："我因为怕您左右的人每一个人都爱着自己，而不敢说真话，这是辜负了殿下，对不起天下人，更对不起皇上啊！如果臣子跟你说的话你不爱听，皇上就辜负了臣子的一片忠心。"皇上理解了李绛。李绛是宰相，他能直谏皇上，一生不同小人为伍。

【注释】①绛：jiàng。

朋友对您说

古人讲，站在哪个位子，就应该做自己应做的，行自己应行的，不能怕丢自己的位子和身子，否则就是不忠不义。李绛虽然多次劝谏触犯皇上，但最后他都能善巧方便，使皇上能解误。他有一颗忠贞不渝，爱国、爱天下百姓的忠诚之心。

岳飞报国

宋朝名将岳飞，最擅长以少胜多的战术。岳飞很小的时候就有很大的力气，他拉的弓有三百斤，并且左右手都能开弓，人们都称他为神力。他在出生当天，天空有许多大鸟在他家的屋顶上，因此父亲给他起名岳飞，字鹏举。

在他未满月时，黄河决堤，母亲抱着他坐着家里的瓮顺流而下，得以平安活下来。他在十几岁时就读《左氏春秋传》，对于忠贞报国的事情了如指掌。在十几岁时就跟名师周侗学习武艺，学得非常好。后来不幸老师去世了，每逢初一十五他都要在家祭祀老师。他的父母亲又谆谆告诫他，一定要凭借这些武艺好好地报效国家。

岳飞出生的时候，金国入侵中原，所以当时的国仇家恨铭记在他心里，一心要报效国家。因为他精通武艺，又懂得兵法，作战时比别人精明，每每以少胜多。在朱仙镇战役中，岳飞以五百人的军队就破了兀①术所率领的十余万金军，可见岳飞非常善战，是一个文武双全之人。但每次朝廷下来褒奖，他总是说："这些都是将士们浴血奋战的结果，我自己哪里有什么功绩？"所以手下的人非常效忠岳飞，在战场上英勇奋战，杀得金兵闻风丧胆，立下了赫赫战功。

岳飞曾率军一直打到距离原北宋首都汴京附近的朱仙镇，很快就要收复汴京（今河南开封市）。然而，以奸臣秦桧为首的投降派掌握了朝中的大权，秦桧平时在朝廷里跟岳飞有摩擦，处处跟岳飞过不去，想尽办法陷害他。秦桧与兀术①私通说服宋高宗，一天之内，朝廷连发 12 道金牌，让岳飞从前线回到杭州。他又设计把岳飞父子打入大牢，让大臣何铸来审判。当时何铸是一位忠臣，他举证了一些资料证明岳飞是清白的。岳飞被审问时，把自己的衣服撕毁给何铸看，在他入伍前，母亲在他后背刺上"精忠报国"四个字。何铸看到很惊讶，他也知道岳飞的忠心，就跟秦桧讲了这件事情，秦桧当时无话可说。可秦桧一心一意要害死岳飞，他看到何铸跟自己不是一路人，就改用万俟卨②继续审判岳飞的罪，最后实在找不到罪名，就用"莫须有"这三个字来定罪，一代名将就这样被害死了。

岳飞昭雪平反后，皇上封他谥号"武穆"。他虽然被秦桧陷害，但他的精神永远活在后人的心中，成为名扬千古的民族英雄。

【注释】①兀：wù。②万俟卨：mò qí xiè，秦桧的党羽，万俟，复姓。

朋友对您说

从这个故事中，让我们联想到民国初年书法家林闪之很有哲理的四句话：有德有才（他会）爱才；无德有才（他会）妒才；有德无才（他会）用才；无德无才（他会）毁才，这是用人的方法。有德有才会让更多的人贡献社会；无德有才祸国殃民，嫉妒置人于死地。我们看到秦桧杀害民族英雄岳飞，但是他也没有好下场。夫妇二人的铸像至今还跪在杭州岳飞庙里，天天受到万人唾骂，真是弄权一时凄凉万古。当一个人有地位的时候，绝对不应该用这个地位去弄权去享受，而是应该有责任和义务造福于人民。

戚继光驱逐倭寇

明朝嘉靖年，大批日本海盗侵犯我国东南沿海，烧杀抢掠，被称作"倭寇"。

戚继光十七岁时承袭父亲的军职驻守山东沿海。他目睹倭寇的残忍和沿海百姓的苦难，立誓驱逐倭寇，作诗云："遥知百国微茫外，未敢忘危负岁华"，表达了他驱倭的决心。

倭害多年不除，根本的原因是明军军纪不严，久失训练，与倭寇一触即溃。戚继光奉调浙江防卫后，见当地的农民、矿工极为骁勇剽悍，便招募了三千人，精心训练出一支英勇善战的军队，人称"戚家军"。

嘉靖四十年，倭寇数百艘战船侵犯浙江台州，戚继光得知，召集将士动情地说：

"养兵千日，就为今日杀尽倭寇！"

全军昼夜行进，赶到台州时，正午夜时分，围城的倭寇还在梦中。

天将拂晓，一声号炮，已潜到倭寇大营外的戚家军杀声震天，冲进大营。被惊醒的倭寇望着从天而降的戚家军不知所措，未等清醒，身首已分。戚继光亲手将倭寇的贼首斩于马下。活着的倭寇抱头鼠窜，逃到瓜陵江，跳入江中全部溺死。

此战之后，戚家军令倭寇闻风丧胆。

为避开戚继光的锋芒，倭寇于第二年又纠集大批海盗进犯福建，在沿海四处抢掠。戚继光立即被征调到福建平倭。

戚继光到福建后，发现倭寇占据了一个叫横屿的岛屿做大本营，在沿海抢掠后就回到这里。戚继光决定捣毁贼巢。

横屿与陆地有一海涂相连，涨潮时，四处环海，退潮时与陆地相接。倭寇时常在退潮时由海涂上陆抢掠，赶在涨潮前再退回到岛上。

戚继光决定就以倭寇的办法，利用退潮时的海涂进攻贼巢。

戚继光令兵士每人背一捆草，一块木板，行进到与横屿相望的海岸边悄悄地隐蔽起来。等到潮水退去，海涂露出，戚继光一声令下，兵士们立即冲向海涂，将草铺到陷人的海涂上，然后再在上面铺上木板。戚继光身先士卒踏上木板冲向横屿。

戚字大旗在海风的吹拂下哗哗作响。岛上的倭寇见是戚家军冲上来，心惊胆寒，为了活命只好挥舞着倭刀与戚家军拼杀，一时间岛上杀声震天。戚继光挥刀一连砍杀十余个倭寇，令戚家军斗志更勇。倭寇渐渐向后退去。就在这时，倭寇的身后又响起杀声。原来是戚继光埋下一支奇兵，待他率将士冲上横屿后，乘倭寇不备，这支奇兵再从侧翼上岛，绕到倭寇后面，前后夹击倭寇。

面对复仇的刀箭，倭寇再没有胆气战斗。这一战倭寇被戚家军斩首二千六百级，基本上平定了福建的倭患。

就在戚继光驱逐福建倭寇时，倭寇又从海上聚集，侵犯兴化。

倭寇上岸后，截杀了八名送信的明军兵士，穿上他们的衣服，骗过兴化守城的兵士进城后，于半夜打开城门，将数千倭寇放进来。倭寇进城后杀守城官员，将兴化城抢劫一空，然后放火焚烧。

戚继光率军昼夜兼程赶到兴化。倭寇在城上望到"戚"字大旗，惊恐万状，掠走三千青壮百姓，弃城而去。戚继光率军追剿，在宁海城斩倭寇二千二百人，夺回了被掠去的三千百姓。

次年，不甘于失败的倭寇残部又纠集一万余人，包围了福建仙游。戚继光率军

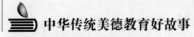
长驱千里解仙游之围。倭寇闻风而逃，被戚家军围到蔡丕岭。戚继光手执短刀，带兵士攀崖上山，在山上与倭寇激战，斩杀了大部分倭寇。

倭寇残部逃到海上后，从此再没有大股倭寇侵扰。东南沿海的倭患终于平定了。

不久，戚继光又奉召镇守北部边关长城十六年，由于他的尽职，边关赢得了十六年的和平。

戚继光在晚年作诗《马上作》，抒发了他为国戍边的豪情：

南北驱驰报主情，江花边月笑平生。

一年三百六十日，多是横戈马上行。

朋友对您说

为民族大义而献身的英雄像高山大河与世永存。戚继光抗击倭寇、保卫祖国，在中华民族反抗外来侵略的历史上，写下了光辉的一页。

王旦荐贤

王旦，字子明，是北宋一位著名的宰相。他的曾祖父、祖父都曾是当朝重臣。父亲王祐，为宋太祖、太宗两朝名臣，官至兵部侍郎，道德隆重，学识渊博，为天下百姓效命，曾经解救因冤狱被连坐的人多达近千人，人们都说他为后代子孙积了许多阴德。王祐曾亲手在他家亭前种植了三株槐荫树，并说道："我们家后世为官者，必定有可以当到三公位置之人，此树可以作为见证。"

王旦出生在这样一个德范高超的仕宦之家，从小自然受到父亲的严格教导，古圣先贤的德行令他敬慕，长辈的风范潜移默化地影响了他，幼年时他就显得沉稳静默、气宇非凡。他勤奋好学，并具博大深远的胸襟。因此，王祐十分器重这个儿子，说道："此儿定当位至公相。"人们见到少年王旦气度不凡，称他颇有其父之风。

宋真宗时期，王旦担任朝廷宰相之职，位高权重，但他朝夕惕厉，处理任何一件事都十分谨慎小心、细致周到。皇上十分器重这样一位尽职尽责的大臣，因此长期让他担任宰相，国家大小事情都特别放心交给他办理。有一次王旦奏事完毕退下，皇上目送他离去，情不自禁地说："能为朕致太平者，必是此人。"

当时朝廷还有一位大臣——寇准，刚直忠正，也是皇帝身边的左右手。但寇准见王旦官职在自己之上，心里有点不服气，隐隐约约感到自己屈才。所以他在见到皇上的时候，言语之间不知不觉就会提到王旦，而且不由自主地对王旦的言行有所诋毁。在朝廷之上，寇准也曾公开指责王旦的缺点，当然这缺点可能只是寇准自己认为的，但王旦全都虚心领纳，可谓从善如流。

　　反过来，因为寇准作为国家重臣，兢兢业业，努力做好自己的本职工作，王旦认为寇准忠心耿耿，足以堪当重责大任。因此，每次在皇上面前，王旦都专门称赞寇准的优点，认为他是一个值得众人学习的榜样，真宗觉得非常惊讶。有一次，他和王旦私人交谈的时候，就问："你经常称赞寇准，寇准他却数次说你的短处，你为什么能这样做呢？"王旦听了，微微一笑，说："我在相位已经这么久了，缺失一定很多，但因职位较高，一般大臣都不敢指出我的缺点，而寇准能够直陈我的不足，可见他是如何的忠贞直率，这也是臣下看重他的原因。有这样的大臣，既是国家之福，也是我的良师益友啊！"皇上听了，不禁开怀大笑，说道："人们都说宰相肚里能撑船，我看你就是这样一个宰相啊！"

　　做宰相的，说话分量比较重，因此有很多人辗转拜托王旦荐举人才或提拔新秀，王旦从来不接受任何私人形式的求情。有一次，寇准私下来找王旦，希望他能向皇上推荐自己当宰相。王旦很是震惊，义正词严地对他说："将军和宰相这样的职位，怎么可以去求得来？"寇准听到王旦这样回答，感到非常惭愧，遗憾地告退了，同时也担心自己或许再无法当上相位了。后来寇准被朝廷委任为武胜军节度使、同中书门下平章事（即宰相），寇准万分感激皇上的知遇之恩，他入朝拜谢皇上，眼眶涌出泪水激动地说："如果不是陛下了解微臣，怎会有臣下的今天？"皇上特意把事实真相告诉寇准，他说："你能当节度使，又能当同平章事，都是王旦为你推荐的。"寇准听说了这样的内情，不禁非常羞愧，对王旦的正直和宽宏大量自叹不如。

　　王旦就是这样一位称职的大臣，虽然表面上不说什么，但是私底下发现了真正的良才，就绝对不放过，一定会推荐给皇上，而且他施恩从不求回报，总是默默地做。后来朝廷整理宋真宗的遗稿与修订史料时，他们无意发觉原来朝廷当中，有许多大臣及众多建功立业的栋梁之材都是出自王旦的推荐。

　　后来，王旦病重之际，真宗忧心忡忡地问他："将来朕该把天下大事托付给谁啊？"王旦勉强举起奏事的板笏①一字一句地说："以微臣的愚见，莫若寇准最为合适。"（当时寇准已被贬为陕州知州）王旦病逝之后不久，真宗果然再度起用寇准为相。

　　王旦一生忠正清廉，而且度量之大，实在少见。在他的传记中有这样的记载：平常在家，家人从来没有见过他发怒。有一次家人要来考验他是不是真正有涵养，就在他的肉羹汤里撒了一些脏的东西，王旦看了也不生气，他就只吃饭不讲一句话。旁人问他为什么不喝汤，他说："我偶然有点不喜欢吃肉。"后来家人又在他饭里头弄了一些脏东西，王旦就说："我今天不喜欢吃饭，是不是可以另外做点粥？"家里人无不为他的修持、涵养、包容而佩服得五体投地。

　　后人评价说："魏国公（王旦封号）德量恢宏，从容大度，为国家举荐贤才，真诚地为国为民，是一个真正的忠臣。但他却经常称赞别人忠正，而自己却不露痕迹地做，让对方没有感觉，也不会跟对方邀功，他的心胸、度量何其宽广！"

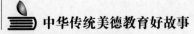
王旦同时也是一个非常廉洁之人，在他晚年的时候，有人问他："你为什么不置田宅家产？为什么不留给你的儿孙？"王旦当时就讲道："儿孙当要自立自强，如果父母留下这些田宅财产给他们，无非就是要让他们造成不义之争而已。"

【注释】①笏：hù，古代大臣上朝拿的手板。

朋友对您说

王旦是一个忠臣，也是一个"八德"具足的人。的确，古圣先贤的点点滴滴，无不垂范于后世，值得我们认真学习、努力效仿啊！

事实上，"孝、悌、忠、信、礼、义、廉、耻"这"八德"，需要我们一生努力修炼。

樊姬进贤

春秋时期，在中原大地上，各路诸侯群雄逐鹿，纷纷争霸。其中楚国庄王的夫人樊姬，是一位深明大义、贤良聪颖的女子，对楚国最终称霸起到不可忽视的作用。

在楚国称霸以前，楚庄王十分喜欢打猎。樊姬看在眼里，急在心上。她深知作为一国之君，常常喜欢打猎，就会因玩物丧志而荒于国事。于是樊姬就多次去劝阻他，而楚庄王始终不听。没有办法，樊姬就断绝肉食了。她的意志和行动终于感化了楚庄王，使他觉悟过来，并改过自新。

楚庄王从此不再惦记着打猎这类的事情，而把更多的时间和精力用在国家政事上，而且处理国事也变得越来越勤奋和谨慎。

那时候，作为一个君王拥有许多嫔妃也是平常之事，楚庄王当然也不例外。这件事在眼光深远的樊姬看来，却不是一桩小事，因为她明白，一个君王若是沉迷于女色之中，那是十分危险的事情，甚至很容易因此而导致亡国。

为了避免楚庄王误入歧途，樊姬就亲自负责从各地寻访美女。当然，能被樊姬所选中的美女，都是品行容貌俱佳的女子，而不是那种只重外表不重品德修养之人。樊姬的这番举动，不仅从根本上杜绝了楚国国君身边的隐患，同时也深深感动了楚庄王，使他对夫人樊姬更加尊敬。

后来，樊姬得知楚庄王十分宠信一个叫虞邱子的大臣，而且经常废寝忘食地听他讲话，心中感到是又喜又忧。于是，她就在一次下朝后，特意走出来恭迎楚庄王，并问："是什么重要的事情，竟然让您经常这样废寝忘食？"楚庄王高兴地说："和贤能的忠臣说话，真是不知道什么是饥饿和疲倦。"樊姬接着又问："您说的贤能忠臣是哪一位呢？"楚庄王不假思索地说："当然是虞邱子了。"

听了楚庄王的回答，樊姬心中一惊，却又立马镇静下来，并且禁不住捂住嘴巴，开始大笑起来。楚庄王见状，就不解地问："夫人为什么如此大笑？"樊姬就非常认真地说："如果说虞邱子是聪明之人倒还勉强，然而他未必算是一个忠臣。"楚庄王听后感到十分疑惑，就追问道："为什么这样说呢？"

樊姬看着满脸疑惑的楚庄王，温和地娓娓道来："我服侍君王，算起来也有十一年了。我曾经访求品貌俱佳的女子，献给君王。现在比我好的有两个人，和我同等的也有七个人。我为什么不千方百计想办法，排除她们，一个人独自霸占您的宠爱呢？"

樊姬稍微停顿了一下，一边观察着楚庄王的神情，一边又接着说："因为我知道，您是一国之君，身边需要有更多的贤德女子来照顾您的生活，我不能只考虑个人的得失，而耽误了选用贤德之人辅助您和国家。"

见楚庄王听得心悦诚服，樊姬就进一步说道："现在虞邱子做楚国里的丞令尹，也有十多年了。除了他自己的子弟宗族亲戚以外，他从来没有保举过好人进来，也没有听说他罢免哪个不贤之人，难道贤能的忠臣就是这样的吗？挡住了真正贤德之人为国尽忠的道路就等于蒙蔽君王。知道别人贤德也不举荐，就是不忠；不知道别人的贤德，就是没有智慧。我刚才所笑的，难道不对吗？"

听了樊姬的一番话，楚庄王觉得十分有道理，仔细思量，确实如此。第二天上朝，他就将樊姬所说的话告诉了虞邱子。

虞邱子听完楚庄王的话，吓得赶紧离开座席，站在那里不知如何是好。心中也感到万分的惭愧。于是，他下朝以后，回去躲在家里再也不敢出来，直到派人把一个贤能的忠臣——孙叔敖迎请过来，并亲自举荐给楚庄王。

楚庄王经过考察后，重用了孙叔敖，让他帮助治理楚国。三年之后，孙叔敖果然以其贤能辅佐楚庄王在诸侯国中得以称霸。

朋友对您说

"挡住了真正贤德之人为国尽忠的道路就等于蒙蔽君王。知道别人贤德也不举荐，就是不忠；不知道别人的贤德，就是没有智慧。"这正是樊姬深明大义、智慧非凡的写照啊。

纵观古今中外，许多立下丰功伟业的男子，其背后，往往有一个伟大的女子，她们以无私的胸怀和贤惠的德才，相夫教子，默默地奉献于家庭，让丈夫无后顾之忧，致力于国家社会，同时也传承了绵绵不尽的家风德业。

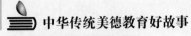

魏负匡^①君

战国时有一个叫曲沃负的老人家，是魏国大夫如耳的母亲。那时候，魏国的哀王，给儿子娶一个媳妇，听人家说，那新媳妇的相貌很美丽，魏哀王就想自己纳做夫人。曲沃负就嘱咐她的儿子如耳说："君王现在是荒乱已极，简直没有伦常了，你为什么不去纠正他一下子呢？要晓得能够劝说君王，才可以尽自己的忠心，尽了忠心，就可以除去祸患，这是万万不可错过的。"如耳听了母亲的话，苦于没有机会，不料又被派出使齐国。曲沃负就自己当面去劝谏魏哀王，哀王认为她说的话很有道理，就把新媳妇还给了儿子，这样使哀王所做的错事得以纠正。哀王还赏赐曲沃负二百石的米，等到如耳回来，又封给他爵位。

【注释】①匡：kuāng，纠正。

朋友对您说

曲沃负劝儿忠良，深明大义，抓住时机面劝帝王，她的智慧和胆量也非同一般。身为母亲，尽职、尽责地教养孩子，能不失时机地教导孩子，并以身示范，这样教育的力量是很大的。

滂^①母无憾

东汉有个读书人叫范滂，别号孟博，是汝南郡征羌县（在今河南省南部）人，起初做了管治强盗的官。那时候，太监常常结党陷害正直的人。范滂也受了牵累，被捉到监牢里去了。后来又把他放了出来。过了一段时间，朝廷里又要重办宦党，汝南郡的督邮吴导知道范滂为人不错，不忍心去捕他，就抱着皇帝下来的诏书哭了。范滂得知了，就自己投到县里去，县令郭揖情愿同他逃走，范滂恐怕连累县令和年老的母亲，所以不肯。范滂的母亲就赶去和儿子诀别，说道："你现在正可以同李固、杜密得到同样的名声，死了又有什么怨恨呢？既然有了好的名声，又要长寿，这哪里可以都得到的呢？"范滂跪下了，听到母亲的教训，拜了几拜，辞别了母亲。

【注释】①滂：pāng。

朋友对您说

滂母能在儿子困惑难以抉择时，及时地教育劝导其尽忠守信，爱惜名节，为此甚至不惜生命，可谓深明大义之至。

李秀忠烈

晋朝的南蛮校尉、宁州（今云南省境内）刺史李毅，有个女儿，名叫李秀，性格很像她父亲。当时的少数民族五彝①围攻宁州，李毅因忧愁过度而死，救兵还没有到，百姓们都推举李秀管理一州的军政。

李秀于是整顿军队，严守城池，粮食虽然吃完了，但是志气反而愈加激昂起来，暗暗地等着贼人懈怠的时机，便大举进攻，破了敌营，解了围困。李秀就代理他父亲的职务，统领部下三十七部，经过了三十多年，这些蛮夷都畏服了。李秀死在任上，百姓好像死了自己的爹娘一样，替她建造了庙宇，年年祭祀她。后来到了唐朝，封她为"明惠夫人"，在她的庙里匾额上，题着"忠烈"两个字。

【注释】①彝：yí，五彝，古代旧称五种蛮夷。

朋友对您说

李秀在国家危困时，能挺身而出，尽自己的全力承担重任，尽心尽力，为国利民不辞辛劳，堪称忠烈的典范。我们今天教育孩子，应当学习这样的精神，敢于担当，这样才能更好地发挥出人的潜力，锻造出高贵的品质。

报国忠心

晋朝有一个叫虞潭的人，寡母孙氏守节抚养他成人。虞潭在南康做官，带兵去讨伐杜韬①，孙氏勉励他必定要尽忠尽义，同时还把全部的财产，充作战士的慰劳费。后来虞潭又出兵去征伐苏峻，孙氏再教诫他说："我听得一句古话，忠臣是出于孝子之门，你出去以后，应当取大义，不怕牺牲，不要因为我年纪老了，连累了你的报国忠心。"孙氏让所有的家僮全部出发去助战，卖了衣服首饰去做兵饷，同时还差她的孙儿虞楚也去跟着参战，务必要尽忠尽孝，后来虞潭因为功高，封了侯爵，孙氏活到九十五岁才去世，朝廷赐她谥号"定夫人"。

【注释】①韬：tāo。

朋友对您说

朝廷能赐封孙氏谥号"定夫人"，既表达了朝廷对她的贡献的认可，也在于激励大众学习她言传身教，教导子女赤诚无私、报效国家的高贵品德，这样教育出的孩子，怎能没有出息呢？这很值得我们今天的母亲敬仰、思考和学习。

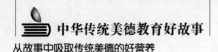
长孙规谏

　　唐太宗李世民的皇后长孙氏，对于国家一切应该改革的大小事情，无不尽力规谏太宗。有时候太宗发怒，以不恰当的罪名责罚宫人，长孙皇后也必定假装着发怒，请求太宗交给她去审讯。但是一等到皇上怒气平息，就慢慢地替冤枉的人设法申冤。有一次，长孙皇后在太宗的面前称赞魏征是一个光明正直、保护社稷的臣子，同时还穿了朝服，立在庭前，恭贺太宗能够受得住直言，真正是明君才有直臣。

　　后来长孙皇后病危，将要永别于世，她很诚恳地对太宗说了许多有关国家政事的话。太宗哭得很悲哀，并且说："从今以后，后宫里再也听不到规谏了，我失去了一个最好的帮手啊！"

朋友对您说

　　古曰："忠言逆耳而利于行"。长孙皇后对太宗皇帝的忠心和护持，深得丈夫的敬重和信任，堪为母仪典范。为人妻子，有尽心操持好家务的责任，而同时夫妻间能开诚布公地交流也是夫妻和睦、彼此信任的前提，而这一切也是需要女性更加尽心尽力和心无杂念的付出才行啊。

朱韩新城

　　东晋有一个叫朱序的人，是梁州（今四川东北部）刺史。在他镇守襄阳城的时候，前秦苻①坚带兵攻来，朱序的母亲韩老夫人亲自走上城头去视察，看到西北角的防御工程，认为不一定十分坚固，就带了一百多个丫鬟和襄阳城里的妇女们，在斜角里面另外造了一座二十几丈的新城墙。后来秦国的兵队围困了襄阳城，朱序很坚强地守着，前秦军队的粮草快用完了，就赶紧拼力攻打，西北角的旧城墙，果然塌了，朱序的军队就移防坚守着新城，前秦的军队于是就退回去了。襄阳人因为这个缘故，就把这座新城叫"夫人城"。

　　【注释】①苻：pú。

朋友对您说

　　韩老夫人能带了一百多个丫鬟和襄阳城里的妇女们建造新城墙，防范敌军围攻，可谓高瞻远瞩，未雨绸缪啊。这样的胆识和魄力，是值得我们学习的榜样啊。

在大众危困之时，能显发出为众不惜一切的勇气和魄力，都因为拥有一颗忠诚爱国的心。我们为人父母，在平时能激励孩子，有博大仁爱之心，才有施爱于他人的可能，也才能为国家尽忠，为父母尽孝！

董杨训儿

唐朝董昌龄的母亲杨氏，是蔡州（今河南汝南）人。那时候吴元济造反占据了蔡州。在这个时候，董昌龄做了房县的县令，正是吴元济的属下。他的母亲就悄悄地叮嘱董昌龄说："大凡一桩事理，是顺天理的就可以成功，倘若是逆天理的就要失败，在这个地方，你可要仔仔细细地思量一番才好。"董昌龄的心里还没有下决定，吴元济又把他调到郾①城去做官，母亲又对董昌龄说："吴元济这个反贼，欺骗皇上，神明是不肯保佑他的，你应当立刻归降朝廷，不要因为我连累你，就不去归降了。你假若做了忠臣，我就是忠臣的母亲了，这样我就是死了，也没有怨恨。"刚巧唐朝的官兵来攻打郾城，董昌龄就出去投降，宪宗皇帝得知很欢喜，就叫董昌龄做郾城的县令，并且兼任监察御史。董昌龄辞谢说："这都是我母亲的教训，至于我哪里有什么功劳呢？"宪宗听了赞叹着称异，后来封杨氏为"北平郡君"。

【注释】①郾：yǎn，地名，在河南省。

朋友对您说

董母杨氏真可谓贤明之母。在忠孝难择之际，能以忠义为重，鼓励孩子弃小家而顾大家，这样断除孩子的后顾之忧，在大是大非上丝毫不含糊，可谓大义有德之人啊。我们今天在教育孩子时，当以董母为榜样，这样孩子心正，必不会走入人生的歧途难以自拔，此为教育之本啊。

陈冯杖子

北宋时，有个秦国公，姓陈名省华，他的妻子冯夫人治家非常严谨，她的三个儿子，个个都中了进士。有一次，其子陈尧咨做了荆南太守回来，冯夫人就问："你在有名的地方做了官，有没有突出的政绩呢？"陈尧咨很惭愧地说："没有。"冯夫人听了，心里就不快活了。有一天，家里的人说着闲话，讲到荆南正是往来的要道，过路的客人和陈尧咨较量射箭，没有一个不是让着他的。冯夫人听了大怒起来，说："你的父亲教训你，叫你要尽忠尽孝去辅助国家，现在你做了官，不晓得施行仁政去教化百姓，专门学了一种小小的技艺，自己炫耀着，这哪里是你父亲当初教训你的愿望呢？"说完话，就拿了拐杖打他，把他身上佩着的金鱼袋，都打落在地上跌碎了。

朋友对您说

　　教育孩子当以正确的见地为引导，加上父母的身先示范和严谨管理，孩子必能有所成就的。这也是家庭教育的关键所在啊。

施氏奴事

　　宋朝时，沈家有个丫头，姓施，是湖州乌墩镇的人。她和沈家本是邻舍，当施氏二十岁的时候，就到沈家去做丫头。有一年，疫病流行得非常厉害，沈家的夫妻接连死去，扔下了两个女儿，都不过十多岁，没有别的亲戚可以依靠，施氏就在侧屋里替别人家舂米，或者织草鞋、做针线活，赚了钱给她的两个女主人。等到两个女主人长大了，就给她们选择了门户相当的配偶，并且时常看护抚抱她们的儿子，尽力地做着奴仆应做的事。每逢主人外出的时候，她就兼管着房屋里的东西，从不私自动主人的任何东西。远近的人都敬重她、仰慕她。她年纪六十多岁了，头上还梳着两个髻[①]，表明她始终没有嫁人。

【注释】①髻：jì。

朋友对您说

　　施女虽然出身贫贱，但一生将忠义演绎的让人感人至深。她能真诚心待人处事，不自私自利，了无二心，尽心尽力地抚恤主人的遗孤，这怎能不让人敬重仰慕她？
　　一个人不论拥有什么身份，不管处于何种地位，如果能做到不自私自利，能为别人着想，有了博爱之心，才有施爱于他人的可能。无论从事何种职业，能忠于职守、具有较好的职业操守和责任心，这样的人定能被社会所认可和接纳，安立于社会。

蓝姐捕盗

宋朝有个姓王人家的丫鬟，名叫蓝姐，跟了她的主人家一同寄居在清泥寺里。有一天，主人家请了客人喝酒，一直到了半夜里才散席，夫妻两个人都喝醉了。忽然有许多强盗闯进来，把主人家的几个儿子和一班丫鬟都用绳绑了起来。丫鬟们叫着说："这不关我们的事，家里管钥匙的是蓝姐。"蓝姐应着说："不错，我确实是管钥匙的人，不过要求你们不使我的主人受惊，我才肯把钥匙拿出来给你们。"强盗答应了她，蓝姐就把所有的钥匙，都给了强盗，并且手里拿着刚才酒席上用过的蜡烛，照着强盗指点给他们看。于是强盗把所有的金银器具和首饰都抢走了。等到主人酒醒了，知道遭了强盗抢劫。第二天早晨，就到县里去报案，蓝姐就悄悄地对那些去捉强盗的官差说："那些强盗都穿着白色的衣裳，我拿蜡烛照他们的时候，把蜡烛油滴在他们的背上做记号，你们只要看见穿着白衣服，背上有蜡烛油的人，就是强盗。"官差依了她的话去做，果然把所有的强盗都捉住了。

朋友对您说

蓝姐的睿智让人钦佩，但她能在主人家里受到匪徒侵袭时从容理智，竭诚尽责。我们在工作中，能始终持着一份真诚心，工作中一定能发挥出自己的聪明才能，有益于社会。

拒子入门

子发是战国时期楚国的一位大将军。一次，他带兵与秦国作点，前线断了粮草，派人向楚王告急，使者顺便去看望子发的老母。老母问使者："士兵们都好吗？"使者回答："还有点豆子。只能一粒一粒分着吃。""你们将军呢？"使者回答说："将军每天都能吃到肉和米饭，身体很好。"

子发获胜归来，母亲紧闭大门不让他进家门，并派人去告诉子发说："你让士兵饿着肚子打仗，自己却有吃有喝，这样做将军，打了胜仗也不是你的功劳。"母亲又说："越王勾践伐吴的时候，有人献给他一罐酒，越王让人把酒倒在江的上游，叫士兵们一起饮下游的水。虽然大家没尝到酒味，却鼓舞了全军的士气，提高了战斗力。现在你却只顾自己不顾士兵，你不是我儿子，你不要进我的门。"子发听了

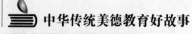

母亲的批评，向母亲认错忏悔，决心改正，才得进家门。

朋友对您说

忠者，德之正也。惟正己可以化人，故正心所以修身乃至于齐家、治国、平天下。无论我们是做大事业的，还是在平凡职位上的，要想真正做好，片刻都不能离开"忠"字。

身为父母亲，尽职、尽责地教养孩子也是忠孝。一个母亲能像子发母这样点滴教诲，孩子纵然身为大将军，也会认错忏悔并会竭力尽到一个大将军的职责。父母择机训教孩子很重要。

济南空军飞行员——冯思广

2010年5月6日晚，冯思广和中队长张德山驾机，在连续起飞过程中，发动机骤然停车。为避免飞机坠落在济南人口稠密地区，冯思广把个人生死置之度外，和张德山一起果断改变飞行轨迹，自己却因错过跳伞最佳时机英勇牺牲。而飞机坠落地点与居民区直线距离仅为230米。当时，如果冯思广、张德山选择跳伞，两个人都能生还，但飞机就会坠毁于城区，机上800公升的剩余燃油和高达700多摄氏度的发动机机体，威力胜过重磅炸弹。如果不是两名飞行员临危不惧地正确处置，将会给省城带来不可估量的损失。最终，冯思广用他28岁的宝贵生命，书写了一曲忠诚于党、热爱人民的时代颂歌！5月7日，冯思广被批准为革命烈士。

朋友对您说

孔子曰："志士仁人，有杀身以成仁，无求生以害仁。"从冯思广身上，我们看到的是"忠诚"，是"舍自己，顾大家。舍身为民，忠诚于党"。

抗震救灾县长——经大忠

2008年5月12日，中国汶川发生特大地震。地震发生时，北川县县长经大忠果断地组织人员疏散，并用最快速度，将县城里的8000多幸存群众集中在安全区域。全面的救援工作展开以后，经大忠成为北川抗震救灾前线指挥部副指挥长，始终战斗在第一线。5月14日下午，经大忠带领工作人员在废墟中救起了一个小女孩。当经大忠抱着孩子往担架跑的时候，孩子一直在哭泣。经大忠摸着她的脸，安慰她："别怕，孩子，爸爸救你来了！"这一幕让在场的所有人动容。

地震发生后，经大忠三天三夜没有合眼，他说，"群众是我们的兄弟姐妹，只有我们舍命，被埋的人才有更大的希望获救。"震后，北川县城大部分被埋。经大忠家中的6个亲人全部遇难。

朋友对您说

经大忠竭诚尽责，倾力奉献。以自己的一颗真诚、无私的心，尽心于社会、尽心于事业，树立了基层领导干部的公仆形象，成为世人学习的榜样！

歼-15 总负责人——罗阳

罗阳，男，51岁，辽宁沈阳人。沈阳飞机工业（集团）有限公司董事长、总经理。罗阳所在的沈飞集团是中国重要的歼击机研制生产基地，他本人也是飞机设计专家，2012年11月25日，随中国首艘航母"辽宁舰"参与舰载机起降训练的罗阳，在执行任务时突发急性心肌梗死，不幸殉职。

罗阳1982年毕业于北京航空航天大学高空设计专业。他担任中航工业沈飞董事长、总经理的5年，是沈飞新型号飞机任务最多、最重的5年。难题难点，好像排着队一样。罗阳善于解决问题，采取多种措施推动研制进度，创造了新机研制提前18天总装下线，从设计发图到成功首飞仅用10个半月的奇迹。

2012年1月，罗阳担任中国第一艘航空母舰舰载机歼-15研制现场总指挥。没有经验，也没有现成的关键技术可以借鉴，航空制造大国对技术的封锁，逼着航空人只有自主创新一条路可以走。在航母上，罗阳坚持亲力亲为，与科研人员一起整理试验数据，观看每次起降过程，记录和分析飞机状态，出现身体不适，也没有中途下舰，甚至都没有去找医护人员检查。

难度高，任务重，时间短。重重考验摆在罗阳面前，可是他就有这么一股不服输、不懈怠的劲头。他曾说，外国人能干成的事情，中国人同样能干成，而且还能干得更好。

在生命的最后一个月里，他不知疲倦，劳心劳力，没有一刻休息，直至生命的最后一刻。

朋友对您说

为他人做事，不怀有图报之心，也不为了在人前表现。这样默默无闻、尽心尽力的人，堪为世人学习的榜样。

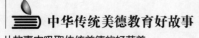

南海守礁王——李文波

李文波，中国海军南海守礁士兵。李文波 21 岁时毕业于中国海洋大学，当年入伍，三年后赴南沙永暑礁。20 多年来，他先后 29 次赴南沙执行守礁任务，累计守礁 97 个月，向联合国教科文组织和军内外气象部门提供水文气象数据 140 多万组，创造了国内守礁次数最多、时间最长、成果最丰的纪录，受到了联合国教科文组织的高度评价。

长期恶劣环境下的生活，李文波的身体大不如从前，风湿病越来越重，但他仍然坚持一次不落地守礁，还经常顶替战友。除了坚守岗位，李文波还不断创新，为守礁工作总结经验，编写教材。他设计出了南沙第一套水文气象月报表程序，还编撰完成了《海洋水文气象观测教材》。

为了守礁，李文波亏欠家里太多。他新婚 5 天后回到南沙，20 多年来，与妻子真正在一起的时间不到 3 年。2003 年 4 月，李文波第一次回到老家，才知道母亲已经卧病在床 3 年，2005 年 9 月，母亲病危，李文波回到老家陪伴母亲仅十天，就接到执行南沙守礁的命令，在前往南沙的舰艇上他接到了母亲病逝的消息，一个人长跪在甲板上向北方失声痛哭。李文波说："南沙守礁是我一生的荣耀，就算下辈子坐轮椅，也没什么后悔的！"

朋友对您说

李文波作为一名南海守礁士兵，坚守岗位，不断创新，为守礁工作总结经验，编写教材。在艰苦的工作岗位上，这样默默无闻、尽心尽力地坚持着，堪为世人学习的榜样。

最美女教师——张丽莉

张丽莉出生在一个教育世家，2006 年，她从哈尔滨师范大学毕业后，分配到佳木斯市第十九中学任教。2012 年 5 月 8 日，放学时分，张丽莉在路旁疏导学生。一辆停在路旁的客车，因驾驶员误碰操纵杆失控，撞向学生，危急时刻，张丽莉将车前的学生用力推到一边，自己却被撞倒了。

车轮从张丽莉的大腿辗压过去，肉都翻卷起来，路面满是鲜血，惨不忍睹。被轧伤后她有时清醒有时昏迷，在送医院的途中，还对大家说：要先救学生。昏迷多天后，张丽莉醒来的第一句话是："那几个孩子没事吧？"

经过抢救，张丽莉被迫高位截肢。她的亲人和医护人员都不敢想象她知道真相的后果会是怎样，但张丽莉很快接受了事实，还反过来安慰父亲说："当时车祸的场景我还记得，很幸运，如果车轮从我的头碾过去，你们就看不到我了，我救了学生，也保住了命，今后一定会幸福的。"

有人问张丽莉，"你后悔吗?"她回答："不后悔。这样做是我的本能。我已经28岁了，我已和父母度过28年的快乐时光。那些孩子还小，他们的快乐人生刚刚开始。"

朋友对您说

一个人有了博爱之心，才有施爱于他人的可能，也才能为国家尽忠，为父母尽孝! 张丽莉老师用她无私的爱，让学生们感动，也真正教育着年轻的心，无愧于"灵魂工程师"的称号。

"卧底民工"局长——陈家顺

陈家顺，云南省沾益县人力资源和社会保障局副局长、沾益县驻浙江义乌劳务工作站站长，1968年出生。为保障外出务工人员的合法利益，从2007年9月起，陈家顺先后深入5家用工企业，以农民工的身份应聘到企业"卧底"打工。云南沾益县是劳务输出大县，陈家顺担任副局长后，积极组织家乡农民到浙江义乌等地务工，并关注他们的切身利益，为他们排忧解难，用实际行动诠释了一名共产党员全心全意为人民服务的宗旨。

在调解各类用工纠纷时，他总是挺身而出，为农民工利益据理力争。4年来，共为农民工调解各类纠纷780余起，挽回损失180万余元。在农民工遇到困难时，他想方设法帮助解决，多次协调企业垫付农民工车费、伙食费、医药费等共7万多元。这些实实在在的行动，赢得了当地民工和社会各界的称赞，陈家顺被人们誉为"卧底局长"、"民工局长"。

朋友对您说

陈家顺身为领导，能为农民工的切身利益着想，为他们排忧解难，用实际行动诠释了一名共产党员干部全心全意为人民服务的宗旨。不论在工作生活中，还是在待人接物上，我们都应该有一颗为他人着想、真诚无私的心，竭诚尽责，尽忠职守。

残疾医生——周月华

周月华，女，43岁，重庆市北碚区柳荫镇西河村乡村医生。二十多年来，她硬是靠着拐杖和丈夫的后背，"爬"遍了方圆13平方公里的大小山岭，为辖区近5000村民带去了医疗服务。

周月华出生后8个月被诊断为先天性小儿麻痹症，左腿残疾，这一切并没有摧垮她生活的意志。凭着自己的执着，周月华完成了中学学业并成功从卫校毕业。在找工作的过程中，周月华因身体残疾而四处碰壁。后来，看到乡亲们每次都要步行几个小时才能到镇上医院看病，她就动了行医的心思。

周月华将平时省吃俭用下来的200元加上家中仅有的600元储蓄作为开诊所的启动资金，又把家里堂屋修整了出来做场地，药品采购则靠两个弟弟用小竹筐一筐筐往回背，1990年11月，周月华的"柳荫镇西河村卫生室"终于正式挂牌营业了。

"我喜欢我的工作，喜欢我现在所做的一切。"周月华说道，"住在偏远地方，农民看病要走上好几小时。所以我现在做多一点，让乡亲们少跑一点，少花一点，自己会感到很开心。"最开始行医时，周月华右肩挎的是药箱，左肩下拄着拐杖在山间艰难行走，这种行医方式直到她遇到了人生中的第二条左腿——她的丈夫，艾起。

周月华和艾起结婚之后，无论上山涉水，刮风下雨，只要有出诊，艾起便会揽起周月华的手，用宽阔的后背将她背到病人家里。"背你一辈子，我无怨无悔！"这个男人用20年的行动，默默支持着妻子的事业。二十多年来，她硬是靠着拐杖和丈夫的后背，"爬"遍了方圆13平方公里的大小山岭，为辖区近5000村民带去了医疗服务。

朋友对您说

周月华和艾起用他们二十年的青春和热血，在艰苦的环境中，历尽艰难，但用他们的真诚和热情，写下了平凡人生中不平凡的一页。

创办爱心小院——高淑珍

高淑珍，56岁，河北滦南县司各庄镇洼里村普通农村妇女。

高淑珍的儿子王利国4岁那年得了类风湿，落下了残疾。到了该上学的年龄不能上学。高淑珍心疼儿子，想在家里办个小课堂。后来她发现，附近村庄也有一些因肢残不能上学的孩子，他们都对读书充满渴望。她想让不幸的孩子都能读书，于是在家里办起了学校。

1998 年 4 月，她的"炕头课堂"开讲了，老师是女儿王国光。5 个孩子、4 张课桌、2 块小黑板和借来的旧课本……高淑珍的家里响起了读书声。

这个学校一开就是 14 年。14 年间，她接收了近百名残疾孩子，却从未收过一分钱。高淑珍和女儿每天用自行车接送孩子，中午就在她家一起吃大锅饭。渐渐的，自行车已经接不过来，她一咬牙，买了辆旧面包车。有两个肢残严重的孩子，路上她怕颠坏了，就一直抱在怀里。后来，为了让孩子少受罪，她索性让孩子都住在家里，免费吃住读书。

慕名而来的孩子越来越多，但是高淑珍精力有限，家里地方有限，还债务累累，但是"不"字她始终说不出口。无论多么艰难，她总是尽最大努力，让孩子们的生活过得好一些。高淑珍家承包了 20 多亩水田，稻谷就是孩子们的口粮。但是歉收的时候，让每个孩子吃饱并不轻松。为了多挣几个钱，她每天天不亮就骑着自行车，驮着批发来的一些日用品去赶集，一骑就是 100 多里地。有的时候下大雪没有集，高淑珍就走街串户地卖，"我一天出去挣十块二十块，给孩子们买点好吃的，我心里头欢喜，骑着车子都有劲。"她说。

高淑珍爱心小院的故事见诸媒体后，引起强烈反响。爱心小院收到了来自全国各地的捐助，还有不少志愿者从各地赶来实行爱心接力。有的志愿者已经在这里工作了三年多时间，上海一家医院为小院的 10 个孩子施行了治疗手术。

朋友对您说

高淑珍虽然身在农村，有残疾的儿子要照顾，但能以小向大，由己及人，尽心尽力照顾其他残疾孩子。这份真诚和博大胸怀，让千万人感动。

在生活中，我们每个人都扮演着不同的角色，一个人，不论拥有什么身份，不管处于何种地位，如果能做到不自私自利，能为别人着想，有了博爱之心，才有施爱于他人的可能，也才能为国家尽忠，为父母尽孝！

遥远苍穹中最亮的星——朱光亚

2011 年 2 月 26 日，"两弹一星"元勋、著名核物理学家朱光亚因病辞世。巨星陨落，德艺留芳，以他名字命名的"朱光亚星"在苍穹中绽放恒久的光芒，激励科学道路上的后人。

从 20 世纪 50 年代末开始，朱光亚在核领域奉献了大半辈子，直至 2005 年退休。

"祖国的父老们对我们寄存了无限的希望，我们还有什么犹豫呢?"——听到新中国成立的消息后，还在密执安大学读书的朱光亚组织起草了《给留美同学的一封公开信》，然后毅然选择回国，先进入北大教书，后转到核武器研究所。

1964年，我国自行研制的第一颗原子弹成功爆炸，朱光亚望着腾空跃起的蘑菇云，禁不住潸然泪下。当晚，作风严谨的他竟然喝得酩酊大醉。三年后，朱光亚与同事们又将中国带入了氢弹时代。

重要的核试验，朱光亚几乎都会亲临现场指导，不解决问题不罢休。对待需要撰写或修改的文件，朱光亚力求深入浅出，字斟句酌，连一个外文字母、一个标点符号都保证准确无误。

淡泊名利，身边人喜欢用这个词来评价朱光亚。1996年，朱光亚获得一笔100万元港币的奖金，转身就捐给了中国工程科技奖励基金会；1997年，又将积攒的4万余元稿费捐给了中国科学技术发展基金会。解放军出版社曾策划出一套国防科学家传记丛书，报请审批时，他毫不犹豫地划掉了自己的名字。

朋友对您说

作为一名核物理学家，朱光亚以他坚定的爱国之志，潜心研究，淡泊名利，这份赤诚，让人感佩，油然生起无限敬意。他代表的群英，使我们的民族——自强，自信，自力，自尊！

烈火锻造的铁血将帅——刘金国

回忆起"7·16"大连新港火灾事故，许多人心有余悸。

2010年7月16日傍晚，大连新港的输油管线在油轮卸油作业时发生闪爆，造成管线内原油泄漏发生火灾，火势顺排污渠蔓延。火情就是命令。公安部副部长、纪委书记刘金国第一时间率领专家组赶赴现场，指导救灾。面对长达数千米的火线、数十个储量巨大的油罐随时爆炸的危险，刘金国在前沿连续指挥了七个小时，直至将大火扑灭。

每逢重大突发事件，刘金国都亲临一线指挥。2008年的"5·12"汶川特大地震救援中，他担任公安部前线总指挥，紧急调集、指挥全国2万多名公安专业救援力量，从废墟中搜救出被埋压人员8335人。

铁血将帅的另一张面孔，是两袖清风的忠诚卫士。1995年，刘金国调到河北省公安厅，搬家时他的全部家当只有半卡车旧家具，和一台黑白电视机。单位分给他一套房子，需要交 4.6 万元的集资款，但刘金国硬是拿不出这笔钱，最后只能找银行贷款。担任领导职务的几十年，刘金国亲手审批过近 20 万个"农转非"指标，可他自己的 38 个亲属无一跳出"农门"。

朋友对您说

忠于祖国，热爱人民，清正廉洁，这才是真正的公仆。

坚守肝胆事业的医生——吴孟超

在中国医学界，肝脏医学曾长期处于荒芜。20 世纪 50 年代，从同济医学院毕业的吴孟超投入了肝脏外科研究，与同事做出了中国第一个肝脏解剖标本，提出了"五叶四段"肝脏解剖理论。1960 年 3 月 1 日，他成功完成了我国首例肝癌切除手术。

半个多世纪的呕心沥血，吴孟超推动了中国肝脏医学的起步与发展。1999 年建立的东方肝胆外科医院，每年收治逾万名患者，年均手术量达 4000 例。肝癌术后五年的生存率，从 20 世纪六七十年代的 16% 上升到今天的 53%。

年近 90 岁，他依然坚守在一线。据统计，吴孟超做了 1.4 万余例肝脏手术，完成的肝癌切除手术 9300 多例，成功率达到 98.5%。2006 年 1 月，他获得"国家最高科学技术奖"。

吴孟超是医院院长，平时不但忙于院务，还要经常外出主持学术会议。即便如此，他仍坚持在每个星期二的上午看门诊，若是出差错过了，回来还得补上。

从医近 70 载，吴孟超始终认为医德比医术重要，"德"是他挑选弟子的首要标准。吴孟超定下规矩：在确保诊疗效果的前提下，尽量用便宜的药，尽量减少重复检查。据说这样做，每年能给病人节省 7000 多万元。

朋友对您说

作为一名医生，吴孟超不但医术精湛，而且医德深厚，能让患者深以信赖，也让很多同行继而千万的人由心感动而为榜样。能有一颗为他人着想、真诚无私的心，竭诚尽责，可钦可叹！

"雷锋传人"——郭明义

郭明义，男，1958 年 12 月生，辽宁鞍山人，1982 年复员到齐大山铁矿工作。

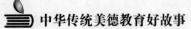
1996 年至今，任齐大山铁矿生产技术室采场公路管理员。

入党 30 年来，他时时处处发挥先锋模范作用，在每个工作岗位上都取得了突出的业绩。从 1996 年开始担任采场公路管理员以来，他每天都提前 2 个小时上班，15 年中，累计献工 15000 多小时，相当于多干了五年的工作量。工友们称他是"郭菩萨"、"活雷锋"，矿业公司领导则称因郭明义使整个"矿山人"的精神得到了升华。

他 20 年献血 6 万毫升，是其自身血液的 10 倍多。2002 年，郭明义加入中华骨髓库，成为鞍山市第一批捐献造血干细胞志愿者。2006 年，郭明义成为鞍山市第一批遗体和眼角膜自愿捐献者。

1994 年以来，他为希望工程、身边工友和灾区群众捐款 12 万元，先后资助了 180 多名特困生，而自己的家中却几乎一贫如洗。一家 3 口人至今还住在鞍山市千山区齐大山镇，一个 80 年代中期所建的、不到 40 平方米的单室里。

郭明义曾先后获部队学雷锋标兵、鞍钢劳动模范、鞍山市特等劳动模范、全国无偿献血奉献奖金奖、中央企业优秀共产党员、全国"五一劳动奖章"等荣誉称号，是鞍山市无偿献血形象代言人。

朋友对您说

关爱他人，奉献自己；爱岗敬业，堪为表率。

舟曲之子——王伟

王伟，27 岁，陕西省大荔县埝桥乡游斜村人，甘肃总队甘南藏族自治州支队舟曲县中队副中队长。

2010 年 8 月 7 日晚 11 时 20 分，雷电、暴雨笼罩着舟曲县城，27 岁的王伟正在单位值班，不敢一个人住在家的妻子当晚睡在娘家。屋外的雨越下越大，王伟立即向中队领导汇报雨情，准备应对突发事件。集合哨响起，73 名战士带上雨披和应急灯开始清点人数。集合完毕不久，营房开始晃动……

11 时 48 分，王伟带领 25 名官兵冒雨冲入泥石流现场。天像裂开了口子，雨水砸在王伟脸上，周围一片漆黑，即使打开应急灯，能见度也不足 5 米。扶着倒塌的碎石，凭借着记忆与呼救声，王伟与救援队战士搜寻着生还者。没有任何工具，王伟和救援官兵徒手掀开瓦砾，他与战友营救 20 多个小时，让 23 条生命逃离了死神的威胁，而自己怀孕 2 个月的妻子和岳父母一家四口人却遇难，被浑浊的泥石流无情吞噬。

救灾的那几天，王伟总会习惯性地掏电话、看妻子的未接来电。"不知道她最后会说什么……"王伟拭去眼泪又说:"我现在就想多救人,多救出一个人,心里才能好受一些!"

朋友对您说

作为一名军人,在人民危困之际忠于职守,全力以赴,拯救黎民百姓,而难顾及家眷,昂痛失亲人,但人民不会忘记他。王伟用他的真诚无私无畏,让人民更真实地了解到,军人忠诚的誓言,人民子弟兵的力量,更得到了百姓的信赖和敬仰。

草原医生——王万青

王万青,男,汉族,66 岁,上海人,中共党员,甘肃省甘南藏族自治州玛曲县人民医院外科主任医师。

1968 年从上海第一医学院毕业后,自愿到条件极为艰苦的甘南州玛曲县工作,在贫穷落后的玛曲草原一待就是 42 年,其间,他放弃了多次回上海的机会,凭着对玛曲人民、对藏族同胞的深厚感情,艰难地通过了生活关、语言关,毅然选择长期留守在高原。40 多年来,他视藏乡为故乡,视牧民为亲人,克服重重困难,全心全意为牧民群众解除病痛,得到了广泛的尊敬和爱戴,书写了一段藏汉水乳交融的民族团结佳话。

王万青在阿万仓卫生院的 20 余年时间里,每年接诊病人 3500 余人次(当时阿万仓乡总人口 3400 余人),20 年累计接诊 7 万余人,累计手术上万例,在当时医疗设备不足、乡卫生院基础设施极其简陋的条件下,他以精湛的医术,以一名医生高度的责任心成功救治了无数个生命垂危的患者。在任阿万仓乡卫生院院长的 10 年中,他建立了全乡 3000 余人的门诊病历,使全乡 90% 的牧民有了健康档案,为开展牧民发病情况分析和提高救治质量奠定了良好基础。调到玛曲县人民医院后,他开展的许多手术填补了玛曲高原外科手术的空白。

王万青高度重视高原疾病预防控制工作,为此,他和藏族妻子凯嫪一起起早贪黑,逐一给当地牧民实施预防接种。他曾背着 X 光机、心电图机,骑马去冬窝子(冬季定居点)为牧民进行健康体检。1981 年他一人独立完成了全乡布病普查任务,因阿万仓乡地域黄河上没有桥也无渡船,为了开展计划免疫,他曾经抓着马尾巴冒险来往黄河两岸。1985 年阿万仓乡"四苗"接种率达到 85%,成为当时玛曲县至甘南州计划免疫工作的先进典型。

现在他的家人子女全都生活、工作在这片土地上,可以说他把一生都奉献给了这片草原,奉献给了玛曲的卫生事业和这里的人民。如今虽然退休了,但他仍然坚

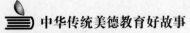

持经常指导县医院的外科手术，并经常在家里给上门的藏族群众治病送药，群众亲切地称他为"草原曼巴（好医生）"。他的这种扎根玛曲高原，情系医疗卫生事业的无私奉献精神，在玛曲草原从80年代开始到今天被传为佳话。

朋友对您说

　　古人说忠诚之人，为他人做事，不怀有图报之心，也不为了在人前表现。这样默默无闻、尽心尽力的人，堪为世人学习的榜样。

三栖尖兵——何祥美

　　自电视剧《士兵突击》在中国播出以来，关于狙击手的种种故事一直是民众的热门话题，而现实中的狙击手要比虚构的冷酷杀手"柔情"得多。

　　将到而立之年的上士何祥美已是一个4个多月大孩子的父亲。每天在训练之余都要给家人电话或短信问问小孩的成长情况。

　　担任过何祥美所在部队狙击手集训队队长的郭依衡介绍说，何祥美好奇心强，爱钻研，经常订阅电脑书籍和杂志，现在已经从一窍不通发展为电脑的行家里手。

　　更重要的是，何祥美已经是一名精通枪械，能够潜水并能在空中操纵新型装备的三栖战士。何祥美告诉记者，驱动他成长的是对祖国和人民的信念。"一名狙击手最重要的是忠诚和信念。"他说。

　　曾是何祥美第一任连长的柴道国说，从士兵到尖兵，何祥美的经历，都离不开组织的培养，离不开各级领导战友的关心和他自己的勤奋好学。

　　何祥美所在南京军区某部副政委朱永和介绍说，何祥美的成就体现了这几年部队大抓军事训练的成果。他说：这个兵很全面、很冷静。人民群众希望看到这样的士兵。而这几年部队训练抓得紧，训练强度加大，训练领域不断拓宽。他强调，中国人民解放军是一支热爱人民、热爱和平的军队，推进军事转型是要让人民睡得安稳、过得踏实。

　　朱永和说，作为"80后"的一个兵，何祥美特别能吃苦，特别能坚持，有狙击手的灵性，而部队里像何祥美这样的士兵很多。他们民主意识比较强，喜欢提意见，有力地促进了部队的发展、建设。

　　崇尚不断学习的何祥美正在自学大学本科课程。他入伍时，部队里的大学生可谓凤毛麟角。2009年12月，13万"80后"、"90后"大学生跨入军营大门，为和平之师带来一抹靓色。

　　面对未来，何祥美对记者说：很珍惜留在部队的机会，部队的需要才是最大的光荣。同时，他表示很想去国外交流学习，把好的经验带回来。

朋友对您说

何祥美作为一名80后的士兵，能凭借自己的刻苦钻研，吃苦耐劳的意志力，完成了从普通士兵向神枪手的转变，提升了自己的意志品质，成为新时代部队人才的标兵。报国之志，言行专一，堪为榜样。

魏征妩① 媚

魏征是唐代伟大的政治家、思想家和史学家。辅佐唐太宗十七年，君臣二人齐心协力，共同开创了中国历史上辉煌的一页——"贞观之治"。

魏征在太宗皇帝朝里做官，曾经责问皇上对百姓们失信的事情。每逢劝谏皇上，皇上不肯听从时，他对皇上的讲话也不答应。太宗皇上说："你答应了我之后，再来劝谏，又有什么关系呢？"魏征说："从前舜帝警诫他人不要在面子上服从。现在做臣子的倘若心里明明晓得不是，但是口里却勉强答应皇上，这就是面子上的服从了，哪里是积极服侍舜帝的初意呢？"太宗皇帝就笑着说："别人说魏征做人疏慢，可是我看他的态度，越觉得妩媚可爱了。"

由于魏征能够犯颜直谏，即使太宗在大怒之际，他也敢面折廷争，从不退让，所以，唐太宗有时对他也会产生敬畏之心。有一次，唐太宗想要去秦岭山中打猎取乐，行装都已准备停当，但却迟迟未能出行。后来，魏征问及此事，太宗笑着答道："当初确有这个想法，但害怕你又要直言进谏，所以很快又打消了这个念头。"

贞观元年（公元627年），魏征被升任尚书左丞，这时，有人奏告他私自提拔亲戚做官。唐太宗立即派御史大夫温彦博调查此事，结果，查无证据，纯属诬告。但唐太宗仍派人转告魏征说："今后要远避嫌疑，不要再惹出这样的麻烦。"魏征当即面奏说："我听说君臣之间，相互协助，义同一体。如果不讲秉公办事，只讲远避嫌疑，那么国家兴亡，或未可知。"并请求太宗要使自己做良臣而不要做忠臣。太宗询问忠臣和良臣有何区别？魏征答道："使自己身获美名，使君主成为明君，子孙相继，福禄无疆，是为良臣；使自己身受杀戮，使君主沦为暴君，家国并丧，空有其名，是为忠臣。以此而言，二者相去甚远。"魏征这么善巧地提醒，唐太宗一定不想做暴君，太宗大笑后点头称是。

有一次，太宗从外边回来往寝室里边走边说："气死我了！气死我了！我一定杀了这个乡巴佬！"长孙皇后问他在生谁的气，太宗气愤地说："还不是那个魏征！他天天在朝廷上当面指责我的不是，还当面顶撞我，气死我了。"长孙皇后听到后，马上换上朝服，走到太宗面前说："恭喜皇上，贺喜皇上，一定有明主出现，臣子

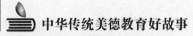
才敢直谏。"太宗听完后，怒气逐渐消了。正是由于有魏征这样正直的大臣和长孙皇后的贤明，才有唐朝时期的盛世，这一时期政治开明，经济发达，社会安定，被后人称为"贞观之治"。

魏征一生节俭，家无正寝。由于忠于职守，勤勤恳恳，积劳成疾。唐太宗立即下令把为自己修建小殿的材料，全部为魏征营构大屋。不久，魏征病逝家中，太宗亲临吊唁，痛哭失声，并说："夫以铜为镜，可以正衣冠；以古为镜，可以知兴替；以人为镜，可以知得失。我常保此三镜，以防己过。今魏征殂③逝，遂亡一镜矣。"

【注释】①妩：wǔ。②鹞：yào。③殂：cú，死亡。

朋友对您说

魏征以"犯颜直谏"而闻名。他那种"上不负时主，下不阿权贵，中不侈亲戚，外不为朋党，不以逢时改节，不以图位卖忠"的精神，千百年来，一直被传为佳话。说话，一定要诚实、讲信用，这是最重要的人格基础。表里一致，真实的语言才有意义，才能发挥它应有的作用。

季札挂剑

春秋时期的季札，是吴国国君的公子。有一次，季札出使鲁国时经过了徐国，于是就去拜会徐君。徐君一见到季札，就被他的气质涵养所打动，内心感到非常的亲切。徐君默视着季札端庄得体的仪容与着装，突然，被他腰间的一把祥光闪动的佩剑深深地吸引住了。在古时候，剑是一种装饰，也代表着一种礼仪。无论是士臣还是将相，身上通常都会佩戴着一把宝剑。

季札的这柄剑铸造得很有气魄，它的构思精湛，造型温厚，几颗宝石镶嵌其中，典丽而又不失庄重。只有像延陵季子这般气质的人，才配得上这把剑。徐君虽然喜欢在心里，却不好意思表达出来，只是目光奕奕，不住地朝它观望。季札看在眼里，内心暗暗想道：等我办完事情之后，一定要回来将这把佩剑送给徐君。为了完成出使的使命，季札暂时还无法送他。

怎料世事无常，等到季札出使返回的时候，徐君却已经过世了。季札来到徐君的墓旁，内心有说不出的悲戚与感伤。他望着苍凉的天空，把那把长长的剑，挂在了树上，心中默默地祝祷着："您虽然已经走了，我内心那曾有的许诺却常在。希望您的在天之灵，在向着这棵树遥遥而望之时，还会记得我佩着这把长长的剑，向您道别的那个时候。"他默默地对着墓碑躬身而拜，然后返身离去。

季札的随从非常疑惑地问他：徐君已经过世了，您将这把剑悬在这里，又有什么用呢？而季札却说："始吾已心许之，岂以死背吾心哉？"这就是说，虽然他已经走了，但我在心里对他曾有过承诺。徐君非常喜欢这把剑，我曾许诺，回来之后，一定要将剑送给他。

朋友对您说

  虽然季札内心想要将剑送给涂君，但是他并没有言语上的承诺，更何况当时涂君已经过世了。然而他仍然信守着内心的诺言，不惜舍去千金难买的宝剑，将它挂在树上，怅然而去。并且说道："始吾已心许之，岂以死背吾心哉？"在这掷地有声的三言两语中，信义的精神，已传扬万古而不朽。古人的信，不只在语言上，连一个念头都不违背！

  君子讲求的是诚信与道义，不因世事变迁而轻易背弃为人应有的信与义。

郭伋^① 亭候

  汉朝郭伋，是茂陵（今陕西兴平）人，到并拜州（今山西省）做刺史，对待百姓们素来广结恩德，言出必行。有一次，他准备到管辖的西河郡（今山西离石）去巡视，有几百个小孩子，每人骑了一根竹竿做的"马"，在道路上迎着郭伋拜见他，欢送他，问他什么日子才可能回来，郭伋就计算了一下，把回来的日子告诉了他们。郭伋巡视得很顺利，比预定告诉孩子们的日子早回来了一天，郭伋恐怕失了信，就在离城里还有一段距离的野亭里住了一宿，等到了第二天，才进城来。当天那些孩子们都在路上欢迎郭伋的归来。光武帝刘秀称赞他是个贤良太守。

【注释】①伋：jí。

朋友对您说

  郭伋做到了童叟无欺，可谓信之至极！被光武帝称赞为贤良太守，与他为官时广结恩德，言出必行，有必然的因果关系。

朱晖许堪^①

  朱晖是东汉南阳人，在太学读书时，即以人品高尚、尊师爱友受到学友们的尊敬。他很早就没有父亲，可是他为人处事，却很有气节。他的同乡张堪，潜心儒学，素有学行，曾在太学见到朱晖，内心很欣赏他的为人，与他结为忘年交。有一次，在太学里又见到了朱晖，就把着他的手臂对他说："以后我想把妻儿托付给你照顾。"朱晖听了这句话，因为责任很重大，所以不敢对答。

等到张堪死了，家里妻儿非常穷苦，朱晖就亲自去看望，并且很丰厚地周济他们。朱晖的儿子名叫朱撷②问道："父亲往日不曾和张堪做朋友，为什么忽然这样周济他们呢？"朱晖说："张堪曾经说过知己的话，我的心里已经相信他是我的朋友了。"

【注释】①堪：kān。②撷：xié。

朋友对您说

能交到像朱晖这样的朋友，实在是很幸运。交友首选诚实守信有德的人做朋友，不但可以为知己，在关键时刻，可以信任托付重任。同样，一个人想要交到这样的好友，自己也应当首先成为这样诚实守信的人才行啊。

张劭① 待式

东汉时期，在京城洛阳读书的张劭和范式是两个很重信义的好朋友，两个人同住在太学里读书。学成离别那天，张劭流着眼泪说："今日一别，不知何时才能与你相见？"范式安慰他说："两年后的中秋节中午，我会按时赶到你家与你见面，并拜见令尊。"两年后，中秋节这一天，张劭备好了饭，并告知了母亲。他在院子里立了木柱，从木柱的影子来看时间，木柱的影子越来越短。母亲说："他家远在江南，离这里数千里之远，恐怕不会来了，你为什么这样地相信呢？"张劭说："范巨卿是一个讲信义的人，必定不会失约的。"正在这时，远处尘土飞扬，一匹快马飞奔而来，马上的人正是范式。

后来张劭将要死的时候，对他的妻子说："范巨卿是可以托付的人。"张劭死后，范式接到信还没有赶到，张劭的棺材怎么也放不进事先挖好的坑里，等范式一到，棺材就放了进去。范式替他精心办理丧葬，一直保护他的家人到了归湘地方，同时还非常尽心地照顾他的妻儿。

【注释】①劭：shào。

朋友对您说

"范巨卿是一个讲信义的人，必定不会失约的。"诚实守信，众德之基。张劭和范式这样感人的友谊，是建立在彼此都认可相信对方的基础上的。可见，重信义对我们获得他人的信任是很关键的。

陈实期行

东汉的陈实是一个高士。有一次和朋友约定好同走的时间，过了约定的时间，他的朋友还没有到，陈实就不等朋友，独自去了。

陈实的儿子叫陈元方，当时只有七岁，立在门外，忽然他父亲的朋友来了，就问陈元方："令尊大人在不在家里？"陈元方回答："等候尊驾好久不到，已经独自去了。"陈实的朋友生了气说："这么做事不是人了，和人家约定好又把人家丢下，独自去了。"陈元方道："尊驾和家父约定，是在正午的时候，到了正午不来，这是没有信；对人家的儿子，骂他的父亲，这是没有礼。"那个朋友听了这一番话，觉得很惭愧，就谢了罪离开了。

朋友对您说

守时是一个人是否诚信的表现。七岁的孩童就能领会到不守时是无信，我们成年人更应当做个守时的人，这既是对人尊重的表现，也是维护我们诚信形象的重要细节。

羊祜① 推诚

西晋初年，有一个叫羊祜（字叔子）的将军，带领军队镇守襄阳，那个地方是同吴国将军陆抗的防区相毗连的。

他们两边的军队，每次交锋动兵，一定要预先约定了日期才开战，不用暗地里袭取的计划，凡是军队里的将帅要进献奇谲②的计策，羊祜都给他喝很醇③的酒，使他不能说出计策。

陆抗有时候送给羊祜的酒，羊祜丝毫没有戒心地喝了。陆抗生了病，羊祜送给陆抗的药，陆抗也立刻吃下了，人家都劝陆抗不要服这个药，陆抗说："哪里会有毒死人的羊叔子呢？"

【注释】①祜：hù。②谲：jué，欺诈。③醇：chún，酒味浓厚。

朋友对您说

今天在倡导竞争的社会里，能放下一些私心杂念，开诚布公地竞争，会很大程度地减低相互不信任带来的内耗，真正提高效率。

曹摅① 约囚

晋朝时，有个曹摅，做了归淄县的县令。在该县的牢狱里，有许多判了死罪的犯人，曹摅在年底快来临的时候，到牢狱里去巡视，见了这些判死罪的囚犯，心里很可怜他们，就说："过新年是全家团聚的日子，你们难道不想暂时回到家里去吗？"囚犯们都哭着说："倘若能够回家看看，就是死了，我们也没有什么遗憾了。"曹摅就全部把他们放了出来，限定了回到狱里的日期，曹摅的下属们很坚定地和他争执，曹摅说："这些人虽然都是小人，可是用恩义待他们不至于负义的，我就替诸位担当了这个责任好了。"果然，到了限定的日期，这些犯人相继回来，并没有一个逃跑的。

【注释】①摅：shū。

朋友对您说

人同此心，心同此理。德未修，感未至，伟大的德行，会感动一切的。

对于犯下严重错误的人，我们当以恩义感动他，让他能内化为自我教育的动力，更应当给予他们改过的机会和足够的信任。

刘平期贼

东汉时，有一个叫刘平的人，扶着母亲逃难。有一天出外去寻求食物，遇见了一伙饥饿的强盗，就要把他煮熟吃了，刘平叩着头说："现在我为了母亲去寻些野菜，让我把野菜给母亲送回去吃了，再回来给你们煮吃。"强盗们听了，也很可怜他，就把他放了。

刘平回到家里，把野菜给母亲吃了，禀告母亲："儿子和强盗们约了把野菜送回来，我还要回去，是不可以欺骗他们的。"说完就又回到了强盗那里，强盗们大吃一惊！他们互相说："从前听说有烈士，现在亲眼见到了，你走吧，我们是不忍心吃你的啊！"于是刘平保全了性命。

朋友对您说

言而有信，至诚之心，连强盗都被感化了。

戴胄①守法

唐朝时，有一个叫戴胄的人，做大理寺的少卿（负责审理案件的官员），太宗皇帝因为那些候选的官员，多半是做假冒诈父辈的门荫而取得资格的，所以下敕令叫那做假冒诈的人先自己禀明出来，倘若不自己禀明出来的，就要办他死罪。后来有一件做假冒诈的事情被发觉了，皇上就要把那个人杀死，戴胄因为是做司法的官，就根据法律奏上去，应该把这诈冒的人办了流放的罪名。皇上说："你要自己守法律，难道叫我失了信用吗？"戴胄对答："敕令是出于皇上一时的喜怒，法律是国家昭布大信于天下的，所以还是应该遵从法律。"皇上就答应他了。

【注释】①胄：zhòu。

朋友对您说

诚信之人首先就要能依法律己，做遵纪守法的良民，作为公职人员，更应当秉公执法，不辱使命。对孩子的诚信教育不能缺少对遵纪守法的教育啊。

子仪见酋①

郭子仪是唐朝杰出的将领，从小就喜欢读兵书、练武功，常常全神贯注、废寝忘食。年轻时就立志要做一个保家卫国、统兵作战的将帅。他非常欣赏孟子的一句话"天将降大任于斯人也，必先苦其心志，劳其筋骨，饿其体肤，空乏其身，行拂乱其所为，所以动心忍性，增益其所不能②。"郭子仪精于谋略，用兵持重，治军宽严得当，深得部下敬服。他以身许国，临危不惧，身经百战，功勋卓著，被封为汾阳王。有一次，回纥国进兵侵略，郭子仪就差了李光瓒去对他们讲，叫回纥主动自己退兵。回纥人说："郭公既然在这里，可以让我们大家见见面吗？"郭子仪就要出去同他们见面。左右的人说："外国戎狄的野心，哪里可以相信呢？"郭子仪说："他们的军队，比我们多几倍，现在照力量上讲，是打不过他们的，所以我将对他们表示一种至诚。"就脱去临阵的头盔，出去见他们的魁③帅，回纥人就把兵器都放下了，大家对他施礼说："果然是我们的郭爷爷啊！"

郭子仪历事玄宗、肃宗、代宗、德宗四朝，勤于职守，一身系国家安危二十余年，对巩固唐王朝的安定起了重要作用。

【注释】①酋：qiú，酋长，部落的首领。②孟子这句话的意思：上天将要把重

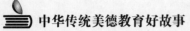
大使命降落到某人身上，一定要先使他的意志受到磨炼，使他的筋骨受到劳累，使他的身体忍饥挨饿，使他备受穷困之苦，做事总是不能顺利。这样来震动他的心志，坚韧他的性情，增长他的才能。⑤魁：kuí，为首的。

朋友对您说

《中庸》云："不诚无物。"如果缺乏真诚的心，与应有的信义，那任何的事业都很难成就。郭子仪能以身许国，身经百战中，能临危不惧，都与他心怀对国家的忠诚，对人对事不失真诚密不可分啊。

老师和家长培养学生当从小就灌输他们报效国家的决心和意志，并在实际生活中培养他们诚恳待人、踏实做事的作风。

曹彬激诚

北宋初年的名将曹彬，奉命去攻打江南的南唐。太祖皇帝对曹彬说："城池攻下的时候，千万不可杀戮平民百姓。"后来曹彬在城头将要攻破的时候，就推说有病了，许多将士们都去问候他。曹彬就对他们说："我的病不是吃药可以医治的，只要诸位很诚心地各自发一个誓：在攻破城池的那一天，绝不乱杀一个人，这样做，我的病就可以完全好了。"于是许多将士们焚了香，发了誓。

到了第二天，城头攻破了，兵士们的刀上果然没有沾着一点血迹。

朋友对您说

信为会意字，一个"人"字，加一个"言"字，凡是人说出的话都要守信。一份庄重的誓言，可以让千军之众不杀人，既是君主的仁心感召，也是人们重信义的真实写照。

母师止闾

春秋时期，鲁国有一位寡母，她有九个儿子，都已娶过亲了，十二月里祭祀完了以后，鲁寡母就同最小的儿子到娘家去。临行前，她同媳妇们约定说："你们要小心看守门户，我到晚上回来。"后来因为天气阴沉，所以不到晚上就早早回来了。为了信守诺言，她就立在大门外，等候天色晚了，方才进去。这时候，刚巧鲁国的大夫在台上望见了，觉得很奇怪，派人到她的家里去观看，发现她家里的事也非常有条理，愈加觉得奇怪，就去叫了她来，问她是什么意思。鲁寡母就把这个实情告诉他，鲁大夫又把这件事告诉鲁穆公，穆公就请她到宫里，叫她去教导宫里的人，到后来都叫她"母师"。

朋友对您说

> 鲁寡母被称为"母师"，管理着九个小家庭。仅凭信守诺言，就可把家治理得井井有条，可见守信对治家的作用非同一般。

义母践诺

战国齐宣王时期，路上有一个人被打死了，有兄弟两个人在旁边站着。官府就把他们兄弟俩捉住，问他们是哪一个杀的。哥哥说："人是我杀的。"弟弟说："人是我杀的。"过了一年，这桩案件还不能够判决，齐宣王就差丞相去问他们的母亲，母亲说："应当把年龄小的去抵罪。"丞相就问这是什么意思。他们的母亲说："年龄小的是我自己所生的，年龄大的是前妻所生的。他的父亲临死的时候，嘱咐我好好看护他，当时我就答应下来，现在假使叫年龄大的去抵罪，岂不是不能够守信吗？那是欺骗我的丈夫了。"说完了这几句话眼泪直流，把衣服也弄湿了。丞相看了这样情形，回去告诉齐宣王，宣王就把他们兄弟俩统统免了罪，并且称他们的母亲为"义母"。

朋友对您说

> "义母"之称并非夸大，一个母亲在危难时刻能信守承诺，宁愿舍去自己亲生的孩子，也不辜负丈夫临终的嘱托，实属不易。

陈妇一诺

西汉时，有一个姓陈的孝妇，她的丈夫应征从军，托付陈孝妇奉养自己的母亲到老，陈孝妇就一口答应了。后来她的丈夫战死在沙场上，陈孝妇就纺纱织布，奉养婆婆，一点没有懈怠。但是婆婆哀怜她年纪太轻，要把她另嫁。陈孝妇说："抛弃了别人托付的话，是没有信；违背了故去的丈夫，是没有义。"说着就要自杀，她的婆婆害怕了，不敢再叫她嫁人了。她就终身奉养婆婆，她的婆婆活到八十四岁才去世，陈

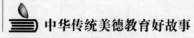
孝妇就卖了田地房屋来安葬婆婆。汉文帝听说后下了圣旨，赏给她黄金四十斤。

朋友对您说

讲信、重义，更行孝，其美德比黄金更贵重。

钱林心许

明朝时，钱灼的妻子是林应麒①的女儿，在没有嫁过去的时候，她的丈夫就生了一种身体弯曲、不得伸直的怪毛病。于是钱灼的父亲就写信给林应麒叫他把女儿另外许配，林应麒有点不忍。后来过了十年，钱灼的毛病仍旧和以前一样，一点没有好，所以钱灼的父亲，又写信给林应麒，仍旧照从前说法，再叫林应麒把女儿另许。林应麒就把这封信给女儿看，女儿就说："这是我的命运如此。"旁边有个人插嘴道："你还没有出嫁，就是另外嫁到别家去，也没有什么不可以的。"林应麒的女儿说："一个人最要紧的是一颗心，心里已经是许给他了。"林应麒听了这句话，非常赞成她的志愿，就办了嫁妆让女儿和钱灼结婚。结婚之后，钱灼的毛病竟神奇般地好了。

【注释】①麒：qí。

朋友对您说

民无信不立，人若无信，则于社会无立足之地。与人交注，绝不食言，言既出，事必行。诚实守信，众德之基。

潘金止旌

明朝时，有一个叫潘绍宗的人，他的妻子金氏是江苏昆山人。她三十岁那一年，潘绍宗亡故了，金氏就立志为丈夫守节，决意不再去嫁人。等到她年纪老了，乡里的人要把她守节的事情奏给皇帝，请求表奖。金氏听到了就去阻止他们，说："朝廷规定的条例，是二十九岁守节的，可以得到旌表，我是三十岁死丈夫的，当然不可以报上去。"乡里的人对她说："我们给你少写一岁就好了，这有什么妨碍呢？"金氏说："这种做法会使得我心里很不安。"因此到底没奏上去，金氏后来活到八十多岁才去世。

朋友对您说

《弟子规》中说："凡出言，信为先，诈与妄，奚可焉。"这是告诉我们：在任何场合中说话，一定要诚实、讲信用，这是最重要的人格基础。表里一致，真实的语言才有意义，才能发挥它应有的作用；虚伪与狡诈，是不可取的。倘若语言不可靠、不真实，生活中就无法取信于人，一个人要想得到信任，首先就要诚实，否则会给别人带来不好的印象，从此在社会中难有立身之地。

定姜戒诬

春秋时期，卫国国君卫定公夫人名字叫定姜，生了一个儿子，早已夭折。后来卫定公死了以后，就立妃子敬姒的儿子衎①为国君，即卫献公。卫献公的性情非常暴虐，并且时常侮慢他的嫡母定姜，所以被大家驱逐了。卫献公出走到了边境上，就差了一个司祝官回国都里去说献公已经逃亡了，并且再向宗庙里去祷告自己没有罪。定姜就说："这是不可以的，假使没有神的话，那么何必去祷告；倘若是有神的，那是不可以欺骗的，你已经有了三种罪名：舍大臣而于小臣谋；蔑视冢卿师保；侮慢先君夫人。怎么可以说没有罪呢？只叫他到国都里去，说他逃亡就是了，不可以到宗庙里去说他没有罪！"

有罪而告无，是不信也。不信于人且不可，而况神乎？西汉刘向称定姜聪明远识，能以辞教，是卫国之所以没有灭亡的原因。

【注释】①衎：kàn。

朋友对您说

作为嫡母，定姜能实事求是地说出嫡子卫献公所犯的罪行，并能不计较个人恩怨，让其返回国都，从而保住了国家不动乱，可见她的聪明远识和真诚坦荡的胸怀。

母亲对孩子的教育培养中，当以定姜为榜样，既能看到孩子的错误而不姑息，也能心怀慈爱给予真诚的帮助和劝诫，才能真正感化和教育孩子，达到教育的真正目的。

昌蒲慎言

三国时，魏国钟会的母亲张昌蒲，在平常时候对人家说话，即使对下等人也一定是很有信用。当她怀钟会的时候，钟会的父亲钟繇①有个小姜孙氏，心里很是妒忌她，暗地里把毒药放在食物里面给张氏吃，张氏起先吃了一口，后来发觉了，就把吃的食物吐出来，可是受了毒的影响，昏迷了好几天。有人劝张氏去告诉丈夫，张氏说："凡是一户人家，家里的大老婆和小老婆互相谋害，这样做家破国亡都有余。倘若我跟丈夫说了，丈夫不肯相信我，那么又有谁来替我证明这件事呢？况且孙氏以为我一定会告诉丈夫的，她一定要先发制人，先去告诉丈夫这件事。由她先去发动，恶人先告状，看她如何自圆其说。"于是张氏就称着有病，果然孙氏先对钟繇说："我因为想让夫人生一个男孩，所以给她暗地里吃了药，现在她反说我给她下了毒。"钟繇听了，心里思量着，把药暗地里放在食物里面，这不合常理。就把仆人叫来，询问了一番，那个人就把实情说了出来，于是孙氏被逐了出去。

【注释】①繇：yáo。

朋友对您说

《弟子规》中说："惟其是，勿佞巧"：说话的时候，语言应真实、老实，不能用花言巧语欺骗别人。有智慧的人总说有意义的语言；而愚蠢的人，嘴上虽夸夸其谈，却没有什么能用得上的。虚伪狡诈、不守信用会让人们深深地厌恶、唾弃，最终因自己的言而无信而葬送了自己前途甚至生命。

邓曼抚民

春秋时，楚国国君熊通的夫人名叫邓曼，邓曼很有见识，楚君派将军莫敖屈瑕去讨伐罗国，关伯比去送行，回来的时候，关伯比就对驾车的人说："我看莫敖屈瑕这次出去，一定是打败仗的，因为他走的时候，把脚尖举得很高，这样就可知道他的傲气是很盛的，可是心上却欠些沉稳了。"于是关伯比就去见楚君，对楚君说："这次莫敖屈瑕去攻打罗国，我以为应当再派援军才好。"楚君听了，认为楚国的军队差不多都跟了莫敖屈瑕去的，并且觉得莫敖屈瑕有相当的把握取胜，于是说："你太过虑了，这是不必要的。"楚君回到了宫里，就把这番话告诉了邓曼，邓曼就说："我觉得关伯比所说的话，是含有深意的，他并不是真正要国君增加军队，给莫敖屈瑕去攻打罗国，他的意思是让国君用恩信去抚养百姓，又要用奖惩分明的态度去对待莫敖屈瑕。因为莫敖屈瑕从前在蒲骚地方打了胜仗，他一定是很自大的，假使不是这样的话，那么难道关伯比真的不晓得楚国的军队，完全跟了莫敖屈瑕去打罗国吗？"楚君听了，恍然大悟，就差了人去追莫敖屈瑕回来，可是已经追不上了，果然莫敖屈瑕随后打了一个大败仗。

朋友对您说

楚君夫人邓曼所说的话能让国君相信，都因为她能实事求是地说话，不虚不假。人与人之间的沟通，最直接的桥梁就是言语。我们的行动需要用语言来表述，我们的思想也需要用语言来沟通，所以，一个人的语言、行为都会直接反映出他的内心。一个品质高尚、诚实正直的人，他的所言所行也一定是真实诚恳、端正无邪的。

冬梅践言

明朝许世达的家里，有个丫鬟名叫冬梅，在她十三岁的时候，主人许世达就死了，这时候他的儿子许植，当时还不到一周岁，许世达的妻子病得非常严重，临终的时候对冬梅说："我们夫妻留下了这个孩子，现在没有可以托付的人了，怎么办呢？"冬梅听了主母这一番话，就哭着说："万一不幸，主母去世，我冬梅情愿留在此地，抚养小主人，不去嫁人。"许世达的妻子死后，冬梅就尽心抚养小主人，把吃的东西在自己的口里嚼碎再去喂给许植吃。许家的人为贪这一份财产，想让冬梅出嫁，然后再去杀许植，冬梅要求带许植同去，于是一同上了轿，路过姓汪的人家，冬梅就骗着抬轿的人说："我从前在这家里，寄存了几件首饰，现在要向他去索还。"于是就下了轿，到了姓汪的家里说出了实情，姓汪的就把她留在家里，又去责问逼着冬梅嫁人的人。后来等到小主人许植长大了，冬梅又给他娶了亲。冬梅活到八十二岁。

朋友对您说

出身卑微的婢女冬梅能不顾一切地践行她对主人临终前的诺言，这是令人敬重感动的。

一个正直、有智慧的人，凡是自己所承诺的，哪怕只是一件区区小事，也不会出尔反尔；何况具有重大意义的承诺，更是纵遇生命危难也不会违越。这份诚信正是做人的根本所在。

卢女慰父

明朝卢文烈的女儿小的时候，卢文烈就常常对她讲古人节孝的故事，她也能领会大意。她十六岁的时候，卢文烈得了重病，就对女儿说："你的母亲年龄还不大，两个弟弟又小，将来你若嫁了人，那么你的母亲和两个弟弟，又去依靠谁呢？"卢女说："女儿愿意和母亲弟弟终身住在一起。"父亲死后，她的母亲说："按我的能力，尚且保不住你的两个弟弟，哪里还有余力来管你呢？"卢女对她母亲说："我做女儿的，可以用自己的劳动去换饭吃。"于是做了裹发的网巾，拿出去卖了钱，贴补家用。等到衣食稍稍可以敷衍了，就在吃的穿的上面节省下来，去祭卢家的祖先。后来两个弟弟长大了，都给他们娶了媳妇。有时候媳妇偶然对婆婆有忤逆的行为，卢女就不吃东西，并且自己责罚自己。久而久之，她的弟媳们也被她的至诚所感化，都很孝顺婆婆了。

朋友对您说

卢女的孝行和真诚真是感动人。家庭教育中，能以身示范，真诚力行孝道，亲人间可以开诚布公，家庭就能和睦安乐。

晏殊树誉

北宋词人晏殊，素以诚实著称。在他十四岁时，有人把他作为神童举荐给皇帝。皇帝召见了他，并要他与一千多名进士同时参加考试。结果晏殊发现题试是自己十天前刚练习过的，就如实向真宗报告，并请求改换其他题目。宋真宗非常赞赏晏殊的诚实品质，便赐给他"同进士出身"。

晏殊当职时，正值天下太平。京城的大小官员经常到郊外游玩或在城内的酒楼茶馆举行各种宴会。晏殊家贫，无钱出去吃喝玩乐，只在家里和兄弟们读写文章。有一天，真宗提升晏殊为辅佐太子读书的东宫官。大臣们惊讶异常，不明白真宗为何做出这样的决定。真宗说："近来群臣经常游玩饮宴，只有晏殊闭门读书，如此自重谨慎，正是东宫官合适的人选。"这两件事，使晏殊在群臣面前树立起了信誉，而宋真宗也更加信任他了。

朋友对您说

晏殊能赢得了真宗皇帝的信任，在群臣面前树立起信誉，这都是因为他具有诚实忠恳的品性。做人贵在具有这样的品性。

曾参杀猪

曾参，春秋末期鲁国有名的思想家、儒学家，是孔子门生中七十二贤之一。他博学多才，且十分注重修身养性，德行高尚。

一次，他的妻子要到集市上办事，年幼的孩子吵着要去。曾参的妻子不愿带孩子去，便对他说："你在家好好玩，等妈妈回来，将家里的猪杀了煮肉给你吃。"孩子听了，非常高兴，不再吵着要去集市了。这话本是哄孩子说着玩的，过后，曾参的妻子便忘了。不料，曾参却真的把家里的一头猪杀了。妻子看到曾参把猪杀了，就说："我是为了让孩子安心地在家里等着，才说等赶集回来把猪杀了烧肉给他吃的，你怎么当真呢？"曾参说："孩子是不能欺骗的。孩子年纪小，不懂世事，只得学习别人的样子，尤其是以父母作为生活的榜样。今天你欺骗了孩子，玷污了他的心灵，明天孩子就会欺骗你、欺骗别人；今天你在孩子面前言而无信，明天孩子就会不再信任你，你看这危害有多大呀。"

朋友对您说

　　教育孩子最要紧的就是言而有信，绝不欺诳孩子，这既能让父母在孩子心中具足威信，言教有力，也能以身示范，引导孩子诚实守信。

季布"一诺千金"免祸殃

　　秦末有个叫季布的人，一向说话算数，信誉非常高，许多人都同他建立起了浓厚的友情。当时甚至流传着这样的谚语："得黄金千斤，不如得季布一诺。"（这就是成语"一诺千金"的由来）后来，他得罪了汉高祖刘邦，被悬赏捉拿。结果他的旧日的朋友不仅不被重金所惑，而且冒着灭九族的危险来保护他，使他免遭祸殃。

朋友对您说

　　一个人诚实有信，自然得道多助，能获得大家的尊重和友谊。反过来，如果贪图一时的安逸或小便宜，而失信于朋友，表面上是得到了"实惠"，但为了这点实惠毁了自己的声誉，而声誉相比于物质更难得，更重要得多的。失信于朋友，无异于失去了西瓜捡芝麻，得不偿失的。

立木为信与烽火戏诸侯的故事

　　春秋战国时，秦国的商鞅在秦孝公的支持下主持变法。当时处于战争频繁、人心惶惶之际，为了树立威信，推进改革，商鞅下令在都城南门外立一根三丈长的木头，并当众许下诺言：谁能把这根木头搬到北门，赏金十两。围观的人不相信如此轻而易举的事能得到如此高的赏赐，结果没人肯出手一试。于是，商鞅将赏金提高到五十金。重赏之下必有勇夫，终于有人站出来将木头扛到了北门。商鞅立即赏了他五十金。商鞅这一举动，在百姓心中树立起了威信，而商鞅接下来的变法就很快在秦国推广开了。新法使秦国渐渐强盛，最终统一了中国。

而同样在商鞅"立木为信"的地方，在早它400年以前，却曾发生过一场令人啼笑皆非的"烽火戏诸侯"的闹剧。

周幽王有个宠妃叫褒姒，为博取她的一笑，周幽王下令在都城附近20多座烽火台上点起烽火——烽火是边关报警的信号，只有在外敌入侵需召诸侯来救援的时候才能点燃。结果诸侯们见到烽火，率领兵将匆匆赶到，弄明白这是君王为博妻一笑的花招后又愤然离去。褒姒看到平日威仪赫赫的诸侯们手足无措的样子，终于开心一笑。五年后，酉夷太戎大举攻周，幽王烽火再燃而诸侯未到——谁也不愿再上第二次当了。结果幽王被逼自刎而褒姒也被俘虏。

朋友对您说

一个"立木取信"，一诺千金；一个帝王无信，戏玩"狼来了"的游戏。结果前者变法成功，国强势壮；后者自取其辱，身死国亡。可见，"信"对一个国家的兴衰存亡都起着非常重要的作用。对一个企业一个群体又何尝不是这样。

没有诚信的商人

从前，济阳有个商人，过河时船沉了，他抓住一根大麻杆大声呼救。有个渔夫闻声而至。商人急忙喊："我是济阳最大的富翁，你若能救我，给你100两金子。"等到渔夫将他救上岸后，商人却翻脸不认账了。他只给了渔夫10两金子。渔夫责怪他不守信，出尔反尔，富翁却说："你一个打鱼的，一生都挣不了几个钱，突然得十两金子还不满足吗？"渔夫只得怏怏而去。没有想到，后来，那个富翁又一次在原地翻船了。有人打算救他时，那个曾被他骗过的渔夫说："他就是那个说话不算数的人！"最后，商人淹死了。

朋友对您说

商人两次翻船而遇到同一位渔夫是偶然的，但商人的厄运却是在意料之中的。不诚信的人，无法在社会立足长久，因其欺骗的行为，一旦被识破，便会失去别人对他的信任，当他处于困境，便没有人再愿意出手相救，最终将面临失败的命运。

信义兄弟——孙水林、孙东林

孙水林，湖北省武汉市黄陂区泡桐镇人，建筑商。孙东林，孙水林的弟弟。

2010年2月9日，腊月廿六。在北京做建筑工程的孙水林回到天津，原定与暂住在天津的家人和弟弟孙东林聚一天再回武汉，但他查看天气预报了解到，此后几天，天津至武汉沿线的高速公路，部分地区可能因雨雪封路。他决定赶在封路前，赶回武汉，给先期回汉的民工发放工钱。春节前发放工钱，是他对民工的承诺。

当晚，孙水林提取26万元现金，带着妻子和三个儿女出发了。次日凌晨，他驾车驶至南兰高速开封县陇海铁路桥段时，由于路面结冰，发生重大车祸，20多辆车连环追尾，孙水林一家五口全部遇难。

弟弟孙东林为了完成哥哥的遗愿，在大年三十前一天，来不及安慰年迈的父母，将工钱送到了农民工的手中。因为哥哥离世后，账单多已不在，孙东林让民工们凭着良心领工钱，大家说多少钱，就给多少钱。钱不够，孙东林就贴上了自己的6.6万元和母亲的1万元。就这样，在新年来临之前，60多名民工都如愿领到工钱，孙东林如释重负。"新年不欠旧年账，今生不欠来生债"。孙水林、孙东林兄弟20年坚守承诺，被人们赞为"信义兄弟"。2010年9月，孙水林、孙东林兄弟入选"中国好人榜"。

朋友对您说

守信之人，言不妄发，说到做到，不矜不伐。孙水林、孙东林兄弟用行动演绎出现代传奇，他们为尊严承诺，为良心奔波，大地上一场悲情接力。雪落无声，但情义打在地上铿锵有力。

诚信的店主

一个顾客走进一家汽车维修店，自称是某运输公司的汽车司机。"在我的账单上多写点零件，我回公司报销后，有你一份好处。"他对店主说。但店主拒绝了这样的要求。顾客纠缠说："我的生意不算小，会常来的，你肯定能赚很多钱！"店主告诉他，这事无论如何也不会做。顾客气急败坏地嚷道："谁都会这么干的，我看你是太傻了。"店主火了，他要那个顾客马上离开。

这时顾客露出微笑并满怀敬佩地握住店主的手："我就是那家运输公司的老板，

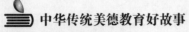
我一直在寻找一个固定的、信得过的维修店，你还让我到哪里去谈这笔生意呢？"

朋友对您说

面对诱惑，不怦然心动，不为其所惑，虽平淡如行云，质朴如流水，却让人领略到一种山高海深。无论干哪一行，能坚持诚信之道，机遇和好运必然常相随。

岔路口的选择

一个士兵，非常不善于长跑，所以在一次部队的越野赛中很快就远落人后，一个人孤零零地跑着。转过了几道弯，遇到了一个岔路口，一条路，标明是军官跑的；另一条路，标明是士兵跑的小径。他停顿了一下，虽然对做军官连越野赛都有便宜可占感到不满，但是仍然朝着士兵的小径跑去。没想到过了半个小时后到达终点，却是名列第一。他感到不可思议，自己从来没有取得过名次不说，连前50名也没有跑过。但是，主持赛跑的军官笑着恭喜他取得了比赛的胜利。

过了几个钟头后，大批人马到了，他们跑得筋疲力尽，看见他赢得了胜利，也觉得奇怪。但是突然大家醒悟过来，原来问题出在岔路口的选择上。

朋友对您说

孟子说："诚者天之道也，思诚者人之道也。"意思是"诚"是天的根本属性，努力求诚以达到合乎诚的境界是为人之道。《大学》中以"诚意"为治国、齐家、修身、正心的根本。一个士兵，能真诚守信，也必能忠于职守，尽职尽责。这也是挑选人才的必备条件啊。

制造商的选择

数年前，有一个座椅制造商雇用了一批年轻人，以手工来制造椅子。商人依据每人制作出来的椅子数量，每周付款一次，但有一个条件：每一张椅子要在合格检验后，工人才能得到应获的工资。这名制造商非常留意其中两名青年人——罗富士及何汉励。这两个人每周都分别造出很多质量好的椅子，而且很少有不合格的情形。随着时光的流转，制造商需要找一位经理来帮助自己管理。他想到了要从罗富士及何汉励之中选出一位来担任。工作能力都很好的两名年轻人，该选谁好呢？

这名制造商想了很久后决定了。他将所有工人召集起来，并宣布为了赶工，只要椅子造好了，不必管是否通过检验，都计件付酬。于是，椅子的产量大大地增加了，但相对地，椅子的不合格率也增加了。这时，制造商特别去检查罗富士及何汉励所做的椅子。结果，罗富士所做的椅子之品质跟往常一样的好，但何汉励在新政策下做的椅子却有一半不合格。当然，罗富士获得了晋升，成了经理。

朋友对您说

　　诚实、守信是古人的美德。孟子说："车无辕而不行，人无信则不立。"马车前面若无驾牲畜的两根直木，则无法行驶，人如果没有信用，就不会有立足容身之地。孔子也说："人而无信，不知其可也。"意思是，一个人不讲信用怎么能行呢？即使他具备了许多才能学问，若没有了"信"，在社会上就行不通。由此可见，古人对"信"这个字非常重视，凡事不会轻易开口，一旦已经承诺下来，就一定会"言出必行、行之必果"，绝不会半途而废。

不经意的谎言

　　这是一件曾经发生在我身上的事情：

　　"谎言使我如鲠在喉——儿时的一个不经意的谎言，夺走了一个人的生命。它让我的生命过早体会了谎言的可怕，无边无际的忏悔周而复始地盘踞心间，像一把锋利的刀子，把我的心灵切割得七零八落。

　　小时候，村子里有个哑巴，他是个孤儿，和我同龄，每天靠村里人的施舍过日子。我们淘气，总是放狗去咬他，时间久了，他的性格变得很孤僻，仿佛对任何人都充满了敌意。

　　有一天，我和几个小伙伴们吹牛打赌，说我能让他听我的话，叫他干什么就干什么。

　　因为我发现经常光着脚的他非常喜欢我的凉鞋，每次我从他面前经过时，他都会一直盯着我的凉鞋看。于是，我欺骗他，跟他比画说，妈妈准备给我买新凉鞋了，到时候我把这个给你。哑巴高兴坏了，每天亦步亦趋地跟在我后面，我让他做什么，他都会义无反顾地去做。我没想到，一个简单的谎言竟然有如此的功效。

　　有一天，在游泳的时候，我陷进了淤泥里，情况危急，我大呼救命，哑巴看到情况不妙，一个猛子扎下水，把我拽上岸来。可是我的脚上只剩一只凉鞋了，另一只陷进淤泥里。哑巴二话没说，又一次跳下河，去拯救那只已被许诺送给他的凉鞋。结果，哑巴很久很久没有声响，他没有上来。我惊慌失措地大声喊叫，惊动了

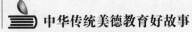
村里的人。大人们将他打捞上来的时候，看到他手心里紧紧握着一只凉鞋。大人们不解，咂着舌为他惋惜：这孩子，咋就为了一只凉鞋呢？没有人知道那个谎言，那是我放出去的毒蛇，咬死了他。

埋葬他的时候，我偷偷地将一双凉鞋跟着埋了进去，那颗幼小的心灵刹那间生出巨大的愧疚来。

从此以后，我不敢说谎，因为我知道，谎言是一把双刃剑，伤害别人的同时也伤害了自己，而且朝向自己这边的刃远比另一边的锋利。朝向自己这边的刃，叫忏悔。它对于一个有良知的人来说，痛苦如同暗夜，漫无边际。"

朋友对您说

一个不经意的谎言，害死了一个人！可见谎言可畏。作为家长，当时时提醒和教育孩子不能说谎，应该做到诚实。诚实是人生的命脉，是力量的象征，它显示着一个人的高度自重和内心的安全感与尊严感。如果我们养成实话实说的好品德，就会赢得别人的尊重，也会使自己的成长和进步少走许多弯路。

言而有信

胡丙申，原山西夏县乡镇企业局局长。1992年，胡丙申担任乡镇企业局局长，他发现资金短缺是制约发展的瓶颈，便先后以个人名义帮19户农民担保借了69万多元钱。2001年，胡丙申退休后，债主纷纷找上了门。因为农民无法及时还债，现在债主希望担保人还债。

有人建议胡丙申找找关系，把贷款做死账处理，或者请组织出面解决。但胡丙申最终都拒绝了，并承诺争取12年把所有钱连本带利都还上。

为替老百姓还债，胡丙申10年来摆过地摊卖对联、卖鞭炮，开过饭馆、理发店，搞过养生馆，经营过小商店，甚至给人做饭、剃头，这样，胡丙申整整走了10年还债路。

10年"还债"期，胡丙申对自己的开销限制极严，没有给自己买过一件新衣服，棉衣棉裤上补丁加补丁，儿女们给买的新衣服也不穿。儿子开始不理解："好歹也是科级干部退下来，在县里也是有头有脸的人，怎么竟要摆地摊、推车卖小商品呢？"如今，儿子懂得了父亲10年的辛酸荣辱："他就是想堂堂正正地做人，怕别人戳他脊梁骨，就这么简单。"

2010年元旦胡丙申终于还完了最后一笔欠债，10年间，他连本带利总共还了39万元。胡丙申的还债故事感动了很多人，当地剧团把胡丙申的事迹改编成两种戏剧先后上演。

朋友对您说

　　胡丙申局长虽是担保人，能对自己的承诺负责到底，用实际行动向世人展现了恪守诚信的真实内涵。一个正直、有智慧的人，对自己所承诺的，哪怕只是一件区区小事，也不会出尔反尔；何况具有重大意义的承诺，更是纵遇生命危难也不会违越。"诚"与"信"就是支撑起"人"字的撇和捺，没有它，人生就失去了支点，根本无法很好地立足于社会。

誠
正

我們要教化一切有情　必先端正自己　眾生剛強他們的心態千差萬別　摸不透祇有一個方法可以感化他們　那就是誠與正　誠正可降伏無量剛強的眾生　證嚴上人靜思語　壬辰年初秋　石峰書

教育好故事

中华传统美德
教育好故事

【第三篇】

礼义篇

项橐三难孔夫子

孔子在鲁国设坛讲学，门下有弟子三千、七十二贤人。尝闻莒国之东南海边有纪障城，周围百姓淳厚且皆博学。一日孔子与弟子计议东游，博其民情，悟其智慧。待数乘车马风尘仆仆来到今碑廓地境，但见山川秀丽，地坦禾丰，这纪障地方果是富庶之邦。

孔子尽兴观赏。正当与弟子纵兴谈笑，策马东行，见前边大道上几个戏耍的玩童躲于路边，唯有一玩童立于路中不动。此童正是项橐。子路见状，停车呵斥，还是不动。孔子在车上探身问道："无知顽童阻车于路中，是为何意？"项橐见老者出言不逊，心生不快，决计要戏弄一下这些人，就说："城池在此，车马安能过去。"孔子道："城在何处？""筑于足下。"孔子见这孩童不亢不卑，气质非凡，便屈尊下车观看，果见小儿立于石子摆成的"城"中，孔子笑道："此城何用？""御车马军兵。""小儿戏言，车马从此过，又待如何？""城固门关，焉能过乎？"孔子上下打量孩童，思忖道：这纪障地方的人果真聪慧，连小儿都如此伶俐，只不过有些恃才傲慢，待吾详察。于是孔子问道："却又如何？""城躲车马，车马躲城？"孔子无言以对，孔子心中实在是敬佩这个七岁的孩子，于是向项橐行礼，绕城而过。

孔子与弟子受此戏弄，快快不快。见路边一农夫锄地，子路便蓄意戏问道："农家做何？"农夫答道："锄地。""看你忙忙碌碌，不知手中之物日抬几度？"见农夫答不出，师徒正欲窃喜，项橐从后赶来答道："我父年年锄地，自知手中之物日抬几度，先生行必乘车马，想必知马蹄日抬几度？"子路哑然。孔子见小儿聪颖机敏，列国少见，非神童莫属，便下车细察。"观你孩童才智过人，今你我各出一题，互为应对，胜者为师，如何？"项橐道："不可戏我。""童叟无欺。"孔子接着说："人生于世，皆托日月星辰之光，地生五谷，方养众多生灵，且问小儿，天有多少星辰，地上多少五谷？"项橐答道："天高不可丈量，地广不能尺度，一天一夜星辰，一年一茬五谷。"稍一顿，项橐问："人之体比地小，目之眉比天低，二眉生于目上，天天可见，人人皆知，夫子可知二眉有多少根？"孔子无对，依适才君子之约，正要问如何拜师，项橐已纵身跳入旁边水塘中，孔子不知何故，项橐浮出水面道："沐浴后方可行礼，夫子也来沐浴。"孔子道："吾不曾学游，恐沉而不浮？"项橐道："不然，鸭子不曾学游，反而浮而无沉。""鸭有离水之毛故而不沉。""葫芦无离水之毛，也浮而不沉。""葫芦圆而且内空，故而不沉。""钟圆且内空，何又沉而不浮？"孔子面赤语塞。

项橐沐浴毕，孔子设案行礼，拜项橐为师，打道回曲阜，从此不再东游。

朋友对您说

后人"昔仲尼，师项橐"的传说，"君子之约、童叟无欺"等词语均出于此。后世尊孔子为圣人，这小项橐也便因之被尊为"圣公"。下问而不耻，这种谦恭的态度是一种极为难得的品质。

孟子休妻

战国时期的思想家、政治家和教育家孟子，继孔子之后儒家学派的代表人物，被后世尊奉为仅次于孔子的"亚圣"。

孟子一生的成就，与他的母亲从小对他教育是分不开的。孟母是一位集慈爱、严格、智慧为一身的伟大母亲，早在孟子幼年的时候，便为后人流传下了"孟母三迁"、"孟母断织"等富有深刻意义的帮事。孟子成年娶妻后，孟母仍不断利用处理家庭生活的琐事等去启发、教育他，帮助他从各方面进一步完善人格。

有一次，孟子的妻子在房间里休息，因为是独自一个人，便无所顾忌地将两腿分开叉开坐着。这时，孟子推门进来，一看见妻子这样坐着，十分生气。原来，古人称这各双腿向前叉开坐为箕踞，箕踞向人是非常不礼貌的。孟子一声不吭就走出去，看到孟母，便对孟母说："我要把妻子休回娘家去。"

孟母问他："这是为什么呀？"孟子说："她既不懂礼貌，又没有仪态。"孟母又问："为什么认为她没礼貌呢？""她双腿叉开坐着，箕踞向人，"孟子回答道，"所以要休了她。""那你又是如何知道的呢？"孟母问。

孟子便把刚才的一幕说给孟母听，孟母听完后说："那么没礼貌的人应该是你，而不是你的妻子。难道你忘了《礼记》上是怎么教人的？"

"进屋前，要先问一下里面是谁；上厅堂时，要高声说话；为避免看见别人的隐私，进房后，眼睛应向下看。你想想，卧室是休息的地方，你不出声、不低头就闯了进去，已经失礼了，怎么能责备别人没礼貌呢？没礼貌的人是你自己呀！"一席话说得孟子心服口服，再也没提什么休妻子回娘家的话了。

朋友对您说

中国古代非常讲究礼仪。坐有坐相，站有站相。从这件事里，可以看出一个细节，那就是要为他人着想。我们行人做事，要顾及旁人的利益和感受，换位思考是善心国民的人伦道德。

孔融让梨

孔融是鲁国人（今山东曲阜），是东汉末年著名的文学家，建安七子之一，他的文学创作深受魏文帝曹丕的推崇。据史书记载，孔融幼时不但非常聪明，而且还是一个注重兄弟之礼、互助友爱的典型。

孔融小时候聪明好学，才思敏捷，巧言妙答，大家都夸他是奇童。4岁时，他

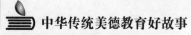
已能背诵许多诗赋，并且懂得礼节，父母亲非常喜爱他。

一日，父亲的朋友带了一盘梨子，父亲叫孔融他们七兄弟从最小的小弟开始自己挑，小弟首先挑走了一个最大的，而孔融拣了一个最小的梨子说："我年纪小，应该吃小的梨，剩下的大梨就给哥哥们吧。"父亲听后十分惊喜，又问："那弟弟也比你小啊？"孔融说："因为我是哥哥，弟弟比我小，所以我也应该让着他。"孔融让梨的故事，很快传遍了曲阜，并且一直流传下来，成了许多父母教育子女的好例子。三字经中的"融四岁，能让梨。"就是出自这个典故。

孔融小时候，不仅学习勤奋，而且善于思考。父亲外出拜客总是带着他去。10岁那年，他随父亲来到洛阳。正逢洛阳太守李膺在任，孔融径直往大府内走。这时守门人忙把他拉住，问道："你是哪家小孩，到一边玩去！"孔融严肃地回答说："请你们进去通报，山东孔融来访。"守门人见他一本正经，也不知是什么来头，笑着问："小公子，可有红帖？"孔融说："我家和你家主人世代交往，又有师生之谊，无须红帖，只管通报。"守门人怕慢待贵客，只好进去通报。这时李膺正和许多文人雅士交谈，听了通报，一时想不起这位孔融和自己家庭是什么关系，只好哈哈："请进！"小孔融兴冲冲走进大厅，一边向主人问候，一边拱手招呼各位来宾，态度不亢不卑。李膺一边让座，一边打量着这位才俊少年，心里好生奇怪：这小孩从未见过面，而他为何自称通家呢？于是，李膺问道："小公子，你说我们两家世代交情，我怎么想不起来啊！"孔融微笑着说："500年前孔子曾经问礼于老子，孔子姓孔，老子姓李，说明孔、李两家500年就有师生之谊。今你姓李，我姓孔，也是师生关系，我们两家不是累世通家吗！"

孔融语出惊人，在座客人无不暗暗称奇。太守李膺不禁哈哈大笑起来："小公子真神童也。"唯有太中大夫陈韪不以为然，冷冷地说："小时候聪明的人，长大后未必有作为。"面对挑战，孔融笑着说："这样说来，想必先生小时候一定很聪明。"这一巧妙对答，弄得陈韪面红耳赤无言回对，暗暗坐在一旁生气。孔融则目不斜视，装着大人模样，一本正经地喝着茶，引得众人哈哈大笑。

 朋友对您说

孔融小小年纪就懂得兄弟姐妹相互礼让、相互帮助、团结友爱的道理，这个故事教育我们凡事应该懂得谦让的礼仪。

程门立雪

"程门立雪"这个成语家喻户晓。它出自宋代著名理学家杨时求学的故事。杨时从小就聪明伶俐，四岁入村学，七岁就能写诗，八岁就能作赋，人称神童。他十五岁时攻读经史，熙宁九年登进士榜。他一生立志著书立说，曾在许多地方讲学，备受欢迎。居家时，长期在含云寺和龟山书院，潜心攻读，写作教学。

有一年，杨时赴浏阳县令途中，不辞劳苦，绕道洛阳，拜师程颐，以求学问上进一步深造。一天，杨时与他的学友游酢，因对某问题有不同看法，为了求得一个正确答案，他俩一起去老师家请教。

时值隆冬，天寒地冻，浓云密布。他们行至半途，朔风凛凛，瑞雪霏霏，冷飕飕的寒风肆无忌惮地灌进他们的领口。他们把衣服裹得紧紧的，匆匆赶路。来到程颐家时，适逢先生坐在炉旁打坐养神。杨时二人不敢惊动打扰老师，就恭恭敬敬侍立在门外，等候先生醒来。这时，远山如玉簇，树林如银妆，房屋也被上了洁白的素装。杨时的一只脚冻僵了，冷得发抖，但依然恭敬侍立。过了良久，程颐一觉醒来，从窗口发现侍立在风雪中的杨时，只见他通身披雪，脚下的积雪已一尺多厚了，赶忙起身迎他两进屋。

朋友对您说

这个故事在宋代读书人中流传很广。后来人们常用"程门立雪"的成语表示求学者尊敬师长和求学心诚意坚。《礼记》：从于先生，不越路而与人言；遭先生于道，趋而进，正立拱手，先生与之言，则对；不与之言，则趋而退。意思是跟着老师一起走路，即使遇见了熟人，也不可与熟人一起聊天而冷落了老师。在路上遇见了老师，就恭敬地和老师打招呼，然后端端正正地站着给老师让路。如果老师跟你说话，你就礼貌地回答；如果他不跟你说话，就恭敬地用眼光送着他走远。这是君子的风范。

齐桓公礼待齐东人

齐桓公想要富国强兵，于是礼贤下士，下令广开言路。为了便于四面八方的人士夜晚前来献计献策，特在大门里边燃起薪火，照亮来路，并设侍卫人员，随时以礼接待。这样一直等到了一年，竟没有一个士人来求见的。

一天一个齐东的人来求见了，自称会"小九九算法"，求见齐桓公。接待的人笑话他说："'小九九算法'一般小孩子都会，你凭这点能力值得求见国君吗？"

齐东人回答说："我听说君王礼贤下士，广开言路，并在晚间燃薪火照路，可一年了竟没有一士人来，你知道士人不来的原因吗？就是因为他们都认为君王是天下最聪明的人看不起他们，所以没人敢来啊。为了广开进贤之路，我只会'小九九算法'，连末道小技也算不上，但还是得到君王以礼接待，那么比我有才能的人，受到启示，就会联翩接踵而来了。泰山不弃微尘，江海不辞细流，所以才能成就它们的高大啊"。

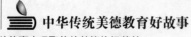

接待的人把齐东人的话转告给桓公，桓公说："客人讲的话很有道理，快请进来，以礼待为上宾。"

一个月过去了，桓公以礼接待齐东人的事传开了。这时四面八方的士人互相传说，互相引导，献计献策的士人纷纷而至。以小引大，群策群力，百业大兴，齐国从此富强起来了。

朋友对您说

"不学礼，无以立"，礼是一个人的立身之本。有服章之美谓之华，有礼仪之大名曰夏。礼是社会文明进步的产物，也是治国安邦的重要前提，是国家软实力的重要组成部分。

孔子的沟通之道

有一次，孔子和他的学生到了西边一个很远的地方，在路上，他们的马偷吃了当地农民的庄稼，农民很生气，就把马捉了关起来。

他的学生子贡知道后，就前去很有礼节地、低声下气地恳求农民放了马，没想到那个农民根本不理会子贡。孔子说："用别人听不懂的道理去说服他，就好比请野兽享用献给神的供品，请飞鸟欣赏华丽的音乐一样，是枉费口舌的。"

于是孔子又叫马夫前去。马夫对农民说："你从未离家到东海边耕作，我们也从不曾到你们西方来，但两地的庄稼都长得一个模样，我们的马怎么知道那是你的庄稼不该偷吃呢？"那个农民听了觉得有道理，就把马还给了马夫。

在庄稼人面前谈论诗书，这是不知变通的读书人常犯的错误，在谈话时，应该根据听话人的情况，来说适当的话。但是，孔子为什么不先让马夫去，而任由子贡前去说服那个农民呢？他是考虑到先让马夫去，子贡自认有才有能，心中一定不服。如今不但子贡心中毫无怨尤，也使得马夫有表现的机会。孔子能通达人情事理，所以才能让每个人都能充分发挥自己的特长，同时使学生得到教育。

朋友对您说

沟通不光在语言上，而且要和对方处在同一个平等位置上。只有和对方对上频道，才能产生沟通的效果，这是孔子的高明之处。

批评他人，点到为止

在战国时期，齐景公的一匹心爱的马突然死去，齐景公非常伤心，一定要杀掉马夫以解心头之恨。众位大臣一起劝阻齐景公不可为一匹马而滥动刑罚，而齐景公已铁定了心，说什么也不听劝告。

这时，国相晏婴走了出来，众臣都以为晏婴也有劝诫齐景公的意思，谁也没有料到，晏婴却明确地表态说："这个可恶的马夫，该杀！"

齐景公十分高兴，就把那个心含冤屈的马夫喊来，听晏婴解释他的罪过。

晏婴历数马夫的三大罪状："你不认真饲马，让马突然死去，这是第一条死罪；你让马突然死去，却又惹恼君主，使君主不得不处死你，这是第二条死罪。"

听晏婴痛说马夫的前两条死罪，齐景公心中真是乐滋滋的。可晏婴话锋一转，说出了马夫的第三条罪状："你触怒国君因一匹马杀死你，使天下人知道我们的国君爱马胜于爱人。因此天下人都会看不起我们的国家，这更是死罪中的死罪，罪不可赦！"

听晏婴诉说马夫的第三条罪状，齐景公开始还连连点头咧着嘴笑。当晏婴说到"使天下人知道我们的国君爱马胜过爱人"时，他张开的嘴却定在那里，脸上开始红一阵白一阵。

此时，晏婴又吆喝一声："来人，还不按大王的意思将马夫推出去斩了！"这时齐景公如梦初醒，赶紧对晏婴说道："相国息怒，寡人知错了。"

晏婴没有正面批评齐景公，但却达到了劝谏救人的目的。

朋友对您说

点到为止的批评方法的确效果非凡。一方面，该说的话不能不说，根本利益不能牺牲，原则不可放弃，其中有错误的地方应该指出；但另一方面，对方做得正确的地方也应加以肯定，顾忌对方的实际心理感受，这样对方才会因为你赏罚分明而心悦诚服。

玉帛化干戈

公元前592年，当时的齐国国君齐顷公在朝堂接见来自晋国、鲁国、卫国和曹国的使臣，各位使臣都带来了璧玉、币帛等贵重礼品给齐顷公。献礼的时候，齐顷公向下一看，只见晋国的亚卿郁克是个独眼，鲁国的上卿季孙行父是个秃头，卫国的上卿孙良夫是个跛脚，而曹国的大夫公子首则是个驼背，不禁暗自发笑：怎么四国的使臣都是有毛病的。

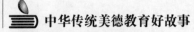
　　当晚，齐顷公见到自己的母亲萧夫人，便把白天看到的四个人当笑话说给萧夫人听。萧夫人一听便乐了，执意要亲眼见识一下。正好第二天是齐顷公设宴招待使臣们的日子，于是便说好，让萧夫人届时躲在帷帐的后面观看。第二天，当四国使臣的车子一起到达，众人依次入厅时，萧夫人掀开帷帐向外望，一看见四个使臣便忍不住大笑起来，她的随从也个个笑得前仰后翻。笑声惊动了众使者，当他们弄明白原来是齐顷公为了让母亲寻开心，特意做了这样的安排时，个个怒不可遏，不辞而别。四国使臣约定各自回国请兵伐齐，雪洗在齐国所受的耻辱。晋国的邵克更对着黄河发誓，非报此仇不可。

　　四年后，四国联合起来讨伐齐国，齐国不敌，大败，齐顷公只得忍辱讲和，这便是春秋时著名的"鞍之战"。

朋友对您说

　　礼节在正式的外交场合是极其重要的，玩忽礼仪，只会像齐顷公那样，自食恶果。

中山君的得与失

　　中山君是战国初期一个小国的国君。一次，他为了笼络士大夫，以便巩固他的统治地位，便设下盛宴，真诚邀请住在国都的各位士大夫们前来参加。

　　有个名叫司马子期的士大夫也来了，因为来得较晚，人年轻，地位不高，只好坐在空下的末座上。大家喝着美酒，吃着野味，谈论着时政，兴致很高。酒过三巡，上羊肉汤了，每人一碗，唯独司马子期座前，羊肉汤没有了。

　　司马子期坐在席间，丢了面子，觉得十分难堪。于是，异常恼怒，愤然起身，退席而走。他投奔楚国，劝楚王讨伐中山君，自己做向导。

　　楚国是大国，兵强马壮。中山国的军队与楚军刚一交锋，就溃不成阵，中山君仓皇逃跑。途中，有两个手持武器的人，始终紧紧跟随着，不惜流血受伤，拼着性命保护着他。中山君很纳闷，问："你们是什么人，为啥不顾自己，出死力保护我呢?!"

　　这两个人回答说："大王您还记得吗? 有一年夏天，麦子歉收，我们的父亲饿得躺在大路旁的桑树下边，眼睛都睁不开，眼看就要死了。这时，您路过，看到我们父亲的惨状，赶紧下车，拿出一壶稀饭给我们的父亲喝了，父亲才免于饿死。后来父亲在临终时嘱咐我兄弟俩说：'中山君救我一命，你们要记住，日后中山君有难，定要以死相报。'我们这是礼尚往来，报答您的大恩啊！"

　　中山君听完后，仰天长叹，说："给予人家的东西不论多少，主要是在他真正有困难的时候；失礼得罪人，怨恨不在深浅，在于使人伤心啊。我因为一碗羊肉汤失礼了，结果失掉了国家；因为一壶稀饭救了一个人，在危难之时得到了两人以死相报！礼义仁爱，多么地重要啊！"

中山君失礼，毁家亡国，教训是惨痛的。

朋友对您说

礼义仁爱，不是商品，也不是货币，但却是一种非常重要的人际关系资源。

卫国新妇

有一个卫国人迎娶新媳妇。新媳妇一上车，就问马夫："骖马（驾在辕马两旁的马）是谁家的？"

马夫答："是借来的，辕马是自家的。"

新媳妇吩咐马夫："鞭打骖马，不要鞭打辕马。"

车到了丈夫家的门口，新媳妇被搀扶下车，她一边拜见夫家的人，一边告诫送亲的老妇："回家别忘了将灶里的火灭掉。"

进了屋，见有石臼放在过道上，又说："把石臼搬到窗台下去，放在过道上不好，妨碍大家走路。"

丈夫家的人都暗自笑她，她却毫不察觉。古时新妇出嫁，本应少言寡语，就是开口，也应该是符合新婚场合的。而这位新媳妇却东一言、西一语，俨然是个碎言碎语的主妇。话也说得不是时候，也不合场景，更不合身份，完全不像个温文尔雅的新媳妇。

朋友对您说

在某些场合，说话不合时宜，就会显得不谐调，还会闹笑话。在人际交注中，只有保持身份、语言和交际环境三者之间的协调一致，才能取得满意的效果。卫国新妇不懂得这一道理，难怪会被人笑话了。

举案齐眉，相敬如宾

在东汉时期，有个孟姓的女子，到了出嫁的年龄，却总是看不上父母为她物色的对象。父母十分着急，问她究竟要什么样的人，孟女说："我不追求门第，不贪图富贵，只希望能嫁一个品德高尚、像梁鸿那样的人"。再说，孟女所说的那个梁鸿，为

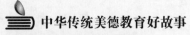
人正直诚恳，很有节操，曾在当时最高的学府太学里深造，学成以后回到了家乡。

梁鸿听到别人传说孟女的话以后，感到这位女子不追求金钱地位，看人重德，和自己志向相投，也希望有这样一位终身伴侣，于是就谢绝了有钱有势人家的求亲，亲自登门求亲，天遂人愿，终成伉俪。

婚后两人果然不慕荣华宝贵，后隐居深山（今陕西省西安市东北）以耕织为业，自食其力。劳动之余，夫妻两人或读书写字，或抚琴娱乐，生活和谐愉快。后来他们双迁居江南，生活十分清贫，梁鸿每天收工回家，孟光（孟女）早把饭菜准备好了。给丈夫端饭时，总时恭恭敬敬地把饭的托盘（古人叫作案）举得与眉头一样平。梁鸿也对妻子以礼相待，然后亲亲热热地吃饭。他们始终相敬如宾，恩爱如初，直到白头。

朋友对您说

后人常用"举案齐眉"和"孟梁"来称赞恩爱美满的夫妇。梁鸿孟光的故事所以能够流传至今，充分反映了中国人在平常的夫妻生活中，追求平等和睦、相互礼让的道德修养。

长江的宽度

1889年，清朝廷任命张之洞为湖北总督。新官上任，又恰逢新春佳节，抚军谭继洵为了讨好张之洞，特地在黄鹤楼设宴为张之洞接风。席上，谭继洵还请了鄂东各个县的父母官作陪。

不料席间谭继洵和张之洞就长江到底有多宽的问题争论起来。谭继洵说五里三宽，张之洞说是七里三宽，两人各持己见，争得面红耳赤，眼看好好的宴席就要不欢而散。席间作陪的官员见此情形，不知如何相劝，也不敢出声相劝。正在此际，坐在末座的江夏知事陈树屏慢悠悠地站起来。

谭张二人正愁下不了台，就让陈树屏发表意见。他不慌不忙地答道："长江的宽度嘛，水涨七里三，水落五里三。制军与中丞大人说得都对。"

一句话说得谭、张二人均拊掌大笑，赏了江夏知事20锭大银。

朋友对您说

一般来说，下属调解上司之间的纷争是不容易做到的，需要一定的智慧和技巧。陈树屏利用江水夏涨冬落，指出争论双方各有正确的一面，保全了双方的面子。此举既平息了谭张的争执，又显露了自己的才华。

王忱与张玄

东晋人王忱，为人狂放不羁，颇有才华。早在少年时就已出名，受到不少人的器重。有一天，王忱去看望舅舅范宁，在舅舅家碰见正巧也在做客的张玄。张玄比王忱的年纪略大，出名也较早。今天是两人初次见面，范宁便要他俩交谈交谈。

哪知张玄严肃地坐在那儿，一本正经地等着王忱上来和他打招呼。王忱见他这么清高的样子，心里很不舒服，也不开口说话。俩人就这么一言不发地坐了一会，张玄既尴尬，又放不下架子主动和王忱攀谈，只好失望地怏怏而去。

张玄走后，范宁责备外甥："张玄是吴中之秀，你为什么不趁这个机会和他好好谈谈呢？两个人却只管呆坐着。"

王忱笑道："他真想和我认识，完全可以自己来找我谈谈。"

后来，范宁又见到张玄时，就把王忱的话转告给他，张玄听了觉得很在理，便整衣束冠，正式登门拜访。王忱也以宾主之礼相待，从那以后，两人成了无话不谈的好朋友。

朋友对您说

从王忱与张玄的交识，我们可以体会到，高傲的人是交不到朋友的。只有谦虚有礼真诚待人，才能赢得对方的好感，结识到朋友。

魏文侯以礼敬贤

春秋时，魏文侯乘车从贤士段干木居住的巷子前经过时，站起来，双手扶着车前的横木行礼。随从奇怪地问："您无缘无故行什么礼？"

魏文侯说："我是在向段干木致敬啊？我听说，段干木把操守看得比什么都重要，即使拿我的君位交换他的操守，他也绝不会同意，我又怎敢对他傲慢无礼呢？段干木在德行上显赫，我只是在地位上显赫；段干木在道义上富有，我只是在物质上富有啊！"

随从挺纳闷，你的态度再恭敬，人家也看不见啊！魏文侯说："他看不见没关系，我却不能不表达我的心意。"

魏文侯还经常赠送礼物给段干木。但段干木不肯接受，他也不勉强，以示对段干木人格的尊重。魏国人听说魏文侯礼遇段干木，都十分高兴，还写诗颂扬这件事。

后来，秦王想出兵攻打魏国，司马唐劝谏道："段干木是有名的贤人，而魏文

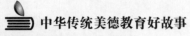
侯礼敬他，天下没有人不知道。我们攻打魏国，会遭到唾骂啊！"秦王就取消了进攻魏国的计划。

朋友对您说

　　敬重贤人有什么好处呢？能够体现谦逊做人的风度和教养，能够赢得他人的尊敬。在生活中，很多人瞧不起那些才能高、品行好的人，这恰恰暴露了自己不辨贤愚、狂妄自大的毛病。懂得敬重贤人，至少能证明你心有天平，懂得好坏，这已经足够让人肃然起敬了。

燕昭王与黄金台

　　燕昭王收拾了残破的燕国以后登上王位，他礼贤下士，用丰厚的聘礼来招揽贤才，想要依靠他们来报齐国破燕杀父之仇。为此他去见郭隗先生，说："齐国乘人之危，攻破我们燕国，我深知燕国势单力薄，无力报复。然而如果能得到贤士与我共商国是，以雪先王之耻，这是我的愿望。请问先生要报国家的大仇应该怎么办？"

　　郭隗先生回答说："成就帝业的国君以贤者为师，成就王业的国君以贤者为友，成就霸业的国君以贤者为臣，行将灭亡的国君以贤者为仆役。如果能够卑躬屈节地侍奉贤者，屈居下位接受教诲，那么比自己才能超出百倍的人就会光临；早些学习晚些休息，先去求教别人过后再默思，那么才能胜过自己十倍的人就会到来；别人怎么做，自己也跟着做，那么才能与自己相当的人就来到；如果凭靠几案，拄着手杖，盛气凌人地指挥别人，那么供人驱使跑腿当差的人就会来到；如果放纵骄横，行为粗暴，吼叫骂人，大声呵斥，那么就只有奴隶和犯人来了。这就是古往今来实行王道和招致人才的方法啊。大王若是真想广泛选用国内的贤者，就应该亲自登门拜访，天下的贤人听说大王的这一举动，就一定会赶着到燕国来。"

　　昭王说："我应当先拜访谁才好呢？"郭隗先生说道："我听说古时有一位国君想用千金求购千里马，可是三年也没有买到。宫中有个近侍对他说道：'请您让我去买吧。国君就派他去了。三个月后他终于找到了千里马，可惜马已经死了，但是他仍然用五百金买了那匹马的脑袋，回来向国君复命。国君大怒道：'我要的是活马，死马有什么用，而且白白扔掉了五百金？'这个近侍胸有成竹地对君主说：'买死马尚且肯花五百金，更何况活马呢？天下人一定都以为大王您擅长买马，千里马很快就会有人送了。'于是不到一年，三匹千里马就到手了。如果现在大王真的想要罗致人才，就请先从我开始吧；我尚且被重用，何况那些胜过我的人呢？他们难道还会嫌千里的路程太遥远了吗？"于是昭王为郭隗专门建造房屋，并拜他为师。

　　燕昭王于是建起黄金台，上面放了一千两黄金，招揽天下贤士。

消息传开，乐毅从魏国赶来，邹衍从齐国而来，剧辛也从赵国来了，人才争先恐后集聚燕国。昭王又在国中祭奠死者，慰问生者，和百姓同甘共苦。燕昭王二十八年的时候，燕国殷实富足，国力强盛，士兵们心情舒畅愿意效命。于是昭王用乐毅为上将军，和秦楚及三晋赵魏韩联合策划攻打齐国，齐国大败。

朋友对您说

人才对于一个人成就大业来说非常的重要，而求贤若渴、礼贤下士的人肯定为自己成就一番事业打下了坚实的基础。只有非常谦恭地尊重人才、推崇人才、优待人才，才能招来人杰，云集才俊，也才能集思广益、凝聚力量成就伟业。

孔子阐礼

在齐国，有势力的大夫崔氏和庆氏两家，擅权总揽国政，齐君景公仅是徒有虚名。后来，崔氏、庆氏两家交恶，经过一场斗争后，崔氏倒了下来。接着便是庆氏上演独角戏了，他们专权无忌，为所欲为，成天喝酒打猎。但没过多久，他们自家内部发生纠纷，在自顾不暇之际，被田家所乘，遭受兵袭，逃往南方的吴国去了。

自此以后，齐国便是田家的天下了。田氏很会用人，请出一向很受好评的贤人晏子做宰相，他自己幕后掌握大权。

鲁国虽是季孙氏的天下，但因为有孟孙、叔孙两家互相牵制着，专权的情势多少缓和一些；齐国则是田氏一家擅权，情势比鲁国更为恶劣。

齐景公眼看国情恶化，忧国忧民，痛心疾首。所以，他看到孔子来访，就问道："怎样才能把国家治理好？"

孔子回答："君君、臣臣、父父、子子。"意思是说：君主要像个君主的样子，臣子要像个臣子的样子，父亲要像个父亲的样子，儿子要像个儿子的样子，各有各的职守与本分。景公明白孔子这句话正是针对齐国的国情而发的，所以说："答得好，假如君不君、臣不臣、父不父、子不子的话，那么国家就危险而无法安定了。"

朋友对您说

孔子所阐述的"礼"就是规矩、准则、法度的意思。这告诉我们不论做什么事情，都应该有一定的规矩。从今天的意义上来说，就是一整套为大家所共同遵守的道德准则和生活规矩。以此为根据，凡是违背这个准则，违背我们社会道德规矩的事情，都应该说是非"礼"的，因而都是我们不应该去做的。

班超宽以待人

东汉时，班超一行在西域联络了很多国家与汉朝和好，但龟兹恃强不从，班超便去结交乌孙国。

乌孙国王派使者到长安来访问，受到汉朝友好的接待。使者告别返回，汉帝派卫侯李邑携带不少礼品同行护送。李邑等人经天山南麓来到于阗，传来龟兹攻打疏勒的消息。李邑害怕，不敢前进，于是上书朝廷，中伤班超只顾在外享福，拥妻抱子，不思中原，还说班超联络乌孙，牵制龟兹的计划根本行不通。班超知道了李邑从中作梗，叹息说："我不是曾参，被人家说了坏话，恐怕难免见疑。"他便给朝廷上书申明情由。汉章帝相信班超的忠诚，下诏责备李邑说："即使班超拥妻抱子，不思中原，难道跟随他的一千多人都不想回家吗？"诏书命令李邑与班超会合，并受班超的节制。汉章帝又诏令班超收留李邑，与他共事。

李邑接到诏书，无可奈何地去疏勒见了班超。班超不计前嫌，很好地接待李邑。他改派别人护送乌孙的使者回国，还劝乌孙王派王子去洛阳朝见汉帝。乌孙国王子启程时，班超打算派李邑陪同前往。

有人对班超说："过去李邑毁谤将军，破坏将军的名誉。这时正可以奉诏把他留下，另派别人执行护送任务，您怎么反倒放他回去呢？"班超说："如果把李邑扣下的话，那就气量太小了。正因为他曾经说过我的坏话，所以让他回去。只要一心为朝廷出力，就不怕人说坏话。如果为了自己一时痛快，公报私仇，把他扣留，那就不是忠臣的行为。"李邑知道后，对班超十分感激，从此再也不诽谤他人。

朋友对您说

《菜根谭》中说：面前的田地要放得宽，使人无不平之叹；身后的恩泽要流得久，使人有不匮之思。意思是说，在生活中，一个心胸狭窄的人，凡事都跟人斤斤计较，如此必然招致他人的不满。人在世时宽以待人，善以待人，多做好事，遗爱人间必为后人怀念，爱心永在，善举永存。而恩泽要遗惠长远，则应该多做在人心和社会上长久留存的善举。只有为别人多想，心底无私，眼界才会广阔，胸怀才能宽厚。

张飞问路，越问越远

三国演义中有这样一个故事，张飞和刘备一起赶路，在路上迷了路，张飞就对刘备说,我到前面去问问路吧。

张飞是大大咧咧的人,做事鲁莽,他走到前面,看到一个老农在田里干活,一把抓住,张飞长得又凶,力气又大,谁经得住他这么一抓。然后,凶巴巴发问:"喂,告诉老子,到哪里哪里去,怎么走?"那个老农吓得话都说不出来,还敢告诉他路怎么走!实在没办法,用手随便指了指,张飞一看,"是不是往那边走?""是!是!"其实这个农民无心一指。张飞当了真!高高兴兴地回来告诉刘备,往那边走可以到达目的地。

最后的结果可想而知。

朋友对您说

从这个故事可以看出,礼仪对人的重要性。礼仪是人的第一张名片,是人的一张通行证。

敬酒三杯

我国古代饮酒有以下一些礼节:在酒宴上,主人要向客人敬酒(叫酬),客人要回敬主人(叫酢),客人之间相互也可敬酒(叫旅酬),普通敬酒以三杯为度。喝酒的时候大家是围成一桌的,且行酒令,一个接一个地喝酒,喝一圈叫一"巡",酒过三巡之后酒宴即进入主题,有正事谈正事,该解决的事要解决,如无事就可以离席了。

古人倡导饮酒有节,饮不过三爵,过则违礼。《左传·宣公二年》说"臣侍君宴,过三爵,非礼也",清代著名诗人、学者朱彝尊有诗云:"三爵矧多又,醉枕南腮南。"这里的三爵即三杯酒的意思。

据史籍记载,元太宗窝阔台一生好酒,大臣耶律楚材屡谏不从,一天,耶律楚材拿着一截酒槽铁口对窝阔台说:"麴蘖能腐蚀器物,铁器尚如此,何况五脏呢?"窝阔台被耶律楚材的诚挚所感动,同时意识到酗酒的危害,对大臣们说:"你们爱君忧国之心,哪一个能像耶律楚材这样?"并下令:从今以后每天喝酒最多不得超过三杯。

朋友对您说

敬酒三杯、三爵礼,古人还运用在祭祀,婚礼,结拜等礼仪之中。这些礼节体现了古人的智慧,喝酒喝三杯,既表达了敬意,又有节制饮酒的意思。

名相、车夫与妻子

齐国相国晏婴的品德和才能被各国诸侯称赞和传颂。

晏婴的车夫觉得自己能为一位这么有名望的人赶车，也挺了不起的。他的车夫就喜欢在大庭广众中招摇，驾车的时候傲气冲天、神气活现。不仅在官道之上驾车如飞，即使在城里拥挤的街道上，也照样驾车如飞，遇有挡道行人，举鞭即打，如扫草芥；张口即骂，如训猪狗。

不过所幸这个车夫家有贤妻，妻子在知道丈夫在外的所为后，收拾随身之物就要回娘家。车夫不知道自己做错了什么事，惊慌地对妻子说："有话好好说嘛，为什么要回娘家去呢？"他的妻子说："晏婴身高不到六尺，却是个名扬天下的相国，可他还是那么谦虚，一点儿也没有居高临下的态度。而你呢，一个堂堂的八尺大汉，只不过是个车夫，却自以为了不起，我都为你害羞呢！"

车夫听了妻子的话，难为情地低下了头，请求妻子原谅，决心从此改过。第二天，车夫真的好像换了一个人一样，赶车时的态度变得又谦虚又恭敬。

晏婴认为车夫是个可造之才，不久推荐他当了齐国大夫。

朋友对您说

《礼记》中说："敖不可长，欲不可从，志不可满，乐不可极。"意思是傲慢的念头不可滋长，邪恶的欲望不能放纵，求善的志向不可自满，享乐的行为要适可而止。遗憾的是，我们都懂得这个道理，但真正付诸自己的行为时，就不那么容易了。很少有人能做到"耳顺"。但愿这个故事是一面镜子，时刻照着我们。

千里送鹅毛

"千里送鹅毛"的故事发生在唐朝。当时，云南一少数民族的首领为表示对唐王朝的拥戴，派特使缅伯高向太宗贡献天鹅。

路过沔阳河时，好心的缅伯高把天鹅从笼子里放出来，想给它洗个澡。不料，天鹅展翅飞向高空。缅伯高忙伸手去捉，只扯得几根鹅毛。缅伯高急得顿足捶胸，号啕大哭。随从们劝他说："已经飞走了，哭也没有用，还是想想补救的方法吧。"缅伯高一想，也只能如此了。

到了长安，缅伯高拜见唐太宗，并献上礼物。唐太宗见是一个精致的绸缎小包，便令人打开，一看是几根鹅毛和一首小诗。诗曰："天鹅贡唐朝，山高路途遥。沔阳河失宝，倒地哭号啕。上复圣天子，可饶缅伯高。礼轻情意重，千里送鹅毛。"唐太宗莫名其妙，缅伯高随即讲出事情原委。唐太宗连声说："难能可贵！难能可贵！千里送鹅毛，礼轻情意重！"

朋友对您说

礼物不在轻重，贵在情谊真诚与深厚。

仁义胡同

相传在明朝时，有金、倪两位大官的亲戚住在同一胡同里，两家只有一墙之隔，平时倒也相安无事。但有一年夏天下大雨，两家中间的院墙倒了。在恢复院墙时，两家开始争执，各不相让。这两家人都想着自己在朝中有人，就各自修书，请大官亲戚为自己撑腰。没想到尚书接到书信后回复："百里捎书为堵墙，让他一墙又何妨？万里长城今犹在，不见当年秦始皇。"

这两家大官的亲戚见到信后，都十分惭愧，主动示好。待到修墙时，各自主动让出一墙之地，于是形成了如今一条六尺宽的胡同，让邻里行走至今。而邻里见状无不称赞，从此把这条胡同叫仁义胡同。

朋友对您说

许多事情就是这样：争一争，行不通；让一让，六尺巷。学会礼让宽容，世界会变得更加广阔；忘却计较，人生才会永远快乐。

宰相肚里能撑船

三国时期的蜀国，在诸葛亮去世后任用蒋琬主持朝政。

他的属下有个叫杨戏的，性格孤僻，讷于言语。蒋琬与他说话，他也是只应不答。有人看不惯，在蒋琬面前嘀咕说："杨戏这人对您如此怠慢，太不像话了！"蒋琬坦然一笑，说："人嘛，都有各自的脾气秉性。让杨戏当面说赞扬我的话，那可不是他的本性；让他当着众人的面说我的不是，他会觉得我下不来台。所以，他只好不作声了。其实，这正是他为人的可贵之处。"

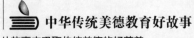
后来，有人称赞蒋琬"宰相肚里能撑船"。

朋友对您说

　　宽容和接纳别人，其实也是在宽容和接纳自己，这是个人修为与处事的优秀品质。

张之洞中计

　　晚清时的湖广总督张之洞自恃官大资深，从不把属下放在眼里，常常故意怠慢部下，对部下无礼。下属们虽然不满，却也只能忍让。

　　一天，布政使因公事去拜见张之洞。在总督府内，谈完了事情后，向主人告辞。依照清朝规定的官场礼仪，张之洞应当把布政使送到仪门。张之洞只走到厅门便想止步不送了。布政使见到张之洞又想耍老一套，便故作神秘地对他说："请大人多行几步，下官尚有事要禀报。"

　　张之洞不知是计，便随着布政使走到仪门，见他仍不开口，于是不耐烦起来："你不是还有话要讲吗？仪门已到，怎么仍迟迟不开口？"

　　布政使转身作了个揖，得意地说："下官是想告诉大人，依照大清礼仪，总督应该把布政使送到仪门，现在大人既已按规定将在下送到仪门，就请您在此留步吧，在下就此告辞。"

　　张之洞听了气得说不出话来，然而自知"礼"亏，也不能发作，只好作罢。布政使终于为自己和各同僚"报了仇"，教训了张之洞，也就笑着离去了。

朋友对您说

　　古人认为，上下之交的基本原则应该是"上交不谄，下交不欺"，即下级对上级不要低声下气，上级对下级不能傲慢无礼。

张良拜师

　　张良是西汉高祖刘邦的军师。有一次，因刺杀秦始皇未遂，受到追捕而避居到下邳。

　　张良在下邳闲暇无事。有一天他到下邳桥上散步，碰到一个老人，穿着粗布短衣，走到张良旁边，故意把他的鞋子掉到桥下。然后回过头来冲着张良说："孩子，下桥去给我把鞋子拾上来！"张良听了一愣，很想打他一下，但一看他是个老人，就强忍着怒气，到桥下把鞋拾了上来。那老人竟又命令说："把鞋子给我穿上！"张良一想，既然已经给他拾来了鞋子，不如就给他穿上吧，于是就跪在地上给他穿鞋。那老人把脚伸着，让张良给他穿好后，就笑嘻嘻地走了。张良一直用惊奇的目光注视着他的去向。那老人走了里把路，又折回身来，对张良说："你这个孩子是能培养成才的。五天以后的早上，天一亮，就到这里来同我会面！"张良跪下来说："是。"第五天天刚亮，张良到了下邳桥上。不料那老人已经等在那里了，见了张良就生气地说："和老人约会，怎么迟到了？以后的第五天早上再来相会！"说完就离去了。到第五天早上，鸡一叫，张良就赶去，可是那老人又等在那里了，见了张良又生气地说："怎么又掉在我后面了？过了五天再早点来！"说完又走了。到第五天，张良没到半夜就赶到桥上，等了好久，那老人也来了，他高兴地说："这样才好。"然后他拿出一本书来，指着说道："认真研读这本书，就能做帝王的老师了！过十年，天下形势有变，你就会发迹了。以后十三年，你就会在济北郡谷城山下看到我——那儿有块黄石就是我了。"老人说完就走了。

早上天亮时，张良拿出那本书来一看，原来是《太公兵法》（辅佐周武王伐纣的姜太公的兵书）！张良十分珍爱它，经常熟读，反复地学习、研究。

十年过去了，陈胜等人起兵反秦，张良也聚集了一百多人响应。沛公刘邦率领了几千人马，在下邳的西面攻占了一些地方，张良就归附于他，成为他的部属。从此张良根据《太公兵法》经常向沛公献计献策，沛公认为很好，常常采用他的计谋，后来成了刘邦运筹帷幄、决胜千里的军师。刘邦称帝后，封他为留侯。

张良始终不忘那个给他《太公兵法》的老人。十三年后，他随从刘邦经过济北时，果然在谷城山下看见有块黄石，并把它取回，称之为"黄石公"，作为珍宝供奉起来，按时祭祀。张良死后，家属把这块黄石和他葬在一起。

朋友对您说

少年张良为一个素不相识的故意把鞋丢到桥下的布衣老头捡鞋、穿鞋，又不顾老头几次刁难，与之相会，最终使老头高兴而得《太公兵法》的故事，表现了张良为人谦恭以及为成就大事所做的锲而不舍的追求，展现了张良少年时代不凡的气度和志向。

三顾茅庐

诸葛亮字孔明，青年时代躬耕于隆中，并苦读经书，熟悉历朝兴衰的历史，潜心钻研兵法。他常以春秋战国时的管仲、乐毅自比，是难得的一位将才、谋士，自

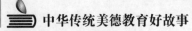
称"卧龙"。善于网罗人才的刘备闻知，高兴地说："我需要这样的人才!"并表示哪怕山高路远，行走不便，也非亲自去请他不可。

深冬的一天，刘备带着关羽、张飞，到隆中邀请诸葛亮。谁知诸葛亮恰好不在家，刘备只好扫兴而归。

刘备回到新野，不断派人到隆中打听诸葛亮何时在家。当打听到诸葛亮外出已经回到家时，刘备当即决定二请诸葛。这时，张飞不以为然地说："一个平民百姓，派个武士把他叫来就得了，犯不着让你一再去请。"刘备说："诸葛亮是当代大贤，怎么能随便派个人去叫他呢? 你还是痛痛快快地跟我去吧。"刘备说服了张飞，叫上关羽，三人骑马直奔隆中而去。

这一天，北风呼啸，大雪纷飞，冷得实在教人难忍。张飞对着刘备大嚷："我等何苦找此罪受! 不如等天晴再说。"刘备却说："贤弟，咱们冒此大风雪，不怕山高路远，去请诸葛，不正表明了我们的一片诚意吗?"三人继续往前赶路。不料，这一次刘备又未见到诸葛亮，只好写了一封信托诸葛亮的弟弟转交，说明来意，并表示择日再访。

第二年春天，刘备更衣备马，决定第三次去拜访诸葛亮。张飞、关羽竭力劝阻。关羽说："我们两次相请，都未见到他，想必他徒有虚名，不敢前来相见。"张飞更是带着轻蔑的口吻说："我们已仁至义尽，这次只需我一人前往，他如若不来，我就将他绑来见你。"刘备连忙说道："不得无礼，没有诚意哪能请到贤人呢?"

刘备三人飞马直奔隆中，来到诸葛亮的草庐前。此时诸葛亮正在午睡。刘备唯恐打扰诸葛亮，不顾路途疲劳，屏声敛气地站在门外静候，直到诸葛亮醒来才敢求见。刘备见了诸葛亮，说道："久慕先生大名，三次拜访，今日如愿，实是平生之大幸!"诸葛亮说："蒙将军不弃，三顾茅庐，真叫我过意不去。亮年幼不才，恐怕让将军失望。"刘备却诚恳地说："我不度德量力，想为天下伸张正义，振兴汉室。由于智术短浅，时至今日，尚未达到目的，望先生多多指教。"刘备谦虚的态度，诚恳的情意，使诸葛亮很受感动。于是诸葛亮终于答应了刘备的请求，怀着统一全国的政治抱负，离开了隆中茅庐，出任刘备的军师。他忠心耿耿地辅佐刘备，为"三国鼎立"局面的确立，做出了巨大贡献。

朋友对您说

刘备为了能够统一国家大业，屈尊求贤，礼遇下士，不怕碰钉子，不怕路途遥远，不顾天气恶劣的精神值得我们学习：求助别人要有礼貌，不能莽撞；遇到困难要有恒心，不能轻易放弃。

曾子避席

曾子是孔子的弟子，有一次他在孔子身边侍坐，孔子就问他："以前的圣贤之王有至高无上的德行，精要奥妙的理论，用来教导天下之人，人们就能和睦相处，君王和臣下之间也没有不满，你知道它们是什么吗？"

曾子听了，明白老师孔子是要指点他最深刻的道理，于是立刻从坐着的席子上站起来，走到席子外面，恭恭敬敬地回答道："我不够聪明，哪里能知道，还请老师把这些道理教给我。"

朋友对您说

在这里，"避席"是一种非常礼貌的行为，当曾子听到老师要向他传授时，他站起身来，走到席子外向老师请教，是为了表示他对老师的尊重。曾子懂礼貌的故事被后人传诵，很多人都向他学习。

礼尚往来息边衅

战国时期，梁国与楚国相邻，双方军队为利益争斗，边衅从来就没有停止过。不光军队如此，就连相邻边境的百姓也免不了摩擦。

当时，两国在边境上各设界亭，窥伺对方的动静。平时双方假如各守本分，都不敢妄动，那是暂时的平静。

有一段时间相安无事，国境两边都种上了西瓜。梁亭这边的亭卒勤劳浇灌，西瓜长势极好，瓜藤绿油油的一大片，结出了密匝匝的小瓜。而楚亭那边的亭卒无心浇园，西瓜藤儿瘦弱，结的瓜儿稀落落的。隔界两边的瓜田相比，简直有天壤之别。

楚亭的人看到对面茂盛的瓜田，又眼红又愤恨。他们自己的瓜没种好，由此还受到了县令的呵斥，说他们丢了楚国的面子，这更让他们咽不下那口气。于是在一天夜里，一大伙人偷偷跑过边界去，把梁亭的瓜秧全扯断了，把那些小瓜踩了个稀巴烂。

第二天一大早，梁亭的人发现瓜田被毁，气愤得胸脯都要炸开了，明知肯定是对面的楚国人干的，但事关两国的关系，他们还不敢自个发难，便立即派人去报告县令宋就，并表示说：我们不能示弱，打起仗来也不怕，至少也要采取同样的对策，过去把他们的瓜秧也扯断好了！

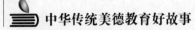
宋就接到报告后，制止了来人的冲动。宋就是个很有才干的人，虽然只当着一个小小的县令，但他很有见识，时常思考着楚、梁两国的关系，认为邻邦不和则国无宁日，对双方都很不利。于是，宋就亲自来到梁亭，问大家说："他们这样毁掉瓜田，你们认为怎么样？"大家七嘴八舌地怒吼："太卑鄙了！太可恨了！"宋就点点头，说："没错。可是，我们明明很恨他们扯断我们的瓜秧，为什么还要反过去扯断人家的瓜秧？别人不对，我们再跟着学，那我们不也一样卑鄙，一样可恨了么？"大家都答不上话了。

这时，宋就笑了笑，说："我有个办法，你们看看如何？"众人连忙问："父母大人！是什么办法？"宋就说："冤冤相报何时了？投桃报李有往来。你们听我的话吧，从今天起，每天夜里去给他们的瓜秧浇水施肥，让他们的瓜秧长得好起来。他们的瓜长好了，就肯定不会再毁你们的瓜。"众人尽管心里不乐意，但想想，觉得县令的话也的确有道理。末了，宋就叮嘱说："还有一点要记住！你们要悄悄地去做，一定不可以让他们知道。"宋县令走后，梁亭人们白天补种自己的瓜，夜里就去浇灌楚亭的瓜。隔界两边的瓜田都一样长得茂盛起来了。

楚亭的人发现自己的瓜秧一天好似一天，而且终于发现是梁亭的人在黑夜里悄悄为他们浇的，便将此事报告给楚国县令。楚县令听后感到十分惭愧，又十分敬佩宋就，于是把这件事报告给楚王。楚王听说后，也感到梁国人修睦边邻的诚心，特地备上重礼送给梁王，既以示自责，也表示酬谢。

结果，双方礼尚往来，平息了边界争端，这一对原先的敌国变成了友好的邻邦。

朋友对您说

"冤冤相报何时了？投桃报李有往来。"理解是相互的，误解也是相互的，沟通尤为重要。

来而不往非礼也

在《史记》中的《秦本纪》里有这样一段记载，晋国遭遇了旱灾，到秦国借粮。丕豹就对秦穆公说："请大王不要借粮给晋国，应该趁着它发生饥荒攻打它。"这时，穆公很犹豫，就问大夫公孙支，公孙支说："灾年、丰年本来就变化无常，谁都可能遭到旱灾，应该借给它。"穆公又问百里奚，百里奚说："夷吾得罪了您，可是晋国的老百姓没得罪您啊！"于是秦穆公采用了公孙支和百里奚的建议，利用水、陆运载，络绎不绝的将粮食运到了晋国。

后来，秦国发生饥荒，于是向晋国求救。晋国国君召集群臣，一起商量此事。虢射说："趁他们闹饥荒，攻打他们，肯定获胜！"晋君同意了，立刻攻打秦国。秦穆公派丕豹为将军，他亲自率领军队，反击晋军，和晋惠公夷吾展开了大会战。后来穆公在追击晋惠公时被晋军围困，受了伤。就在千钧一发时刻，曾吃过秦穆公粮食的三百名岐下人冒死冲入晋军，解救了穆公，还活捉了晋惠公。

朋友对您说

我国有句古话叫作"礼尚往来，来而不往非礼也"。个人也好，群体也罢，当一方遇到困难时，应伸出援助之手，不能见死不救，或是落井下石，像晋惠公那样，自己遇到困难时，向秦人苦苦哀求，而穆公遇到困难时，他不但没出手相救，反而以德报怨，忘记了当初穆公的赠予，最终只能是自食苦果。

当你接受了他人的友谊时，应心存感激、懂得感恩；当他人急需你的付出时，应不遗余力，将你曾经的接受变为回馈。

齐桓公登门访士

齐桓公召见一个叫稷的小吏，一天去了三次也没有见到，随从就说："你作为有一万辆兵车的大国君王，召见平民百姓，一天去了三次却没有见到，就可以停止了。"桓公说："不是这样的，轻视爵位、俸禄的士人，一定会轻视他们的君王；君王如果轻视霸王之业，自然也会轻视有才能的人。即便稷敢轻视爵位和俸禄，我哪里敢轻视霸王之业呢？"

齐桓公召见了五次才见到稷。天下的国君听说了，都说："齐桓公尚且降低身份对待平民，何况我们这些国君呢？"于是一同前往朝拜齐桓公，没有不前往的。

齐桓公求贤若渴，礼贤下士，贤能为之用。他改革齐政，使国富兵强。这些就是他能"九合诸侯，一匡天下"，成为春秋时期的第一个霸主的原因。

朋友对您说

《诗经》上说，有着正直德行的人，四方国家的人们都会顺服他。齐桓公礼贤下士，求贤若渴，大概可以算是有这样的德行了。

村妇识帝王

汉武帝喜欢微服私访，以悉民情。

有一次，汉武帝微服私访，晚上在一个叫桓谷的村子投店，当时他人困马乏，十分疲惫，很想喝上两杯酒去去乏。

他问开店的老翁："请问这里有酒吗？"

那老翁十分不耐烦地答："没有酒，只有尿！你喝吗？"

深夜，老翁召集了村中的年轻人准备将汉武帝狠狠地揍一顿，因为老翁觉得汉武帝不像"良民"，反而像一个盗贼。

老翁的妻子却不这么看，她觉得汉武帝虽然身着布衣，但气宇轩昂，仪态举止都与常人不同，她劝老翁道："这个客人不是寻常人，我们应该好好招待他，以礼待之，视为上宾。"

老翁不听，坚持己见。

老妇左思右想，干脆将老翁灌醉并用绳子将他捆绑起来，并叫那群年轻人各自回家休息去了。

之后，老妇杀鸡烹煮，并奉上美酒招待汉武帝。

汉武帝回去后，专门召见了老妇，不仅赐给她很多黄金，并将老翁封为羽村郎。

朋友对您说

礼仪形象注注是一个人内在气质的外在表现。个人的仪表、仪态，是其修养、文明程度的表现。古人认为，举止庄重，进退有礼，执事谨敬，文质彬彬，不仅能够保持个人的尊严，还有助于进德修业。

伤害风化

何晏是三国时代魏国宛城人，字平叔。常以美貌风采而自满，平素好穿女人衣服，常涂脂粉美化姿色，当时有"傅粉何郎"的称呼。后来与魏公主婚配，累官侍中尚书，爵位列侯。终被司马懿抄家斩杀。

傅元评论说："何晏这种男女不分的奇装异服，就是妖服，既已穿上妖服，身家灭亡，必然跟踪而来。从前夏桀的爱妃妹喜，喜欢佩戴男子冠帽，不久夏桀天下就此毁灭。何晏穿着妇人衣服，也遭家灭身亡，两人伤害风化招来的祸患是相同的。"

朋友对您说

古代思想家曾经拿禽兽的皮毛与人的仪表仪态相比较，禽兽没有了皮毛，就不能为禽兽；人失去仪礼，也就是不成为人了。所以，要端正礼俗风化，男女服饰及仪容，也是应当特别留意的。

刘宽雅量礼让人

东汉时期，华阴（今陕西省华阴市）有个人叫刘宽，字文饶。他待人很有礼貌，度量远近闻名。

有一次，刘宽驾着一辆牛车外出办事，在路上恰巧遇到有个人在找遗失的牛，对方打量、辨认着刘宽拉车的牛，认定那头牛就是自己家的，登时变了脸色，上前跟刘宽理论："你这家伙！偷了别人的牛还敢牵出来！"

刘宽瞧瞧蛮不讲理的蛮对方，也不说话，就下了车，自己拉车回家去了。

事情没过半晌，那个失牛的人牵着刘宽的那头牛找上门来送还，并且连连叩头，赔罪说："对不起！对不起！我家的牛已经找到了。我冤枉了长者，实在惭愧，惭愧！我愿任随长者处罚。"

谁知刘宽却和颜悦色地说："世间相似之物，容易认错，烦劳你送回来，这有什么好谢罪的呢？你不必介意。"

邻里们眼看着发生这样的事，无不瞠目结舌，都佩服、赞叹刘宽这种不与人计较的德量。

汉桓帝得知了刘宽才德兼备的传闻，加上大将军的引荐，于是就征召刘宽，先任他为司徒长史，出为东海相，拜尚书令，后又升为南阳太守，让他治理三郡。

刘宽果然没有辜负皇帝的任命，恪守职责，勤于政事，尤其是他没有官架子，待人仁厚宽恕，深得百姓爱戴。但凡属下官吏有了过错，他一般只是让差役用蒲鞭略为责打，以示羞辱惩戒，让人改过而已。朝廷嘉奖推事有功，他却把赏赐都让给了属下。平时若是出了什么灾异或差错，他首先便是引咎自责。他尊敬乡亲父老，时常慰问乡里及农田之事，对少年则勉励他们善事兄长。百姓感念刘太守的德政，三郡的民风也越来越好了。

刘宽的性情温良，确像一个慈善长者，人们从没见他发过脾气，即使在事情急迫匆忙时，也未曾见他容色严厉，言辞失当。这让与他一起生活了多年的夫人也感到奇异，为了试探丈夫的度量，夫人就想试一试激他忿怒。

有一次，刘宽穿戴整齐衣冠，正要出门去赶赴朝会，就在这个当儿，夫人命侍婢奉着肉羹进门，故意翻倒玷污了刘宽的朝服。夫人躲在一旁窥视，只见刘宽神色不变，仍然和祥关心地询问侍婢说："肉羹是否烫伤了你的手？"他的宽宏度量，竟然达到了这种程度，令夫人也大为折服。

刘宽雅量过人，礼貌待人，因而海内闻名，人们都尊称他为宽厚长者。到了汉灵帝时，征拜刘宽为太中大夫，传讲华光殿。后来官至光禄勋，封为逯乡侯。

朋友对您说

容人是一种美德，是一种思想修养，也是一种优良的生命质地，它喜与宽厚结伴，乐与谦和为伍。容人才有谅人之短的修养，容人才有忘人之过的气度。

蔡邕倒履迎宾客

　　蔡邕字伯喈，陈留（今河南省开封市陈留镇）人，是东汉时期著名的文学家、书法家、大学问家，博学多才，好辞章、数术、天文，精通音律，尤擅书法，在朝廷中任中郎将。

　　蔡邕他身居要职，事务繁多，有一天下朝回到家中后，倦意袭了上来，连午饭也没吃，靠在竹榻上不知不觉就睡着了。女儿文姬看到爹爹这副模样，也不忍心叫醒他。

　　这时，老仆人匆匆地走了过来，见状欲进不进的。文姬忙问他有什么事，仆人回答说："小姐，门外来了一个叫王粲的人，说要求见老爷。"

　　文姬一听，不禁一怔。她听父亲说过，王粲可不是一般的人。王粲出身名门，曾祖王龚、祖父王畅都曾位列三公；父亲王谦为大将军何进的长史；他自己是当今名满天下的"建安七子"之一，年少时就相当有才名，曾写下了《登楼赋》和《七哀诗》这样千古传诵的名篇。

　　文姬想起，由于父亲的才学著称于世，又被朝廷看重，平日来访的车马挤满闾巷，家中常是宾客满座的。她母亲早就去世了，所以她小小年纪也成了半个主人。父亲素来就很尊重人才，从不摆架子，从不傲慢，很善于与人交往，好朋友很多。父亲还多次交代过她：只要有客人前来拜访，一定要礼貌接待；假如他不在家，就必须让客人留下名帖，以便日后回访。现在王粲来访，父亲早就多次念叨过此人的名字，肯定是很想见他的……想到这里，她轻轻地摇醒了父亲。

　　蔡邕猛地惊醒，睁开惺忪的睡眼问："又该上朝了么？"

　　文姬忍不住扑哧一声笑了，说："爹，现在是午后，哪是上朝的时间呢？"

　　蔡邕打了个呵欠，再问："有什么事吗？"

　　文姬说："王粲先生来拜访到了门口……"

　　"王粲？"蔡邕睁大眼睛，蓦地从竹榻上跳下来，急急忙忙踏上鞋子就跑出门外去迎接。他很有礼貌地把王粲接进屋里，连声说："尊客请坐！请茶……"说着，脚下绊蒜，差点摔了一跤。王粲连忙扶着他。旁边的小文姬忽然指着蔡邕的脚，失声说："爹！您穿错鞋子了！"蔡邕低头一看，自己也不禁失笑：原来刚才他出门太慌忙了，左脚踏着右脚的鞋子，右脚踏着左脚的鞋子，而且两只鞋都倒穿着。

　　蔡邕这样一个大名鼎鼎的前辈，如此谦恭地对待一个后辈，使王粲十分感动。主客落座之后，蔡邕与王粲谈论起学问来，发现王粲果然才华出众，智力超群，不禁对他更为器重了。双方谈得很投机。小文姬在一旁听着，也受益匪浅。

　　正在这时，随着一阵说笑声，蔡府又来了一群老朋友。蔡邕很热情地将他们迎进了客厅，然后向众人介绍王粲说："诸君！这位就是王粲王公子，有奇才，我都比不上，我家的书籍文章都应当给他。将来他必然会有大作为！"

　　在当时，人与人之间的身份、地位、尊卑是分得非常清楚的。众人看到蔡邕能够放下大学者、大官的身份，如此敬重一个貌不惊人的年轻人，都感到很吃惊；而他唯才是重，对年轻的王粲谦逊礼待的举动，又不能不令人敬佩。

朋友对您说

"倒屣而迎"的典故就是这么来的，后来传开就成了一个成语，表示对待朋友的热情和一片诚意。

晏子使楚

晏子是齐国的重臣，一向以雄辩的口才、敏捷的思维而闻名。一次，齐王派晏子出使楚国。楚王很不友善，知道晏子将出使楚国，便想趁机羞辱齐国，于是，做好了对付晏子的准备。

楚王知道晏子个子矮小，便特意在城门旁开一小门，准备迎候晏子。

晏子到达城门口时，守门的侍卫打开小门，请晏子从小门口进城，晏子心里清楚楚王的用意，便停在门口，对侍卫说："请你禀报楚王，问他这里是什么地方，如果我出使的是狗国，那我自然该从这个小门洞里进去，如果楚国不是狗国，那我还得从大门内走进去。"侍卫急传话给内宫，楚王一听，无奈，只好让晏子从大门进城。

晏子见过楚王之后，双方就座。楚王看着矮小的晏子故作不解之状，问道："齐国的人一定不多了？"晏子反问道："何出此言？齐国国都便有成千上万户人家，齐国的街市里，热闹的时候要互相侧着身子才能通过，人多得可谓举手蔽日，挥汗成雨。"

楚王仰天大笑："既然如此，怎么会派你这样的人来做使臣呢？"晏子不动声色地回答：

"君王有所不知，我们齐国有一个不成文的规矩：派遣使臣要依据出使国家的情况来定。对方的国君是明礼的，便派明礼之人为使臣；对方国家若是有才智的，便派有才智的人出使；在齐国实在找不出比我更蠢的人来，就只好派我来了。"

楚王心里闷着一口气，却只好假装无事的样子，招呼晏子到厅堂，安排酒席款待晏子。席间，两位兵士押着一位犯人来见楚王，楚王问其人所犯何罪，兵士按设计好的话回答："这位齐国人是位劫匪。"楚王故意摇头对晏子说："齐国人怎么喜欢做这样的事？"晏子也摇摇头说："齐人在国内从不做犯法之事，到了楚国便成了这个样子，真是风气不同啊！"

朋友对您说

晏子的反驳从不出口伤人，而是很尊重对方。晏子既维护了齐国和自己的尊严，又表现出他高度的爱国主义精神和高超的语言艺术。

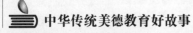

宣子守敬

在春秋时代，有位赵宣子，他是晋国的一位大臣。当时晋灵公昏庸无道，因为他是大臣，所以时时都去劝导晋灵公。后来晋灵公觉得很不耐烦，就雇了杀手要杀他。

雇佣的杀手叫锄麑，到了赵宣子的门口，看到赵宣子还没有上朝，但是已经穿得整整齐齐，在那里稍微休息打盹。锄麑看了以后很感动，心中生起对他的崇敬。心里就想，连这样一点细微之处都很谨慎、很恭谦的人，一定是国家的栋梁。假如把他杀了，我就对不起国家。但是我已经答应国君的命令，假如我没有杀赵宣子，我又失信于国君，所以锄麑当下就撞槐树自杀。

朋友对您说

赵宣子因为做到了"冠必正，纽必结"，做到了衣冠工整，才赢得锄麑对他的尊敬，而躲过一劫。所以，我们不要小看自己衣冠的整齐，这对自己的形象，对自己的命运都有极大的影响。

握发吐哺

周公姓姬名旦，是周文王第四子，周武王的弟弟，是西周初期杰出的政治家、军事家和思想家，曾两次辅佐周武王东伐纣王，并制作礼乐，实现天下大治。因其采邑在周，爵为上公，故称周公。

武王死后，其子成王年幼，由周公摄政当国。周公辅佐周成王，建设新的国家，日理万机，要处理的事包括：制定战俘处理政策、签署奴隶管理条例、讨伐周边不服气的小国、镇压反周复商势力，还得给政策安置商朝贵族和遗老遗少。

周公唯恐失去天下贤人。洗澡时听说有贤士来访，他会握着湿头发从浴室跑出来，迫不及待地去接待客人，接待完了，又回去接着洗，反复多次。至于吃饭也是如此，吃一口食物，不等嚼完又得吐出来，因为要回答士人的问题，正所谓"一饭三吐哺"。

朋友对您说

成语"握发吐哺"，就是从"一沐三握发，一饭三吐哺"简化而来。后以"握发吐哺"比喻礼贤下士，殷切求才。比如曹操在短歌行里引用这个典故："周公吐哺，天下归心。"就是说只有像周公那样礼待贤才，才能使天下人心都归向我。

君子无不敬

有一次，鲁哀公问孔子说："寡人有一事不明，还是希望先生能有所说明，身穿礼服亲自去迎亲，这礼节也太过了吧？"

孔子听后，正色回答道："合二姓之好，以续先圣周公的后裔，作为祭祀天地、宗庙和社稷的主人，君王怎么会说太过了呢？"

哀公说："寡人实是鄙陋得很，若没有这般鄙陋，又怎么能听到这番道理呢？寡人想进一步向您请教，却不知怎样措辞，还请您进一步告诉寡人吧。"

孔子于是回答说："天地不合，则万物不能生长。诸侯的大婚，关系到子孙万代的接续，怎么会过了呢？"

孔子接着说："对内而言，君主和后妃可以在宗庙里主持先祖的祭祀，像天上之有日月一样；对外来说，可以处理国家的政教，以建立上下尊卑的礼节。臣下若做了有愧于心的丑事，则可以用礼来挽救他；君王若做了可耻之事，可以用礼来恢复他的形象。所以处理政务，要把礼摆在头等重要的地位。礼，恐怕是政教的根本啊！"

孔子又直接说道："往古夏、商、周三代明王，一定尊重、爱护自己的妻与子，这是有道理的。因为妻乃家内之主，子乃祖先之后，岂敢不敬呢？因而，君子无不敬重的。然而谈到敬，最重要的就是敬重自己。因为自己是父母所衍生的支脉，怎敢不敬呢？不敬重自己，就是损害自己的父母；损害父母就是斩伤自己的根本，斩伤根本，则它的枝叶也要跟着受到伤害，甚至死亡。妻、子与本身，是百姓所取法的。只有爱自身以及人之身，爱己子以及人之子，爱己妻以及人之妻，那么深远的教化，则便推广到普天之下了。这也是往昔太王的治国之道啊，能够如此，国家也和顺安宁了。"

朋友对您说

"礼"既是国家管理的整套制度或法津，也是个人修养和行为的标准和规范。所以孔子开出的社会管理和个人修为的药方就是"克己复礼"，即克制自己一切负面的欲望，把身心归附到规范制度上。

匡人解甲

孔子前往宋国，到了匡地时，由于阳虎曾经施暴力于匡地的人民，孔子与阳虎

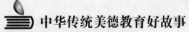
长得又很相似，于是匡地的人便以为阳虎又来了，赶快报告给匡地的主宰简子。简子听后，马上率领士兵，披上铠甲，驱马前往，将孔子一行人团团围住。

子路生性勇猛，一见匡人围攻，不知何故，非常不悦，拿起兵器便要与他们对战。孔子见了，立即制止子路说："哪有修行仁义之人，改变不了世俗的凶暴呢？不讲授诗书，不学习礼乐，那是我的过错啊。如果以阐述先王之道，喜欢古代典章制度作为过失，那就不是我的过错了，是命运安排啊。来，你来唱，我来和。"

子路听了夫子之教，便放下兵器，拿出琴开始弹唱起来，孔子于是和着音乐唱起来，其音曲甚哀，唱了三遍之后，匡人知是圣人，并非阳虎，于是脱去战甲，离开了。

朋友对您说

在孔子看来，国家和社会的种种乱象，其根本原因是"礼崩乐坏"，个人的种种不良行为和过失是因为"违礼"。匡人解甲的故事，充分显示了孔子处事的灵活性，也显示了孔子非凡的人生智慧。

曹操的雅量与陈琳的智慧

文学家陈琳，原在袁绍手下做记室。

官渡之战前，陈琳为袁绍写讨伐曹操的檄文。在檄文中，曹操的祖宗三代都被骂得狗血喷头。曹操看了檄文之后竟连声称赞道："陈琳的文章写得真不赖，骂得痛快。"

官渡之战后，曹操俘获了陈琳。陈琳心想：当初我把曹操的祖宗都骂了，这下子非死不可了。

曹操问陈琳："你替袁绍写檄文，为什么骂我一个人还不够？还要骂我祖孙三代？"没想到，陈琳却不怯不惧地回答："箭在弦上，不得不发！"曹操不咎既往，仍任命陈琳为军中文书。

陈琳深为曹操的宽宏大量所感动，竭尽全力辅佐曹操，使曹操颇为受益。也正是因为曹操这种爱才的坦荡胸怀，许多人才才投奔曹操，才形成了雄兵百万、战将千员的鼎盛局面。

朋友对您说

容人才有释人之怨的胸襟。不计前嫌，化敌为友，这是容人的极致。

赵氏孤儿

　　大将军屠岸贾凶暴残忍，专权误国，陷害忠诚正直的大夫赵盾，在他的怂恿下，晋国国君下令：抄斩赵氏满门。一夜之间，赵盾和他的儿子赵朔、家属、奴婢等共计三百余口，倒在血泊中，做了冤鬼。赵朔的夫人庄姬公主，因是国君的胞妹，幸免于难，被送回内宫居住，此时她已怀有身孕。

　　几个月以后，庄姬公主生下一个男婴，取名赵武，但这一切都逃不过屠岸贾的眼睛，他早已下令，把内宫封锁起来。庄姬公主以看病为名，把赵家的挚友、乡间医生程婴召进内宫，含泪请求程婴救孩子出宫。程婴把赵武放进药箱准备带出宫门。守将韩厥见程婴一腔正义，十分感佩，放走程婴和赵武，自己拔剑自刎。屠岸贾追查不到赵氏孤儿的下落，气急败坏，宣布要把全国半岁以内的婴儿全部杀光。

　　为了保全赵氏孤儿和晋国所有无辜的婴儿，程婴与退职年迈的大夫公孙杵臼商议，用假象瞒骗屠岸贾：程婴献出自己亲生儿子代替赵氏孤儿，公孙老人顶替救孤藏孤的罪名，然后由程婴亲自去向屠岸贾告发。屠岸贾听信了程婴的举报，残忍地杀死了公孙老人和"赵氏孤儿"。晋国上下目睹了这场血腥屠杀，敢怒而不敢言，人们在背后无不切齿痛骂程婴的卖友求荣。程婴面对这一切，只有强忍悲愤，默默承受。

　　过后十几年，程婴苦心教育，把赵武培养成一个文武双全的青年。为了接近屠岸贾，他让赵武认屠岸贾为义父。终于有一天，他把真相告诉了赵武。在守边归来的大将军魏绛的鼎力相助下，赵武拔剑刺向仇人，并告之自己便是他斩不尽、杀不绝的赵氏孤儿。

朋友对您说

　　作为中国古典四大悲剧之一，《赵氏孤儿》的故事千百年来经久不衰，洋溢着春秋义士的豪迈之情，程婴、公孙杵臼、韩厥等义士为救孤儿慷慨悲壮的牺牲精神，任凭历史的年轮辗转百年，今天读来依旧是荡气回肠的。

子贡赎人与子路受牛

　　鲁国有一条法律，鲁国人在国外沦为奴隶，有人能把他们赎出来的，可以到国库中报销赎金。

　　有一次，孔子的弟子子贡（端木赐）在国外赎了一个鲁国人，回国后拒绝收下

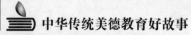
国家补偿金。孔子却说子贡的所作所为伤天害理。这条法律的确是善法，而子贡此举是把"义"和"利"对立起来了，所以不但不是善事，反倒是最为可恶的恶行。孔子认为，当时国家是为解救自己的国人，才出台了相关补偿政策，目的是想让更多的人一同参与到解救国人的行动中。然而，子贡的行为却将这一道德标杆无形中抬高，这样便显得自己很优秀，无形中别人的行为仅是为贪图小利。这样的话，别人在遇到鲁国的奴隶时将面临两难选择：如果他去向国家要求补偿的时候，对于子贡反而成了风格不够高尚的人；如果他不去向国家要求补偿，他将承受除了赎回奴隶所付出的精力之外的实实在在的金钱上的损失。大多数人并不像子贡这样富有，人们承担不起这种损失。于是，这大多数人面对自己的国人成为奴隶的时候，所采取最好的办法就是不作为。

子路救起一名落水者，那人感谢他，送了一头牛，子路收下了。孔子说："这下子鲁国人一定会勇于救落水者了。"

朋友对您说

　　孔子的智慧在于，他不仅看到了法制和道德统一的一面，也看到了法制与道德对立的一面；同时，孔子也告诫我们，要正确处理好"义"和"利"的关系，不仅要看到二者对立的一面，也要看到二者统一的一面。

俞伯牙与钟子期的知音之交

　　俞伯牙是楚国人，但在晋国做大官。有一次，晋君派他出使楚国，他也乐得回乡走走。船行到汉阳江口，正遇中秋之夜，偶然来了一场风雨，船只好泊在山崖之下。不久风雨过了，云散了，一轮明月当空，俞伯牙对着这景色，忽然想弹一弹琴。

　　他弹琴很郑重，先叫童子摆好囊，焚香炉，他情绪饱满之际，才开囊取琴，弹出一曲，曲犹未终，忽然琴弦断了一根。他认为必是有人偷听，或者来了刺客。叫人上岸去搜查。果寻一人，那人说是樵夫，却又说在此"听琴"，俞伯牙觉得是个笑话。大笑道："山中打柴之人也敢称'听琴'二字！此言未知真伪，我也不计较了。左右的，叫他去罢。"谁知那个樵夫却很有水平，一句话反驳得很尖锐而有力："……大人若欺负山野中没有听琴之人，这夜静更深，荒崖下也不该有抚琴之客了。"这智慧的答语惊动了俞伯牙，于是把那人请上船来。这人就是钟子期。他上得船来，不行跪拜之礼，不卑不亢。这种态度令俞伯牙很不痛快。俞伯牙面对着这个樵夫，一时不知怎样对付才好，便先考一考他对音乐到底懂得多少。不料钟子期把琴的来源与构造原理，说得头头是道，俞伯牙的态度才有些改变了。再进一步，考考他"听琴"的能力：钟子期完全说出了俞伯牙的心思，"美哉洋洋乎，大人之意，在高山也。""美哉汤汤乎，志在流水。"使他大惊，推琴而起，连呼"失敬失敬"。重新与樵夫行了宾主之礼，以平等的态度对待钟子期了。

因为这样的知音人实在很难得，这一夜，两个知音人，谈到了天亮，十分投机。还结拜了兄弟。俞伯牙年二十八，钟子期二十七，俞伯牙做了哥哥。

故事中的俞伯牙，发现钟子期是他的"知音"之后，不但放弃了地位不同的优越感，与他长谈到天亮，结拜为兄弟，而且在一年之后，又去探望他。谁知钟子期在这一年中，因得他的赠金，买了好些书，日间采樵，夜间苦读，"心力耗废，染成怯疾，数月之间，已亡故了。"俞伯牙听了，"五内崩裂，泪如涌泉，大叫一声，傍山崖跌倒，昏绝于地"。随后在钟子期墓前抚琴为吊，一曲终了，把琴摔碎。还决定辞官不做了。

朋友对您说

孟浩然曾叹曰："欲取鸣琴弹，恨无知音赏。"岳飞无眠之夜也道"欲将心事付瑶琴，知音少，弦断有谁听？"贾岛却是"两句三年得，一吟双泪流。知音如不赏，归卧故山丘"的辛酸。知音难觅，知己难寻，人生得一知己足矣！

羊角哀与左伯桃的舍命之交

羊角哀和左伯桃都是战国时代的燕国人，二人皆有着悲苦的家世，但都勤奋好学，满腹经纶。在左伯桃去楚国寻求发展机会的路上，遇到了羊角哀，两人相见恨晚，结为知己。决定一起去楚国寻求机遇，一展自己的伟大抱负。

但是，二人在路上遇到了困难。风雪交加的天气里，二人衣裳单薄，无法抵御彻骨的寒风，口粮也不多了。左伯桃就对羊角哀说："似这般数九寒天，缺衣少食，又冻又饿，路途还远着，两人拖累，怎么到得楚都？不如贤弟带剩余干粮，穿上我的全部衣裳，快快赶路。我虽然冻死饿死在半途，总比两人迟早死在前面路上好。你学识比我强，楚王必然重用你。等你有了成就。再来收殓我的遗骸。"羊角哀哪里肯听。二人又勉强陪同走了约莫十来里，只见路旁有棵朽空了的老桑树，树干的空洞可以容下一人。左伯桃打定主意舍命存知己，便对羊角哀说："似这般严寒，又累又饿，看来咱俩还是暂时躲一下风雪，歇息一番，方好继续赶路。"说完便装着避寒的样子钻入树洞，对羊角哀说："贤弟赶快去弄些枯枝败叶回来生个火取暖。"等羊角哀抱回柴枝，只见树洞跟前堆放着一堆衣服和剩下的全部干粮。原来

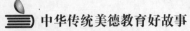
羊角哀一走，左伯桃立即剥下身上所有衣服，冻得只剩一口气了。羊角哀扔下柴草，紧紧搂住左伯桃冻僵了的身体，跪在跟前，放声哭道："仁兄不去，小弟也决不忍独自偷生！"左伯桃坚定地说："要是我们兄弟两人一同冻死在前面的路上，有谁来收拾我们的尸骨呢？咱们要是让父母赐给我们身体抛露在荒原野岭，还有比这更不孝的吗？"两人争持好半天，左伯桃体力已消耗完，断了气。

两天后，羊角哀终于拖着疲惫的身躯，来到郢都。楚文王非常高兴地接见羊角哀，向他垂问安邦定国的策略。羊角哀对答如流，畅谈了自己的见解，并向楚王列举了十条富国强兵的计策。这些策略都是当时楚国争霸所急需实行的。楚王深深地折服羊角哀的真知灼见，立即封他为楚国的上大夫，赐给他黄金百两、绢百匹。

羊角哀向楚王奏明左伯桃风雪途中解衣舍身成全知己的大义行为和高尚风格，并说，如果没有左伯桃舍己相救，他也当不成楚国的上大夫了。楚王被左伯桃对羊角哀的深情厚谊深深感动，便派了大将，备了车马，陪同羊角哀前往桑树所在地，用楚国大夫的礼制仪式隆重殓葬。冻僵在桑树洞里的左伯桃，尸体面色如生。羊角哀抚着尸体哀痛得死去活来。等到丧事办完，祭奠完毕，羊角哀也不愿接受高官厚禄，上吊自杀，以一死报答舍生为知己的左伯桃。

朋友对您说

"古来仁义包天地，只在人心方寸间。"朋友，偶然相见，结为兄弟，各舍其命，留名万古。将生命中每位这样的朋友铭记于心吧。

刘备、关羽、张飞的生死之交

刘焉出榜招募义兵。榜文行到涿县，引出涿县中一个英雄。那人不甚好读书；性宽和，寡言语，喜怒不形于色；素有大志，专好结交天下豪杰；生得身长七尺五寸，两耳垂肩，双手过膝，目能自顾其耳，面如冠玉，唇若涂脂；中山靖王刘胜之后，汉景帝阁下玄孙，姓刘名备，字玄德。昔刘胜之子刘贞，汉武时封涿鹿亭侯，后坐酎金失侯，因此遗这一支在涿县。玄德祖刘雄，父刘弘。弘曾举孝廉，亦尝作吏，早丧。玄德幼孤，事母至孝；家贫，贩屦织席为业。家住本县楼桑村。其家之东南，有一大桑树，高五丈余，遥望之，童童如车盖。相者云："此家必出贵人。"玄德幼时，与乡中小儿戏于树下，曰："我为天子，当乘此车盖。"叔父刘元起奇其言，曰："此儿非常人也！"因见玄德家贫，常资给之。年十五岁，母使游学，尝师事郑玄、卢植，与公孙瓒等为友。

及刘焉发榜招军时，玄德年已二十八岁矣。当日见了榜文，慨然长叹。随后一人厉声言曰:"大丈夫不与国家出力,何故长叹?"玄德回视其人,身长八尺,豹头环眼,燕颔虎须,声若巨雷,势如奔马。玄德见他形貌异常,问其姓名。其人曰:"某姓张名飞,字翼德。世居涿郡,颇有庄田,卖酒屠猪,专好结交天下豪杰。恰才见公看榜而叹,故此相问。"玄德曰:"我本汉室宗亲,姓刘,名备。今闻黄巾倡乱,有志欲破贼安民,恨力不能,故长叹耳。"飞曰:"吾颇有资财,当招募乡勇,与公同举大事,如何?"玄德甚喜,遂与同入村店中饮酒。正饮间,见一大汉,推着一辆车子,到店门首歇了,入店坐下,便唤酒保:"快斟酒来吃,我待赶入城去投军。"玄德看其人:身长九尺,髯长二尺;面如重枣,唇若涂脂;丹凤眼,卧蚕眉,相貌堂堂,威风凛凛。玄德就邀他同坐,叩其姓名。其人曰:"吾姓关名羽,字长生,后改云长,河东解良人也。因本处势豪倚势凌人,被吾杀了,逃难江湖,五六年矣。今闻此处招军破贼,特来应募。"玄德遂以己志告之,云长大喜。同到张飞庄上,共议大事。飞曰:"吾庄后有一桃园,花开正盛;明日当于园中祭告天地,我三人结为兄弟,协力同心,然后可图大事。"玄德、云长齐声应曰:"如此甚好。"

次日,于桃园中,备下乌牛白马祭礼等项,三人焚香再拜而说誓曰:"念刘备、关羽、张飞,虽然异姓,既结为兄弟,则同心协力,救困扶危;上报国家,下安黎庶。不求同年同月同日生,只愿同年同月同日死。皇天后土,实鉴此心,背义忘恩,天人共戮!"誓毕,拜玄德为兄,关羽次之,张飞为弟。

朋友对您说

生死之交,肝胆相照,患难与共,生死相依。"上报国家,下安黎庶。"

管仲和鲍叔牙的莫逆之交

管仲和鲍叔牙都是生活在 2650 多年前春秋时期的齐国人,也都是当时齐国著名的政治家,他俩年轻时就成为好朋友,后来他们一起经历了许多的风风雨雨。

一、管鲍分金

管仲二十来岁时就结识了鲍叔牙,起初二人合伙做点买卖,因为管仲家境贫寒就出资少些,鲍叔牙出资多些。生意做得还不错,可是有人发现管仲用挣的钱先还了自己欠的一些债。

这可把鲍叔牙手下的人气坏了,有个人对鲍叔牙说,他出资少,平时他开销又大,年底还照样和您平分效益,显然他是个十分贪财的人,要我是管仲的话,我一定不会厚着脸皮接受这些钱的。鲍叔牙斥责他手下道:你们满脑子里装的都是钱,就没发现管仲的家里十分困难吗?他比我更需要钱,我和他合伙做生意就是想要帮

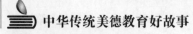
帮他，我情愿这样做，此事你们以后不要再提了。

二、一起充军

后来这哥俩又一起充了军，二人更是相依为命。有一次齐国和邻国开战，双方军队展开了一场大厮杀，冲锋的时候管仲总是躲在最后，跑得很慢，而退兵的时候，管仲却跟飞一样地奔跑。当兵的都耻笑他，说他贪生怕死，领兵的想杀一儆百拿管仲的头吓唬那些贪生怕死的士兵。

关键时刻又是鲍叔牙站了出来替管仲辩护道：管仲的为人我是最了解不过了，他家有80多岁的老母亲无人照顾，他不能不忍辱含羞地活着以尽孝道。管仲听了鲍叔牙的这番话，感动得流下了热泪，他哭诉道：生我的是父母，而了解我管仲的，唯有鲍叔牙啊！过了两年多，管仲的老母病逝，他心中没了牵挂，这才铁下心来为齐国效命，果然是比谁都作战英勇，很快就得到了提拔重用。

三、各为其主

后来齐襄公的弟弟公子纠发现管仲是个人才，便要他当了自己的谋士，也就是参谋长一类的官吧。而鲍叔牙呢，也偏偏被齐襄公的另一个弟弟公子小白看中，拜其为军师。两个好朋友各自辅助一个公子，干得很卖力气。可是好景不长，昏庸的齐襄公总是疑心他两个同父异母的弟弟要篡夺他的王位。就让手下的人找机会干掉公子纠和公子小白。这两个公子听到了风声，公子纠带着管仲就跑到了鲁国的姥姥家去了，公子小白也跟着学，他带着鲍叔牙也跑到了莒国的姥姥家避难去了。

公元前686年的冬天，暴虐的齐襄公被手下的将士杀死，他的一个弟弟公孙无知被立为齐国君王。这个人当了君王没几个月，也被手下大臣给杀掉了，齐国当时是一片混乱。流亡在莒国的公子小白和寄居在鲁国的公子纠得到消息后，都觉得自己继承王位的机会来了，急忙打点行装，要回国争夺王位。

四、阵前对垒

管仲作为公子纠的军师及时提醒他的主子：公子小白所在的莒国离齐国很近，如果他先我们一步回到齐国，我们就没戏了，我看还是我先带一队人马去拦截公子小白，让鲁国派大将曹沫带另一队人马护送您回国。公子纠笑答：好主意！当管仲带人马赶到莒国和齐国的交界处，正碰上鲍叔牙带领一队莒国人马护送公子小白飞驰而来。管仲上前拦住去路，他说：你不好好在姥姥家待着，要干啥去呀？公子小白说：我回国办丧事去啊！管仲说：您的哥哥公子纠已经回到齐国操办此事了，我看您还是返回莒国好好待着吧！

鲍叔牙虽然和管仲平日有手足之情，但现在是各为其主啊！他瞪着眼睛呵斥管仲：我们公子回国有自己的事情，你管得着吗？再说你扯的瞎话也瞒不了我鲍叔牙吧？如果公子纠真的回到了齐国，那你干嘛带人来拦截我的主公呢？管仲谎言被揭，脸色通红，一时无言以对。鲍叔牙不敢耽搁，命令部队火速前进，管仲见状急得要命，要是拦不住公子小白，自己还有啥脸面再见公子纠啊，于是他心一横，搭弓取箭，朝着车上的公子小白用力射去，小白大叫一声，栽倒在车上，管仲见大功告成，便带着人马飞逃而去。没想到管仲这一箭恰好射在公子小白的带钩上，一点没伤到人，但他知道管仲的箭法厉害，要是再补上一箭他就没了，于是他才大叫一声装死倒在车里。见管仲跑了，他才长长地出了一口气，鲍叔牙见公子小白平安无事，大喜！立刻命部队抄小路向齐都全力疾驰。

五、顽抗到底

管仲自以为射死了公子小白，就不慌不忙地护送公子纠向齐国进发，结果到齐、鲁边界的时候，一个齐国的使者拦住了他们的车马，使者说：我奉齐国新君王公子小白之命，前来通知鲁国，请你们不必送公子纠回国了。管仲一听，才知道自己没把事情办好，上了公子小白和鲍叔牙的当。于是一气之下把齐国使者给杀了，公子纠更是什么也不顾了，命令大将曹沫率领仅有的五百多鲁国士兵去跟齐国拼命。于是齐、鲁两国就开了战，鲁国本来就是个小国，兵马少，又是到人家齐国门口来打仗，哪有不败的道理呀！辛亏大将曹沫很勇敢，保护公子纠和管仲逃回了鲁国。公子小白在鲍叔牙的帮助下登上了齐国君王的宝座后，称为齐桓公，后来成为春秋时期五位霸主之首，这是后话暂且不表。只说他上台后的第一件事就是要清除后患，把他的兄弟公子纠干掉！于是他命令鲍叔牙领兵三十万去攻打鲁国，那时齐国很强大，小小的鲁国为了公子纠这么个破外甥被迫应战，结果连连败北，鲁国君王见顶不住了，就派人和齐国讲和，鲍叔牙提出了两个条件：一是要鲁国把公子纠杀了，二是把管仲交给齐国，不然的话绝不退兵。鲁庄公没别的法子，只好照办。把公子纠的人头和管仲一起交给了齐国。

六、举贤重德

鲍叔牙帮公子小白登上王位又帮他杀了公子纠，齐桓公感念他的忠心和所立的大功，要任命他做国相，没想到鲍叔牙死活不肯接受，他说：以前我帮君王做了些事情，那全是凭我对您的忠心而竭尽全力的，现在您要把国相这么重要的职务交给我，这绝不仅仅凭我的忠心就可以做好的，您该找个比我更有才能的人才行啊！齐桓公说：在我手下的大臣中，还没发现比你更出众的人才呢！鲍叔牙说：我举荐一个人保证能帮您成就一番霸业！齐桓公急忙问他：这个人是谁呢？鲍叔牙笑着说：此人就是我的老友——管仲，我把他从鲁国要回来，就是要他帮您的！齐桓公一听就火了，他拍案而起！说：这小子拿箭射过我，这一箭之仇我还没报呢，你反而让我来重用他？我不把他杀了就不错了！鲍叔牙恳切地说：管仲不顾一切地为公子纠卖命，用箭来射杀您，这不正好说明他对他的主子是一个非常讲忠义的人吗？各为其主是起码的做人准则，他当时那样做没什么不对的，现在要治国了，若论才华，他远远超过我鲍叔牙啊！您要成就霸业，非得到管仲的辅佐不成。您现在不计前嫌地重用他，他唯一的出路就是死心塌地地为您卖命啊！齐桓公是个很有肚量的人，为了齐国的利益，他还是听了鲍叔牙的劝说，断然弃忘前嫌，拜了管仲为国相。

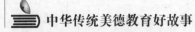
七、成就霸业

管仲很感激好友鲍叔牙，更对齐桓公的大度和睿智所折服，决心鞠躬尽瘁、竭尽全力报效齐桓公，他积极改革内政，发展经济，重新给农民划分土地，由于他从小经商，也很重视和其他国家通商和发展手工业。他还对国家常设的军队实行严格的训练和管理，使之成为战斗力很强的一支军队。由于管仲的改革，齐国在几年内就兴盛起来，获得了"九合诸侯，一匡天下"的地位，成就了齐桓公的霸业。

有趣的是，有一次齐桓公和管仲探讨下任国相的问题，齐桓公问：假如你要是死了，谁接任你的国相为好呢？管仲说出了一个人名，齐桓公又问：那么第二人选呢？管仲就又说了一个人的名字，齐桓公又问：那么第三人选呢？管仲就又说出了一个人名。齐桓公很不高兴地再次问：那么第四人选呢？管仲说：那就是鲍叔牙了！齐桓公说：我真的很奇怪，鲍叔牙对你那么好，听说以前你们一起做生意，他也老让着你，你上了公子纠的贼船，还射过我一箭，要不是鲍叔牙说情，我早就把你杀了，后来鲍叔牙又在我面前积极推荐你为国相，怎么现在请你推荐下任国相的人选时，你竟然把鲍叔牙放在第四人选的位置上呢？你对得起人家鲍叔牙吗？管仲说：我们现在是在谈论谁做下任国相最合适的问题，您并没有问谁是我最感激、最要好的朋友呀！我们的私交很好，但国家利益高于一切嘛！

朋友对您说

朋友情谊无关身份与利益，无关权势与目的。真正的朋友，是精神上的平等与互助。

割袍断义

割席断交和割袍断义是出自同一个典故：管宁好学，结交了几个后来很著名的学友，一个叫华歆，一个叫邴原，三个人很要好，又很出色，所以当时的人把他们比为一条龙，华歆是龙头，邴原是龙腹，管宁是龙尾，他们最尊敬的大学者是当时著名的陈仲弓，陈仲弓的学识行为成了他们的追求目标。但是，龙头华歆和龙尾管宁之间，曾发生过一件著名的绝交事件，后人称之为"管宁割席"，这是出于《世说新语》记载。

当时，他们求学的时候，常常是一边读书，一边劳动，正是所谓的知行合一，并不是一味的书呆子。有一天，华歆管宁两个，在园中锄菜，说来也巧了，菜地里头竟有一块前人埋藏的黄金，锄着锄着，黄金就被管宁的锄头翻腾出来了。金子谁不喜欢呀！但是华歆管宁他们平时读书养性，就是要摒除人性中的贪念，见了意外的财物不能动心，平时也以此相标榜。所以这时候，管宁见了黄金，就把它当作了砖石土块对待，用锄头一拨就扔到一边了。

华歆在后边锄，过了一刻也见了，明知道这东西不该拿，但心里头不忍，还是拿起来看了看才扔掉。这件事说明，华歆的修为和管宁比要差着一截。过了几天，两人正在屋里读书，外头的街上有达官贵人经过，乘着华丽的车马，敲锣打鼓的，很热闹。管宁还是和没听见一样，继续认真读他的书。华歆却坐不住了，跑到门口观看，对这达官的威仪艳羡不已。车马过去之后，华歆回到屋里，管宁却拿了一把刀子，将两人同坐的席子从中间割开，说："你呀，不配再做我的朋友啦!"后世的所谓割袍断义，划地绝交，就是从这里来的。

朋友对您说

朋友之间需要宽容，但是宽容并非一味地姑息、迁就，而应视其性质和程度，有理有据有节地区别对待。宽容有度，莫把宽容当纵容。

率义之为勇

鲁哀公十六年（公元前479年），楚国的两位大臣子西和叶公在是否任用太子（在郑国避难时被杀害）的儿子胜时发生了争执。

子西认为胜好结交侠士，有诺必行，可以让他守卫边疆；叶公则认为胜的讲信用和勇敢是不顾道义的，并不是真正的勇敢，反对重用他，还讲了一番"符合仁爱叫作信用，遵循道义叫作勇敢"的大道理，试图说服子西。

子西还是不听叶公的劝说，起用了胜，委以重任。后来，胜发动政变，杀了子西一家。最后叶公平定了这场叛乱，胜兵败后逃到山上，自缢而死。

朋友对您说

叶公的观点和这个历史故事，说明"勇"一定要以"仁义"为基础，否则就会为私利而作乱，危及社会。

大勇与小勇：秦武王之死

秦武王是秦始皇的曾祖伯，年少时就出类拔萃，随其父惠文王出征，因战功卓著成为军中的偶像。公元前311年，十九岁的武王即位。第二年，武王亲征，迅速平息了蜀地的分裂叛乱。因秦在偏远西地，政治上被边缘化。为谋取地缘优势，公元前308年，秦军进击千里，夺取韩国重镇宜阳，让周都洛阳门户洞开。周天子无力抵御，只好出迎武王。由此，武王实现了"驾车游历周王畿，亲睹天子重器九鼎"的梦想。

但不久就出了事儿：

在周王室太庙，武王果然见到了商周镇国重器九鼎。九鼎之中，有一鼎的腹部刻有"雍"字。武王指着"雍"字鼎说："这个鼎是在秦地造的，我要把它带回咸阳。"几个军士搬弄了好久，雍鼎纹丝不动。武王转而问身边勇士任鄙："你搬得起这个鼎么？"任鄙答："鼎重千钧，我不行！"勇士孟说是个热血青年，自告奋勇说："我行！"然后，袖子一卷，抓住鼎耳，大喝一声："起！"，但雍鼎仅离起地面不到半尺，又很快落回原地。而此时，孟说已眼珠迸出，鲜血直流。

"看我的！"武王说着，束紧腰带、卷起长袖，大步向前。任鄙赶紧上前拦阻："大王乃万乘之躯，不可轻易尝试！"武王很不高兴，心想"你没本事，还妒忌我？"于是，大声吼道："到一边去。没有本王想做而做不成的事！"说完，猛吸一口气，抓住鼎耳，同样大喝一声："起！"果然，雍鼎被武王抓离地面，接着又举过头顶。"孟说只能稍稍搬动，我若不举着它走几步，怎能显现出我的王威！"武王心里这么想着，然后迈开了步子。就在这时，武王身体突然一偏失去了平衡，雍鼎从手中突然滑落，重重砸在武王的右腿上，当即将右腿胫骨压得粉碎。

《史记·秦本纪》记载了这件事，说："王与孟说举鼎，绝膑。八月，武王死"。也就是说："武王与勇士孟说举重比赛，结果武王赢了，但受了重伤，不久因伤而亡。"唉！虽然赢了这场比赛，但武王付出的代价也太大了。一代英豪就这么个死法，真是窝囊透顶！这一年，意气风发的秦武王才二十三岁。

朋友对您说

《孟子·梁惠王下》记载了齐宣王与孟子的一段对话：宣王说自己有"逞强好勇"的毛病。孟子回答说：血气之怒、匹夫之勇，是小勇；周文王、周武王以匡扶正义、安抚天下为己任，是大勇。小勇敌一人，大勇安天下。大儒朱熹在《四书章句集注·卷二》中对孟子的这一论断有很精辟的注释："小勇，血气所为；大勇，义理所发。"秦武王有大勇，年纪轻轻就有所作为。武王在位虽然只有短短的四年，其雄心壮志却不逊于任何一代有作为的秦国先君。可惜，秦武王也只有小勇——正处建功立业黄金时期的他，却因逞一时之强、争一回之胜，不仅断送了自己的身家性命，也许，还让秦国一统天下的大业推迟了好几十年。

刘备撤军扶老携幼

《三国演义》第四十一回中，当曹操以大兵压境时，刘备从樊城、新野两处撤军，做战略转移，两县的百姓有几十万人追随，扶老携幼，哭声震天。这时众将劝刘备丢弃百姓，轻装疾进，刘备哭着说："今人归我，奈何弃之？"当看见老百姓因为他而生死未卜时更是大哭曰："十数万生灵，皆因恋我，遭此大难；诸将及老小，皆不知存亡，虽土木之人，宁不悲乎！"他的这一举动使周围的百姓和士兵无不感动得流泪。就这样，他甘愿打一个大败仗，也要尽量保全其百姓。他用自己的失败制造了英雄落难的悲剧效果，使人产生心灵的震颤，愈加显示出他的大仁大义，从而一举抓住了乱世百姓之心。

朋友对您说

领导者的品德素质蕴藏着巨大的能量，直接影响和制约着人的心理和行为，具有极大的现实能动性，能够直接导致或产生重大的现实结果。大仁大义之人自然就会赢得人们的信任，进而拥有更多的追随者。

关羽千里走单骑

关羽是有名的忠义之士及战将。

关羽为照顾落于曹操之手的刘备的二位夫人假投降于曹操。

曹操非常欣赏关羽，用各种方式感化关羽欲使之真正投降于自己。

曹操身边大谋士程昱深知关羽不可收服，曹操这种仁义势必养虎为患，因此召集曹操手下一批大将，瞒着曹操先下手为强，欲斩草除根以绝后患！关羽既要应付曹操的仁义攻势，又要对付程昱派出来的各种谋杀行动。关羽凭着一个人的智、谋、勇与他们周旋。

关羽不能收服，但曹操又不想背负一个杀"义"的骂名，于是，暗中布下了五关。关羽匹马单刀，身边带二位女眷，面临残酷无情的关卡，展开了过五关斩六将的传奇征程……

朋友对您说

"义"在关羽身上可谓体现得淋漓尽致，对人，对国都保持着人生的准则，中国人把关羽称为"武圣"，不仅仅是他拥有高超的武艺，更多的是他的忠义的榜样作用。

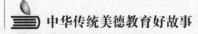
陈宫大义保母子

陈宫是三国时的名将，字公台，性情刚烈不屈，年轻时就密切结交各地知名人士。天下大乱以后，陈宫开始追随曹操，后来发现他并不值得自己追随，就又投靠了吕布。他为吕布出谋划策，但吕布常常不予采纳。

建安三年下邳之战，曹操将吕布和陈宫抓获。曹操一一召见他们，问他们有什么要求，吕布请求活命。曹操召见陈宫时说："平时你自认为足智多谋，今天为什么会落到这个下场呢？"

陈宫回头指着吕布说："他太自以为是了，经常不采纳我的意见，才使我们落到今天这个下场。如果他听从我的劝告，不一定会被你捉住。"

曹操笑着说："今天的事你说该怎么办呢？"

"我做儿子不孝，做臣子不忠，死是咎由自取。"

"事到如今，你的老母亲该怎么办呢？"曹操说。

"我听说要用孝道治理天下的人不会杀害当事者的父母，我的老母能不能活在世上，完全取决于您。"

曹操又说："你的妻子儿女又该怎么办？"

"我听说要以仁政治天下的人不会杀害当事人的妻儿，他们能不能存活，也取决您一人。请将我推出去斩首，以此严明军法吧。"说着就自己就走了出去。曹操哭着为他送行，陈宫大义凛然地走向刑场。

陈宫死后，曹操把陈宫的母亲请来，为她养老送终，并抚养陈宫的妻子儿女。

 朋友对您说

大义的人会受到别人的敬重，同时也会恩及他的亲人。

大公无私

春秋时，晋平公有一次问祁黄羊说："南阳县缺个县长，你看，应该派谁去当比较合适呢？"

祁黄羊毫不迟疑地回答说："叫解狐去，最合适了。他一定能够胜任的！"

平公惊奇地又问他："解狐不是你的仇人吗？你为什么还要推荐他呢！"

祁黄羊说："你只问我什么人能够胜任，谁最合适；你并没有问我解狐是不是我的仇人呀！"

于是，平公就派解狐到南阳县去上任了。解狐到任后。替那里的人办了不少好事，大家都称颂他。

过了一些日子，平公又问祁黄羊说："现在朝廷里缺少一个法官。你看，谁能胜任这个职位呢？"

祁黄羊说："祁午能够胜任的。"

平公又奇怪起来了，问道："祁午不是你的儿子吗？你怎么推荐你的儿子，不怕别人讲闲话吗？"

祁黄羊说："你只问我谁可以胜任，所以我推荐了他；你并没问我祁午是不是我的儿子呀！"

平公就派了祁午去做法官。祁午当上了法官，替人们办了许多好事，很受人们的欢迎与爱戴。

朋友对您说

祁黄羊推荐人，完全是以德才做标准，不因为他是自己的仇人，存心偏见，便不推荐他；也不因为他是自己的儿子，怕人议论，便不推荐。既不任人唯亲，又能做到举贤不避亲，像祁黄羊这样的人，才够得上说"大公无私"！

贫贱不能移　富贵不能淫

范仲淹先生当初在一座寺庙的房间里读书，偶然的机会发现了一堆金子。他当时还很穷，我们常说的饘粥饭口，煮了一锅粥，煮完之后让它自然凝固，就黏在一起变成一大团，再用刀切开，一餐吃一块。在如此穷困的状况之下，发现了一堆金子会如何处置？完全不为所动，把它埋好。

后来，这个佛寺知道他已经功成名就，就去找他化缘。范仲淹就把埋金子的地方告诉了寺庙。

朋友对您说

一个人还没有名、没有利的时候，他对名利都能够不为所动，这是读书人真正的功夫。所谓"贫贱不能移，富贵不能淫"。他有这样的功夫，才能在如此复杂的官场中，"百花丛中过，片叶不沾身"。

大义的徐霞客之母

　　徐霞客是明代伟大的地理学家、文学家、史学家。徐霞客不喜官场仕途，把整个生命都寄置于山水之中。他自助游历考察了今天的北京、天津、河北、河南、江苏、上海、浙江、山东、山西、陕西、安徽、湖北、湖南、江西、福建、广东、广西、贵州、云南等地，足迹遍布五湖四海。在考察途中徐霞客将亲眼所见以及自己的学术思考用优美的文笔以日记的形式记录下来，为世人留下了一部宝贵的著作。徐霞客本人被誉为"千古奇人"，而《徐霞客游记》一书则被誉为"千古奇书"。

　　受耕读世家的文化熏陶，徐霞客幼年好学，博览群书。他尤其钟情于地经图志，少年即立下了"大丈夫当朝游碧海而暮苍梧"的旅行大志。十九岁那年，他的父亲去世了。他很想外出去寻访名山大川，但是按照封建社会的道德规范"父母在，不远游"，徐霞客因有老母在堂，所以没有准备马上出游。他的母亲是个读书识字、明白事理的女人，她鼓励儿子说："身为男子汉大丈夫，应当志在四方。你出外游历去吧！到天地间去舒展胸怀，广增见识。怎么能因为我在，就像篱笆里的小鸡，套在车辕上的小马，留在家园，无所作为呢？"徐霞客听了这番话，非常激动，才决心去远游。

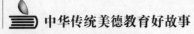

朋友对您说

　　正是母亲的理解和支持，徐霞客才能够大胆放心地走上追求自己人生理想的道路。放手让自己的孩子学习他们感兴趣的知识，放手让他们做他们应该做的事情，放手让他们学会如何从挫折中重新站起来，放手让他们学会独立，学会做人的道理，养成自强不息的人生态度……

汤捕鸟网开三面

　　夏朝末年，国王夏桀荒淫残暴，整日只知道吃喝玩乐，恣意搜刮老百姓的钱财，又连年征战，并用残酷的刑法镇压人民的反抗，致使百姓生活在水深火热之中，人们都希望夏桀早一天死去。

　　谁能带领人民来推翻夏桀的统治呢？商汤勇敢地担起了这个重任。商族是居住在我国北方的一支古老的民族，汤是商族始祖的第十四代孙。汤目睹了夏桀日益失去民心，而商族的势力又一天天地强大。于是，他便决心从北方南下推翻夏王朝，救人民于水火。

商汤是一位仁慈善良、爱惜百姓的首领。他深知要推翻夏桀的政权不能单靠武力，首先要争取民心，使天下的百姓都乐意归附，天下的有才能者都能辅佐他。一天，汤到郊外出游，看见一个人从四面架起网，然后便向天祷告说："愿来自天下四方的飞鸟，都落入我的网中！"这时，正在天空自由自在飞行的小鸟们，不知不觉进入了捕鸟人的网中。小鸟们左冲右突怎么也冲不出去，不时发出"啾，啾"的哀婉啼叫声。汤看到这种情景，心里很有感触，便上前对捕鸟的人说："喂！你这样捕鸟会把天下的飞鸟都捕尽的。"汤命令手下的人撤去三面网，只留下一面网，然后向上天祷告说："想从左面飞去的鸟，就从左面飞走吧！想从右面飞去的鸟，就从右面飞走吧！那些乱飞的鸟，只好进入我的网中了。"商汤网开三面的故事很快便在夏桀统治下的各国传开了，人们都说："汤的德行太高尚，连对禽兽都有一副仁慈的心肠，更何况对于百姓呢！"从此，各诸侯国的人都企盼商汤能够早日成为自己的君王。

不久，商汤开始准备征讨夏桀，他先将矛头指向葛国。葛国是汤的邻国，国君的行为很不检点，甚至不祭祀祖先。汤知道后派人责问葛国国君："你为什么不祭祀祖先？"葛国国君葛伯回答说："没有祭祀用的牛羊啊。"汤便派人送去牛羊，可葛伯却把牛羊宰杀吃肉，还是不祭祀先祖。汤又派人问道："你为什么还不祭祀？"葛伯说："没有祭祀用的粟米。"汤又派民众前往葛国为葛伯种田，还向老人和小孩赠送食物。这时，葛伯率人乘机抢夺酒食粟米，谁不给就把谁杀掉。于是，商汤出兵讨伐葛伯，这事在当时影响很大，各诸侯国的人都说："商汤讨伐葛伯，不是为了有一天能够富有天下，而是为了给百姓报仇。"商汤讨伐葛伯得到了各国人民的拥护，这为他推翻夏桀的正义战争开创了十分有利的形势。

商汤从起兵伐葛到最终推翻夏桀王朝，先后共进行了十一次征战。当商汤率兵从东面征伐夏桀的时候，夏桀西面属国的人民就有怨言；从南面征伐夏桀的时候，北面的人民也有怨言。他们都说："汤为什么不先来讨伐我国的昏君，却把我们排在后面？"各诸侯国人民盼望商汤的到来，就像久旱盼甘霖。商汤的军队纪律严明，凡是商汤讨伐夏桀的军队所经过的地方，赶集的人照旧进入市场，锄草的农夫依然在田间耕作，丝毫不受惊扰。商汤讨伐暴君、慰问百姓，犹如旱季降雨，天下百姓无比喜悦。

朋友对您说

商汤捕鸟网开三面的故事，体现出他对当时人民所遭受的苦难非常同情。他向葛国的老人和小孩赠送酒肉粟米，因为无辜的儿童被杀害而讨伐葛国，这使他最终赢得了民心。因此，他的军队所向无敌，终于推翻了夏桀的残暴统治，建立了商王朝。

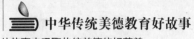

徐母大义

徐庶是三国颖州（今河南许昌）人，字元直。早年与诸葛亮、庞统同为好友，曾投刘表，后投刘备任军师。徐庶投奔刘备的时候，正值刘备孤军落难之际，兵不过千，城仅新野一座，将只有关羽、张飞、赵云、关平、周仓等人。徐庶作了刘备的军师后，大展才华，在数月间连施妙计，杀吕旷，斩吕翔，大破八门金锁阵，败曹仁取樊城，刘备的士气军心为之一振，曹操的嚣张气焰为之一寒。曹操的谋士程昱对曹操说：徐庶的才能比他程昱要高出十倍。但令人惋惜的是，就在徐庶越战越勇时，他不得不急流勇退。在三国初期这谋臣智士纵横捭阖的较量场上，就失去了一位极其重要的军事家，失去了许多可令后人学习和效仿的用兵之法。而令人高兴的是，在徐庶辞别刘备时，向他推荐了诸葛亮，于是有了传诵千古的"三顾茅庐"故事。

徐庶正施展才华的时候，为什么要突然离开刘备？都是因为曹操的谋士程昱。徐庶是有名的孝子。当曹操听谋士程昱说徐庶在为刘备出谋划策时，就想纳为己用。程昱教曹操把徐庶的老母骗至许昌，请徐母写信召唤徐庶。没想到徐母是忠奸分明、深晓大义的老人，徐母识破曹操的奸计，坚决不从。程昱就进一步献计，伪造徐母一封信，招引徐庶。徐庶是个孝子，收到这封假信后，只得辞别刘备投曹。徐庶临别刘备时，二人洒泪相别，徐庶指心对刘备说："本欲与将军共图王霸之业者，以此方寸之地也。今已失老母，方寸乱矣，无益于事，请从此别。"玄德哭着说："元直去矣！吾将奈何？"徐庶推荐了诸葛亮，说："此人不可屈致，使君可亲往求之。若得此人，无异周得吕望、汉得张良也。"

徐庶被一封假造的书信轻易骗到了许昌，此举使深明大义的母亲痛极而自尽，造成了徐庶终生的遗憾，他因此痛恨曹操，曹操也只落得一场空欢喜，得到的是一位终生不为其设一计的旁观者。老母亲为自己的愚蠢而含恨九泉，心灰意冷的徐庶，不由地仰天长叹："我徐某，报国有心，却无力回天；不忠、不孝，枉为人臣。"

朋友对您说

在那个时代，曹操名为汉相，是仕途正宗，但是徐母却能够区分奸伪，认为儿子投奔曹操是明珠暗投，足见这位母亲的大德高义。

执法以公，居心以仁

孔子的弟子高柴，字季羔，也叫子羔，憨直忠厚，在春秋时期，担任卫国的刑官，为官清廉，执法公平。

有一次，有一个人犯了法，季羔按刑法，下令砍掉了他的脚。

不久，卫国里发生了卫灵公之子蒯聩称兵作乱之事，季羔因此逃了出来。当季羔逃到了城门口时，竟发现守城门的人，恰是那位被他砍掉脚的人。这位守城人，一看是季羔，不但没有借机抓他，反告诉季羔说："那边有一个缺口，可以跳出城去。"季羔答道：君子是不会去踰越围墙的。守城人停了一下，想了想，又告诉季羔说："在那边有一个小洞，也可以爬出城外。"季羔又答道：君子是不会从洞里钻着出去的。

搜捕的人眼看着就要到了，危急之下，守城的人左右看看，马上告诉季羔说：这有一间房子，先生您或许可以先藏一下。于是季羔就躲进了房子里。

过了不久，追捕的人停止了搜索，季羔也得以安全了。当季羔正准备从那里离开时，心中感谢守城的人，对他说道：我不能违背法令，亲自下令砍了你的脚，如今我在危难之中，这正是你报仇的好时机，你反而三次让我找机会逃走，这是为什么呢？

守城人说：你砍了我的脚，是因为我犯了罪，这是无可奈何之事。可那时，您按法令来治我的罪，叫行刑的人先砍别人的，再砍我的，是希望我能得到机会侥幸赦免啊！我知道案情已经查明，罪行也已判定了，可等到要宣判定刑的时候，您那忧愁的样子，都显现在了脸上，我是看在眼里的，难道您对我有什么偏爱吗？上天诞生了一个有道德修养的人，本来就应该如此啊，这便是我敬重您的原因。

孔子听说了此事，不免赞叹道：季羔真是善于为吏啊，同样是执行法令，思想着仁爱宽恕就可以树立恩德，若加以严酷暴虐就要结成仇怨。秉公办事，仁爱存心，这是子羔的做法啊！

朋友对您说

主张"秉公执法"是为官者（尤其是司法官）的基本品质与必要条件之一。与此同时，司法官员还应当怀一颗仁义宽恕之心，以身作则，推行道德教化，使民众能够通过遵循"礼"的规范与调整，进而服从"法"的裁决与权威，最终实现整个国家与社会的良好治理。

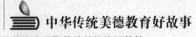
诤谏之益

孔夫子有一次对弟子们教导说道：

好药尝起来虽然苦，它却有利于治病；诚恳的规劝，听起来虽然不悦耳，却能帮助我们改正错误。商汤、周武王因为有忠诚又敢于劝谏的臣子，使得国家更加昌盛；夏桀、商纣不能听受善言，又有盲目恭顺的臣下，便加速了它的灭亡。

如果说，君主没有正直善谏的忠臣，父亲没有至诚规劝的儿子，哥哥没有劝谏的弟弟，个人没有敢于规过的朋友，而能够一生不犯错误，是从来没有的。

所以说：君主有过失时，臣下能够补救；父亲有过失时，儿子能够补救；哥哥有了过失，弟弟可以补救；而自己有了错误，朋友便能帮助我们及时纠正。

这样，国家便不会有危亡的迹象，家庭也不会有悖乱的丑闻，父子兄弟间不会失去礼节，能够保持着伦常的大道，而朋友之间的友谊，也得以永恒地保持了。

朋友对您说

良药苦口，忠言逆耳，当亲人、朋友，或是领导、下属，愿意给我们真诚的规劝时，我们能否接受并改正？劝谏之时，也须注意场合，也应至诚恳切，不可不留余地。这样，当受谏者感受到劝谏者对自己的真诚时，能够更好地帮助他接受劝谏，加以改正，免致他做出无法弥补的错事而有所遗憾。

卜式重义轻财

卜式是西汉时期著名的贤士，他对自己的弟弟很友好，照顾得很周到，又慷慨为国捐献家产。大家都说他是个重亲情、不爱财、一心为国的君子。

卜式以牧羊为业。父母去世后，兄弟俩分家，卜式把家中的财产都让给了弟弟，自己只要了一百多头羊。他很会养羊，又善于理财，十年之后，羊群已繁殖到千余头，他买了房屋，又置办了土地，成为当地很有名的富户。而这时弟弟因经营不善而破产，卜式于是把自己的财产分了一半给弟弟。

当时，汉朝与匈奴连年作战，耗费了大量的钱财，国库空虚，卜式为此忧心忡忡。他给汉武帝写了封信，表示愿意献出自己的一半家产，作为边防军费开支，也算是他尽了一点爱国之心。

尽管有些豪富嘲弄挖苦他，说他傻，但他仍旧勤勤恳恳地牧羊、劳作，赈济穷人，还专门派人带着钱去边关地带救助因战祸而逃荒的难民，又捐出二十万钱交给河南太守帮助边地移民。在卜式的带动下，不少富户也都出钱、出粮，资助朝廷府库。

在当时天下豪富争相藏财产，害怕国家征用的情况下，卜式多次向国家捐资的行动终于让汉武帝知道了。汉武帝说："像卜式这样一心为国的人太少了。要是大家都学他的样子，天下还愁不能大治吗？"他下诏书给卜式很多奖赏，卜式又把这些奖赏全都交给官府。汉武帝下诏书拜卜式为中郎官，但卜式不愿为官，而是来到京城的郊外，每天穿着布衣草鞋在山野牧羊。仅一年多时间，卜式养的羊又繁殖了很多，既肥又壮。汉武帝很赞赏他的放牧才能，卜式说："不但放羊如此，治理民众也是这样，使民定时起居，对于那些不良的人要立即清除，决不能让其败群。"武帝一再赞赏他重义轻财的品行，还从中悟出了一些治国平天下的大道理。

朋友对您说

　　卜式是个具有管理经营天才的人，经营畜牧业给他带来了财富，但他并不贪财爱财，乐于无偿给予他人帮助。在国家危难之际，能够深明大义，令人敬佩。我们每个人也应该尽我们所能，主动为国分忧。

终身托付

春秋战国时期的齐国，有一位著名的贤相，他就是大名鼎鼎的晏婴。齐景公有一位女儿，景公很喜爱她。看到晏婴有才能，想把女儿嫁给他。为此齐景公特地跑到晏婴家里面来拜访，君臣开怀畅饮。席间，晏婴的妻子也不时地忙碌地招待客人，景公看到了她，就问晏婴："那位就是你的妻子吗？"晏婴不知底里，就如实回答说："是的，她就是我的妻子。"景公听了叹了口气说："唉，怎么又老又丑啊！我有一个女儿，年少而且貌美，请允许我把她嫁过来做您的妻室怎么样？"听了这话，晏婴放下筷子，起身立刻离开了自己的席位，恭敬庄重地回答景公说："我的妻子是年纪大了，人也不漂亮，但我已经和她生活了很长时间。女人年轻的时候嫁给你，就将自己的一生托付给你了。我的妻子在年轻的时候把终身托付给我，不在乎我身贵身贱，个高个矮，而我也接受了。现在大王要把女儿嫁给我，这是何等的荣幸，但是作为一个男人，立天地之间，我已经接受了妻子的托付，又怎么能背弃她的托身之情而接纳别人呢？"晏婴身居高位，而不背弃年老貌丑的妻子，他的为人之道和高尚品质为人们所敬仰。

朋友对您说

　　情深义重，富贵不移。

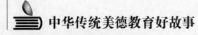

贤达之士不弃妻

东汉初期的名臣宋弘，不仅以清节威德著称于世，在处理夫妻关系上，也称为千古绝音。

宋弘，汉光武帝即位以后，拜为太中大夫。后来又做了大司空，被封为侯。自己将所有的田地租税收入和朝廷给的俸禄，一并用来赡养九族中的人，因而自己虽然官高位显，家中却没有多少财产。

这一年光武帝的姐姐湖阳公主的丈夫死了，她守了寡，光武帝念及姐弟之情，时不时地请她入宫见面、聊天，也想再替姐姐找一个好丈夫。这一天两人坐在一起议论朝中的大臣，汉光武帝便想趁此机会，旁敲侧击地看看姐姐的态度，于是说道："姐姐看我这朝中众臣，谁是真正的贤士？"公主回答说："依我之见，宋弘为人有威望，有道德，其他人无法跟他相比。"这样一来，皇帝明白了姐姐的意思，她是看中了宋弘的人品，就宽慰姐姐说："别急，等我想个办法，慢慢找个机会把这件事办了。"

由于深知宋弘的为人，光武帝为此颇动了一番脑筋。他知道要是让人直接去说媒，而宋弘不同意，这岂不是让姐姐的面子丢尽了，就是自己也不好下台。于是过了几天，他找了个机会召见宋弘，让公主坐在一座屏风后面听他们谈话。上来就论及公主的婚事，恐怕太唐突，所以聪明的汉光武帝就先从民间的谚语开始，向宋弘提问："我听人讲民间有这样的谚语，说一个人当了高官，他过去的旧相识就要被换掉，不再来往了；要是一个人发了大财，有了钱，纳几个妻妾，这也是常情啊！"宋弘听了，明白了一二，他正色回答皇帝的问话说："臣妻虽然浅薄卑陋，但是长久跟随着臣，同过贫贱，共历患难，臣虽不学无术，曾闻古人富贵不易妻的典范，臣愿以古人为法，不忍离弃糟糠之妻，请陛下赐谅开恩。"听了这话，皇帝也就明白了宋弘的想法，更佩服他的为人。

朋友对您说

有义之情才更为持久。古人夫妇情谊的深厚，令人敬佩。

祖逖避难

晋朝的时候，有位读书人叫祖逖。当时国家不太稳定，北方五朝乱华。他不得已就带着好几百户人家，包括他的亲戚和邻居，一起迁徙到淮泗这个地方。因为他从小就很有侠气，很会照顾人，所以一路上所有的这些车马都让给年长的人坐，他自己都是徒步行走。还把家里所有的财物、药品统统拿出来给大家用，就这样一路照顾所有的人。当时晋元帝很敬佩他的德行，所以封给他一个官职。他做官也很好，胸怀雄心壮志，抱着一个信念，一定要把国家失去的疆土再夺回来。果然，在他一生当中，晋朝很多的土地失而复得。

在这次避难的过程当中，祖逖也是时时都为所有人的生活着想，教给他们如何去耕作，如何才会有好的收获。遇到一些骨骸（因为战乱时代，常常会有很多尸骨），祖逖就组织大家把这些骨骸统统埋好，还办了一些祭祀的活动。他的行为令老百姓很感动。

有一次大家在一起吃饭的时候，很多长者在聊天中说："我们年纪都老了，能够遇到祖逖，就好像自己的在世父母一样，我们死而无憾。"

祖逖这种仁义之心，不知道感动了多少平民百姓，所以祖逖去世的时候，所有的人民就好像失去了父母那样的悲痛。

朋友对您说

"义"是超越自我、正视现实、仗义公道的做人态度，义不在正人，而在于正我。义者宜也，是合宜、应该的意思，是作为人，应该遵循的最高道义，应该依归的人间正义。义与仁并用为道德的代表："仁义道德"，"仁至义尽"，"杀身成仁"、"舍生取义"。义成为一种人生观、人生价值观："义不容辞"，"义无反顾"，"见义勇为"，"大义凛然"，"大义灭亲"，"义正词严"。义是人生的责任和奉献，义诊、义演、义卖、义务……至今仍是中国人崇高道德的表现。

士为知己者死

战国时期，齐国都城临淄，天天熙熙攘攘，云集着各地的客商。

一天，在市场一角的屠宰场内，一个赤身露膀、肌肉健壮的彪形大汉，正准备屠宰一头牛。只见他飞起一脚就把那牛踢倒了，紧接着迅速拿起尖刀捅向牛的心窝，牛挣扎了一下就不动了。围观的人连连喝彩。

这位屠夫就是当时有名的勇士聂政。他为人粗放豪爽，很讲义气。因为不慎杀死了人，被迫带着母亲逃到齐国。

在当时的韩国，有个叫严仲子的卿士，与宰相侠累发生了一些矛盾，恐怕遭到杀害，也逃到齐国。在国外，严仲子四处寻访刺客，积蓄力量，准备报仇。一日，有人告诉他，隐居在齐国的聂政是一名勇士，为人仗义，肯为朋友两肋插刀。严仲子听说后，就到聂政家去拜访，但去了几次，都没好意思提出自己的请求。

此后，严仲子经常到聂政那里去，一来二去两人就熟了。聂政觉得严仲子为人豪爽，又讲义气，很乐意与他交往。一天严仲子带着一百两黄金来到聂政家，他把金子放到桌上，然后说："聂兄家里困难，这份薄礼就算我孝敬你家老母，请收下。"

聂政受宠若惊，忙说："使不得，使不得，我与兄萍水相逢，怎能受此厚礼。"

严仲子抓住他的手，非让他收下不可。聂政进一步辩解说："我虽然家贫，但还干着屠夫这个行当，多少挣一点钱，还能养得起母亲。况且母亲平时对我要求很严，这些平白无故而来的钱，无论如何她是不会让我要的。您虽然感到无所谓，可我无功受惠，心里总是不踏实。"

这时严仲子让左右的人退下说："我喜欢那些孝义高行、性情豪放的人，因此云游各国，到处结交一些侠士。我早就听说过您的大名，所以前来拜访。这点小礼，只是为了资助您的衣食之用，没有别的意思。再说，我有过仇人，以后还可能需要您帮忙。"

聂政终于明白了来意，答道："我现在还要供养母亲，老母在，我不敢轻易以身许人。"严仲子一看没办法，只得辞谢而去。

不久，聂政的母亲因病去世了。丧事办完后，聂政独自思量：我只是一个埋没于市井之间的庸碌之徒，毫无德才可言，却能够得到严仲子那样的豪门贵族的厚爱，并且不远千里跑来与我结交。士为知己者死，我一定要尽力报答他对我的知遇之恩。

于是聂政来见严仲子说："过去因为要侍奉老母，没敢轻易答应您所求之事，现在母亲过世了，您有什么仇要报，就请吩咐吧。"

严仲子看到聂政不请自来，很受感动，就说："我的仇人就是韩国宰相侠累，他是国君的叔父，平时护卫众多，防范很严，我虽然多次派人刺杀，但都未能得手。今日蒙聂兄不弃，主动来帮忙，我一定多派一些人帮助你。"

聂政连忙辞谢说："我们要刺杀的是韩国的宰相，并且他还是国君的叔父，这样看来用人不宜过多，人太多，容易被抓住活口，事情肯定要暴露。如果那样，韩国国君就会把你当成仇人，动用全国的兵力来攻打你。"说完就独自一个人出发了。

到了韩国，聂政一个人偷偷混进相府，趁人不注意，把侠累一剑捅死了。听到宰相的惨叫声，府内一片大乱，卫士们纷纷围上来。聂政左冲右突，看到自己实在跑不出去，就先把自己的面目毁坏，然后剖腹自杀了。

国君听说自己的叔父被刺，感到很气愤，下令仔细追查。可聂政把自己的面目毁坏，他人实在无法辨认，国君一点线索也没查到。

朋友对您说

聂政这种"为知己者死"的侠义精神，令人肃然起敬。他为了报答他人的知遇之恩就不惜生命、刚烈永诀，为朋友赴汤蹈火、义无反顾，他们身上体现的古代英雄节义、精神价值，永远让后世感佩仰慕。

约法三章

公元前 206 年，刘邦率领大军攻入关中，到达离秦都咸阳只有几十里路的霸上。子婴在仅当了四十六天的秦王后，向刘邦投降。刘邦进咸阳后，本想住在豪华的王宫里，但他的心腹樊哙和张良告诫他别这样做，免得失掉人心。刘邦接受他们的意见，下令封闭王宫，并留下少数士兵保护王宫和藏有大量财宝的库房，随即还军霸上。为了取得民心，刘邦把关中各县父老、豪杰召集起来，郑重地向他们宣布道："秦朝的严刑苛法，把众位害苦了，应该全部废除。现在我和众位约定，不论是谁，都要遵守三条法律。这三条是：杀人者要处死，伤人者要抵罪，盗窃者也要判罪！"父老、豪杰们都表示拥护约法三章。接着，刘邦又派出大批人员，到各县各乡去宣传约法三章。百姓们听了，都热烈拥护，纷纷取了牛羊酒食来慰劳刘邦的军队。由于坚决执行约法三章，刘邦得到了百姓的信任、拥护和支持，最后取得天下，建立了西汉王朝。

朋友对您说

礼在我国古代是包括法律、道德伦理在内的一个浪宽泛的概念。礼起到维护社会秩序的作用，是安邦定国之根本。因此，《左传·隐公十五年》云："礼，经国家、定社稷、序民人，利后嗣者也。"正因为有"约法三章"，刘邦才能得民心，得天下。

退避三舍

春秋时候，晋献公听信谗言，杀了太子申生，又派人捉拿申生的弟弟重耳。重耳闻讯，逃出了晋国，在外流亡十几年。

经过千辛万苦，重耳来到楚国。楚成王认为重耳日后必有大作为，就以国君之礼相迎，待他如上宾。一天，楚王设宴招待重耳，两人饮酒叙话，气氛十分融洽。忽然楚王问重耳："你若有一天回晋国当上国君，该怎么报答我呢？"重耳略一思索说："美女待从、珍宝丝绸，大王您有的是，珍禽羽毛，象牙兽皮，更是楚地的盛产，晋国哪有什么珍奇物品献给大王呢？"楚王说："公子过谦了。话虽然这么说，可总该对我有所表示吧？"重耳笑笑回答道："要是托您的福，果真能回国当政的话，我愿与贵国友好。假如有一天，晋楚国之间发生战争，我一定命令军队先退避三舍（一舍等于三十里），如果还不能得到您的原谅，我再与您交战。"

四年后，重耳真的回到晋国当了国君，就是历史上有名的晋文公。晋国在他的

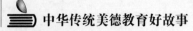
治理下日益强大。公元前 633 年，楚国和晋国的军队在作战时相遇。晋文公为了实现他许下的诺言，下令军队后退九十里，驻扎在城濮。楚军见晋军后退，以为对方害怕了，马上追击。晋军利用楚军骄傲轻敌的弱点，集中兵力，大破楚军，取得了城濮之战的胜利。故事出自《左传·僖公二十二年》。

朋友对您说

　　"礼让"是中华民族的传统美德，历史上"礼让"的佳话不在少数；但"礼让"也造就了中华民族含蓄、内敛的性格。晋文公遵守了此前的诺言，不忘对楚国人的诺言而退避三舍。晋文公的"礼让"显示出了诚信和具有天下霸主的气概。

止楚攻宋

　　战国初期，墨子在齐国听说楚国要攻打宋国，他立即派大弟子禽滑厘率领他的三百多名学生，携带守城器械，到宋都商丘，作防守的战斗准备，自己日夜兼程连续十天十夜到楚都郢，见到替楚国制造攻城用的云梯的公输般。公输般说："您有什么吩咐呢？"墨子说："北方有人欺侮我，希望你杀了他。"公输般不高兴。墨子说："我给你十两金子。"公输般问："我遵循义，从来就不杀人。"墨子站起来再拜说："请让我来说一说义吧。我在北方听说你制造云梯，将用来攻打宋国。宋国有什么罪过呢？楚国土地有余而人口不足，杀掉缺少的人而去争有多余的土地，这不能说有智慧，宋国没有罪过而攻打它，不可以说是仁爱。知道了这些都不去据理力争，也不可以说是忠诚，争而没有成功，不可能说是强。你说遵循义，不去杀一个人而杀众多的人，不可以说是明智。"公输般表示折服了。墨子说："既然这样，为何不停止呢？"公输般说："不能，因已经告诉楚王了。"墨子说："为什么不引我见楚王？"公输般答应了。

　　墨子见到楚王说："现在有人在这里舍弃自己的彩车而想去偷邻居的破车，舍弃自己的锦绣衣裳而去偷邻居的粗布衣服，舍弃自己的精美肉食而去偷邻居的糟糠。这是一个什么样的人呢？"楚王说："这人必定有偷窃的毛病。"墨子说："楚国的土地有方圆五千里，宋国才五百里，这就好比彩车与破车；楚国有云梦泽及犀、兕、麋、鹿，长江、汉水里的鱼、鳖、鼋、鼍是天下最多的，而宋国所有的无非是野鸡、兔、狐狸等，这就好比精美肉食与糟糠。楚国有大松树、文梓、楠等，宋国连大树都没有，这就好比锦绣衣裳与粗布衣服。我从这三件事上认为攻打宋国就同那个人是同类。我认为大王一定不能成功。"楚王说："说得对啊！但公输般为我造了云梯，一定可以夺取宋国。"

　　墨子请楚王让他和公输般较量一番，墨子解下腰带作为城，用细小的木片为器械。公输般九次设计攻城的机关，墨子九次都挡住了。公输般攻城的机关用尽了，墨子守城的装备还绰绰有余。公输般无言以对，却说："我知道用什么办法来对付你，不过我不说。"墨子说："我知道你用什么办法对付我，我也是不说罢了。"楚王问他为什么。墨子说："公输般的意思，不过是想杀掉我，杀了我，宋国就守不住，就可以进攻了。然而我的学生禽滑厘等三百人，已经持有我的防御器械，在宋国京城上等待楚国侵略者了，即使杀了我，也不能杀尽防御的人。"楚王说："好啊！我不攻打宋国了。"这是主张兼爱、非攻的墨子一次成功的实践。

朋友对您说

兼爱和非攻是体和用的关系。兼爱是大到国家之间要兼相爱交相利，小到人与人之间也要兼相爱交相利。

宁为玉碎，不为瓦全

北朝东魏的丞相高洋逼迫孝静帝退位，自己当上了皇帝，建立了北齐。高洋心狠手辣，为了不留后患，在公元551年又把孝静帝和他的三个儿子都杀死了。可是做了坏事以后，他心里很害怕。

一天，天空出现了日食，他担心这是个不祥的兆头。于是，他就问自己的亲信，西汉末年王莽篡夺了刘家的天下而光武帝刘秀又能夺回天下的原因是什么。这名亲信说不清楚，就随意应付说是因为王莽没有斩草除根，没有把刘氏宗室的人杀干净。高洋信以为真，于是把东魏的宗室近亲全部杀掉，连小孩也不放过。高洋的残忍行为使东魏宗室的远房宗族感到很害怕，担心他们自己什么时候也会被杀掉，于是聚在一起商量对策。

有的人主张改姓高，不再姓元。出主意的这个人是一个县令，叫元景安。他的堂兄元景皓断然拒绝了这种建议。他说，采用改姓的方法无论如何是不能接受的。他认为大丈夫宁愿作为玉器被打碎，也不能作为瓦片而保全下来。他宁愿高贵地死去，也不愿屈辱地活着。后来，元景皓因元景安的告密而被处死。但高洋也于三个月后病死。十八年后，北齐宣告灭亡。

朋友对您说

宁愿做高贵的玉被砸碎，也不愿做低贱的瓦得保全。宁愿为正义事业而死，决不苟且偷生。

李离自请伏剑

李离是春秋时期晋国的理官（掌管刑狱），素以断案公正闻名。

一次，李离的下属办案时贪赃枉法，将真凶放走，把无辜者抓起来，屈打成招。李离失察，判了此人死刑。待此人处死后，李离才醒悟过来，但已铸成不可挽回的大错。他一方面严厉地处罚了下属，一方面缉拿真凶。

此案虽然以真正的凶手捉拿归案，冤死者平反昭雪而了结，但李离却为自己的错杀而痛苦不堪，终日食不甘味。此案结案后，他给自己戴上枷锁，进宫去见晋文公。

晋文公见李离戴着枷锁进殿，惊疑地问："发生了什么事，让你这个样子来见我？"

李离跪下说："我有违大王的信任，身为理官，却错杀了好人。我请求大王依法将我处死，为枉死者偿命。"

李离将误判错杀的经过如实地禀告晋文公。晋文公听后，长嘘一气，说："我以为出了什么大事，原来是错判了一个案子。你不要这样自责，凡事办理的过程中总会有失当之处，这就像任用官吏，虽然公允地衡量过每个人的才能，但任命职位时仍难免有偏高偏低的情况出现；审理案件，处以刑罚，就更难免出现偏重偏轻的问题。何况这次错判主要是你属下的问题，并不是你的罪过。"

李离丝毫不因晋文公为自己的罪过开脱而自喜，他反驳说："在掌管刑狱的官员中我的职位最高，却从来没有把自己的地位让给属下；享受国家的俸禄我的最多，也从来没有将俸禄分给属下。现在我错判了案子，枉杀了好人，反而把罪责推诿给属下，这是没有道理的。"

晋文公越发钦佩李离，可表面上却怒形于色。他斥问李离："你认为自己有罪，可你这个官是我任命的，那么我也有用人不当之罪了？如果你受处罚，那么我该怎么办？"

李离明白晋文公的用意，但他决心以死来维护国家法律的尊严。他说："国家的法令早已明文规定，执法的官吏给犯人施错了什么刑，自己就要受什么刑；错杀了好人，自己也应被处死。大王是认为我能够秉公执法，才任命我掌管刑狱，可现在我辜负了您的信任，听信诬告，枉杀了好人，依法应该被处死。既然您不忍心下令处死我，就请允许我自己执行吧。"李离说完，拔出剑自刎而死。

朋友对您说

执法如山是令人钦佩的，李离因自己违法以自我处决来维护国法的权威和尊严，更令人敬服。在这津己护法的品质后面，我们还看到了李离有了过错不推诿，勇于承担责任的高尚情操。

司马光砸缸

天蓝了，风暖了，梨花开了，柳树吐出了嫩芽，孩子们的笑声也更欢快了。院子里充满了生机。

司马光和小伙伴们捉起了迷藏。院子里有假山，有大树，有藤萝架，有修剪整齐的灌木，哪儿都是藏身的好去处。

司马光看中了那口缸，圆圆的口，鼓鼓的肚，像尊弥勒佛横卧在假山下。缸口比他高，藏进去，谁也找不到。他扒住缸口，踮踮脚往里看。真令他失望，里面盛着满满的水。他不知这是大人们为防火准备的。他只好躲到柳树后面。

"瞎子摸到树，我也能跑，"司马光心里想，"谁也别想捉住我。"

扮蒙眼睛的是个小胖墩儿，摸起人来憨态逗人。小伙伴们被逗得禁不住都显出身子喊起来，本应安静的院子一片喧闹。

"瞎子，瞎子，我在这儿！"

"瞎子"疯狂了，小伙伴们的喊声更大了。一个瘦瘦的小伙伴干脆站到假山顶上喊："我在假山上，你敢摸上来吗？"

真是乐极生悲。这个瘦瘦的小伙伴兴奋过度，脚下一滑，从山石上摔下来，正落到那个大肚子的水缸里。"扑通"一声，人便没有了踪影。

小伙伴们都被这突如其来的事故吓呆了，俄而，院中响起一片哭声，唯有司马光跑到缸前想着救出落水的小伙伴。

把水放出来，他想到这是唯一的办法。怎么放？推倒缸？他推了，可推不动。

院中的哭声更大了。司马光听不到哭声，却隐隐约约听到缸里微弱的呼喊声。他知道，必须立即把水放出来，否则缸里的小伙伴会难受死的。他还没想到真正意义的死，但小伙伴的难受已让他着急。

情急中，他想到了砸缸，缸砸开了，水不就流出来了吗？

他飞快地在院中寻找石头。在墙下找到一块，可以让他勉强抱起来。他不再犹豫，抱着石头跑到缸前。一定是救人心切迸发出超人的力量，他竟将石头举过头顶，向缸砸去。"通"的一声，缸被砸出一个洞，水突突地涌流出来。小伙伴得救了。

朋友对您说

中华民族自古崇尚友爱互助，救人于危难的品质，在这个小故事中得到了印证。打破常规，进行逆向思维，救人于危急之中，彰显非凡智慧。

齐太史秉笔直书

齐国都城淄临。

黄昏将至，阴云低垂，大夫崔杼的内府早早地就点上了蜡烛。突然，刀光斧影，堂内传出一声凄厉的惨叫，接着传来甲士的禀报声："庄公已死！"时间凝聚在公元前548年，齐国大夫崔杼在自己的府中设计诱杀了齐庄公。

崔杼召集百官，宣布立年幼的庄公之弟杵臼为齐君，称景公；接着又自立为左丞相。春秋时期以左为上，崔杼成了一人之下、万人之上的权臣。在刀剑面前，唯唯诺诺的齐国百官只有接受这个国君和丞相。

崔杼担忧百官不服，遂率百官到太庙歃血盟誓。"诸君若有不与崔杼同心者，必遇凶而亡！"听着崔杼寡廉鲜耻的誓词，百官心中愤恨不已，可望着太庙内外的甲士和甲士手中寒光闪闪的刀戈，只有喟叹着随崔杼盟誓了。

百官的归顺令崔杼心安不少，可他依然睡不着觉。弑君毕竟是十恶不赦的罪过，生前即使权倾一身，死后也免不了遭人唾骂。怎么办呢？时间可以改变一切，历史却不因时间而改变。那么记载历史的史书呢？只要写上史书，一切不就成了历史吗？于是，崔杼急召太史（记载史事的官）伯进相府议事。

"你要把我的话记入简册，"崔杼的双目透着杀气道，"就说：'庄公以疟疾殁'。"太史伯似乎没有听到崔杼的话，笔走龙蛇，飞快地在简上写下"崔杼弑其君"五个字。崔杼大怒："你不服从我的命令，就不怕死吗？"太史伯坦然道："如果不按照事实记史，还叫什么太史。"崔杼挥手命令甲士将太史伯斩首，然后又召太史伯的弟弟太史仲进府。太史仲已知兄长被杀，进府后，未等崔杼开口，已将"崔杼弑其君"五个字写到简上，交给崔杼审阅。崔杼看到这五个字，握着简的手颤抖起来，脸因恼怒失去了血色。"斩！"他从喉咙里迸出沉闷的杀声。"叫太史叔来！"崔杼怒气未消，又令侍者召太史伯的二弟进府。"太史叔、太史季已在府门外等候召见。"侍者说。史伯家兄弟四人都是史官。仲被崔杼召走后，叔、季二人知道仲不会将伪史写上简册，必死在崔杼的刀下，于是一起来到左丞相府前等候崔杼的召见。太史叔站到崔杼面前蔑视地问："左丞相召我，是为庄公之事吗？""是，你想怎样写？""与兄同。""他们死了！""与兄同死！"太史叔毅然在简上写下"崔杼弑其君"，然后含笑引颈请死。崔杼气得七窍生烟，声嘶力竭地朝太史叔吼道："杀！杀！"太史叔的血还未流尽，太史季已持简面对着崔杼了。"你的三个哥哥都死了，你若按照我的话去做，可免一死。"崔杼威胁说。太史季冷笑道："史官为史不惧死。秉笔直书是史官的职责，若因失职而活着，不如死去！"说罢，在简上写下"崔杼弑其君"，递给了崔杼。崔杼胆怯了，太史伯四兄弟为据实直书前仆后继，震慑了他的心。他不敢再举起屠刀，无奈地将简册扔给太史季，让他走了。太史季在回史馆的路上，遇到史官南史持简从外地匆匆赶来。"季，崔杼弑君之事怎样了？"南史擦着额上的汗问。"已记到简上了。"太史季打开简册让南史阅过后说，"我的三个哥哥总算没有白死。"南史慨叹道："我听说你们兄弟四人都被崔杼杀死，担心崔杼弑君之事无人记载，便匆匆地赶来。看来我已不用死了。"

朋友对您说

　　"伏清白以死直"是屈原《离骚》中的名句，意思是说：保持清白节操宁可为真理而死。"齐有太史简"（文天祥《正气歌》诗句），太史伯四兄弟为了尽史官之职，不将伪史入册，前赴后继，凛然赴义的故事流传至今仍震撼人心。敢于为正义献身已成为最令中华民族引以为自豪的美德。

背禄向义

　　战国时期，墨子为了实现自己的主张，他教了许多弟子，让他们学成以后到各国去做事，用墨家的学说去改造社会。

　　在当时的诸侯国里，卫国最弱小，也最需要治国人才。墨子就派弟子管黔到卫国去替另一个弟子高石活动。

　　卫君一听说高石是墨子的得意弟子，就欣然同意了。卫君把高石安排在宰相的职位上，并给予他很高的俸禄。

　　高石上任以后，三次去朝见卫君，每次都把自己的治国主张说完。但是卫君并没有按照高石的主张去做。高石一气之下便离开了卫国，到齐国去谋求发展。

　　高石在途中，去拜见墨子说："卫君因为尊敬先生的缘故，才给我很高的俸禄，让我当了宰相。可是我三次朝见他，把我的治国主张都说了，他却当成了耳旁风，因此我辞职离开了卫国。卫君恐怕认为我发疯了吧？"

　　墨子安慰他说："离开卫国如果合乎正义，被骂为发疯，又有什么损害？在古代的时候，周公平定了管叔的叛乱，周成王亲自主政以后，他就辞去宰相职位，人们都说他发疯了。可是后人却称颂他的美德，宣传他的美名，至今不衰。况且我听说过：'从事正义事业，就不能回避诋毁而追求赞誉。'离开卫国如果合乎正义，被骂为发疯，又有什么损害呢！"

　　高石说："我离开卫国，怎么敢违背正义呢！从前，先生教育我们说过：'天下无道，仁人志士不能因为高官厚禄就留在那里。'现在卫君无道，我要是贪恋高官厚禄，那就成了白吃饭不干事的小人了。"

　　墨子听了很高兴，就把弟子禽滑釐找来，对他讲述了高石的故事，然后深有感

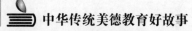
触地对他说："违背道义而追求高官厚禄，是大有人在的；抛弃高官厚禄而捍卫道义，在高石身上充分表现出来。真让我欣慰啊！"

禽滑氂也为有高石这样的同窗好友而感到无比高兴。

朋友对您说

追求道义还是贪恋爵禄，是检验从政者良知的试金石。

挂牛头卖马肉

春秋时期，齐国的国君齐灵公有一个独特的癖好：喜欢看妇女穿男人的衣服，他觉得女人穿上男人的衣服另有一番韵味，于是便下令：内宫里所有的嫔妃侍女都女扮男装。

但是没有多长时间，这种女人穿男人衣服的风气在全国的范围内流传开来，并把它当作时髦来追赶。一时间，女扮男装的人与男人混杂在一起，让人们分不清谁是男，谁是女，全国上下一片混乱。灵公知道后很生气，认为这有伤风化，便命令各地官吏："凡有女扮男装的，一旦发现，一律撕裂衣服，扯断腰带。"尽管如此，这股女扮男装的风气仍然禁止不了。

一天，晏子去拜见齐灵公，齐灵公便问道："寡人已经命令各地官吏，采取了严厉的措施，可是女扮男装的人还是到处可见，为什么还禁止不了呢？"

晏子回答："不知道大王见过没有，有的肉铺门口挂着牛头，案上卖的却是马肉。大王让内宫女人穿男服，却想在外面禁止女扮男装，等于是挂牛头卖马肉，怎么禁得住呢？要让下不效，首先要上不行。"

齐灵公照办了，果然，一月后，女扮男装的风气就在全国止住了。

朋友对您说

"上有好者，下必有甚焉者矣"，凡事只有身体力行，才能令行禁止。

三个和尚

三个和尚在一座破落的庙宇里相遇。

"为什么这个庙一片荒废凄凉呢？"甲和尚问道。

"一定是和尚不虔诚，得罪了神灵。"乙和尚说。

"一定是和尚不勤劳，才使得庙宇这么破落。"丙和尚说。

"一定是和尚不敬谨，所以信徒不多。"甲和尚也发表了看法。

三人你一言我一语，讨论了很久。最后他们决定留在这儿发挥各自的才能，看能不能使这座庙宇变得兴旺起来。

于是甲和尚出门化缘招呼，乙和尚专心诵经礼佛，丙和尚天天辛勤打扫。

没过多久这座庙宇香火渐盛，朝拜的信徒络绎而来，庙宇渐渐变得兴旺起来。

一天晚上，三个和尚无事闲聊。

"都是因为我四处化缘，所以庙里才会来这么多信徒。"甲和尚说。

"都是因为我虚心礼佛，所以才会使菩萨显灵。"乙和尚说。

"都是因为我勤加整理，所以庙宇才能够给人一种全新的感觉。"丙和尚说。

从此，三个和尚不再打理庙里的事情，他们开始为此事日夜争论不休。这座庙宇又渐渐地破落了。

在他们分道扬镳的那一天，他们终于找出了这个庙宇荒废的原因：既不是和尚不虔诚，也不是和尚不勤劳，更不是和尚不敬谨，而是和尚不和睦。

朋友对您说

"家和万事兴"，在家庭中是这样，在团队中也是如此。只有互相帮助、和睦相处，才能出色地完成每一项工作。

眉毛与肚皮

古时候，有位宰相请理发师给他修面，那理发师修面修到一半时，忽然停下刮刀，两眼直愣愣地看着宰相的肚皮。

宰相见理发师傻乎乎发愣的样子，心里很是纳闷：这肚皮有什么好看的呢？就问道：

"你为什么不好好修面，却看我的肚皮？"

"听人们说，宰相肚里能撑船，我看您大人的肚皮并不大，怎么可以撑船呢？"

宰相一听，哈哈大笑起来。

"那是讲宰相的心胸宽广，能容天容地容古今，不会对鸡毛蒜皮的小事斤斤计较。"

理发师一听这话，"扑通"一声跪倒在地："小人该死，方才为您修面时一不小心，将您的眉毛刮掉了，万望您大德大量，恕小的一罪！"

宰相听说自己的眉毛被刮了，不禁怒由心起，正准备发作，转念一想：刚才自己还讲宰相的肚量很大，我又怎好为这小事给他治罪呢？于是，只好说："不妨，

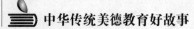
用眉笔把眉添上就行了。"

朋友对您说

聪明人在犯错误之后，会想方设法给自己找个台阶下；而与人方便，未尝不是与己方便。

林回弃璧

春秋时期，由于鲁国统治集团的内部斗争，孔子两次被驱逐出鲁国。

他就到宋国去游说宋国的君王，但是却无意中得罪了宋国的大司马桓魋。桓魋对他的礼、诗等等都很反对，但是宋王却十分欣赏，这使桓魋恼羞成怒，经常想尽办法羞辱孔子。有一次，孔子在一棵大树下给弟子讲学。他听说桓魋要暗杀他，于是急忙带领着自己的弟子逃离了宋国。在他离开后，桓魋派兵赶来杀他。见他已经离开了宋国，桓魋一气之下就把那棵大树砍掉了。

孔子又逃到了卫国，见到卫国一片荒凉的情景，于是就上书卫王，给卫国百姓做点事情，但是却被朝中的权势陷害，在匡地被拘捕起来，后来设法跑掉了，再也不去卫国做官了。

他到陈国、蔡国，被围困了七天七夜，断炊绝粮，他和他的弟子们几乎都被饿死。

孔子对自己的不幸遭遇，早有准备，并无怨言。但是让他很不理解的是在经历磨难时，竟然无人相救，世态炎凉，人情淡薄，让他感到寒心。

当时，子桑户、孟之反、子琴张三个人是好朋友，被称为"莫逆之交"。孔子想他们一定深知交友之道，于是他就问子桑户："我经历一系列磨难时，发现亲友们都越来越疏远我，弟子们离我而去的也越来越多，这是什么道理呢？"子桑户说："仲尼先生，您难道没有听说过假国灭亡的时候，人们逃亡的情形吗？"于是就讲了"林回弃璧"的故事：

贤士林回放弃价值千金的玉璧，背起初生的婴儿急忙逃跑。有人问他说："你是为了钱吗？初生的婴儿很不值钱。你是为了减轻拖累才放弃玉璧吗？初生的婴儿是个大累赘啊。可是你放弃价值千金的玉璧，却背着初生的婴儿逃跑，这是为什么呢？"林回说："那玉璧只是和我的钱财有关，这个初生婴儿与我是骨肉亲情相关啊！"

朋友对您说

君子之交淡如水。交友应该重视情义，势力之交、酒肉朋友是靠不住的。

教育
好故事

中华传统美德
教育好故事

【第四篇】

廉耻篇

廉耻释义

廉：廉是廉洁自律，绝不贪污受贿。管子曰："礼义廉耻，国之四维。四维不张，国乃灭亡。"

廉洁有守之人，生活再苦，也不愿意问人要一分钱。如此为官，无欲则刚，为国为民处事才能公正严明。南宋名将岳飞云：文官不爱钱，武将不怕死，则天下太平。中国历朝选拔官员，均以"孝廉"为准则。

耻：耻为耻辱，知耻辱、知错误，则能发奋精进。

孔子曰："知耻近乎勇。"常怀惭愧，知错能改，自能勇猛精进克服一切烦恼习气，成就大业。不知耻，不改过之人，则肆无忌惮，任意而为，是无善根之人，谁都救不了他。

一个民族的强盛，往往崛起于这个民族自知所遭受的耻辱，继而才能勃发图强之力。历史上越王勾践，"卧薪尝胆"，最终灭了吴国，洗刷了会稽山降吴的耻辱就是最好的证明。

大禹克俭

上古尧帝的时候，洪水遍地，百姓们不能够安居，尧帝派大禹去治水。大禹为人聪明机智、和蔼可亲、意志坚强，非常讲信用。

大禹接受治水任务时，结婚才四天。可是为了天下黎民百姓，大禹毫不犹豫地告别了新婚的妻子涂山氏，与大臣益、后稷一起启程赴任。大禹到任后，就积极着手制定治水措施。他吸取父亲鲧治水的经验教训，努力实践，终于找到了合理的治水方法。他认为，父亲用堵的方法是行不通的，只有劈开大山，开挖大河，让洪水顺着河流入大湖和大海，才能根治洪水。于是，大禹便带着成千上万的民工去开山挖河，治理洪水。他拿着测量仪器，沿途测量地形地貌，查清何处需要开山，何处需要挖河。他牢记父亲鲧治水失败的教训，决心治好洪水。因此，他不辞辛劳，日夜苦干。不论是酷暑还是寒冬，大禹不避风霜雨雪，总是在奔波劳碌，忙于治水。他的儿子生下来后，他也没回家去看一眼。

有一次，天下着大雨，他带着治水的队伍路过家门，听见儿子在家里哭啼，他的心被牵动了，哪个做父亲的不爱自己的子女啊！他多么想进家门看一看，多么想去亲亲儿子可爱的小脸蛋。可是，治水的工程在等着他，天下的黎民百姓在看着他，他不能因私废公。于是，他深情地望了望家门，心里默默地说："儿子，等着我，等我治好洪水再回来看你。"然后，毅然转身，带着治水的人顶风冒雨又上路了。

在治水期间，大禹曾经三次路过家门，可是他一次也没有进家里去看一下。

大禹带着人们治水，先从帝都冀州开始，完成了壶口工程。接着又治理梁山和岐山，从太原地区到太岳山南面，从衡水到漳水，沿途开山挖河，一步步把洪水引向大湖和大海。大禹带人疏导了九条河道，劈开了九座大山，修治了九个大湖，筑起了无数堤坝。洪水终于被驯服了，顺着河道流向大湖、大海，艰苦卓绝的治水斗争终于取得了彻底的胜利。

舜帝高度评价大禹的治水功绩，有一次，舜和大臣们聚会，他问大禹说："你是怎样治好洪水的？"大禹回答说："是靠孜孜不倦地工作。"虞舜又问："你是怎样孜孜不倦地工作的？"大禹回答说："治理洪水时，我和人们一起与洪水搏斗，不分昼夜劈山开河，挖泥运土。我的手指甲都在劳动中磨光了，再也长不出新指甲；我小腿上的汗毛也磨掉了，再也不长汗毛；手上脚底长满了老茧，走路时疼痛难忍，我还是咬紧牙关不停地干，直到治好洪水。"

舜和大臣们听了大禹的话，都为他这种艰苦奋斗的精神所感动。主管礼教的贤臣皋陶颁布命令，号召天下臣民向大禹学习。大禹治水立大功，接替舜做了天子。大禹在吃喝上非常俭朴，可是敬天地鬼神却很尽心；自己穿的衣服很不好，可是对于祭服和礼帽，却收拾得很美观；自己住的房屋很矮小，可是对于人民田间的水路，却尽力地讲究，因此孔子也极为推崇他，劝导学生们要向大禹学习。

朋友对您说

大禹靠艰苦卓绝的奋斗精神，终于驯服了洪水，治水斗争终于取得了彻底的胜利。这足以证明，廉洁有守之人，生活再苦，也不愿意随意屈服。严于律己，艰苦奋斗，一身正气，两袖清风，不起贪求之心，不占便宜，大公无私。如此为官，无欲则刚，为国为民处事才能公正严明，秀于群首，堪为人中帝王！

孔明洁身

诸葛亮，字孔明，谥号"忠武侯"，是三国时期蜀汉的丞相。在汉朝末年的群雄征战之中，刘备继承汉统，建立了蜀汉政权，他任命诸葛亮为丞相，来统理军事大政。

身为君主最为得力的辅佐，诸葛亮把自己的位置摆得很清楚。他极尽忠诚地完成为人臣子应尽的职分，所有的功劳都归主上所有。纵使自己才识过人，也从未凌驾于君主之上。而刘备也视其为最信任的股肱之臣，对他格外尊重。这种君臣间的知遇之交，可谓旷世少有。

章武三年春，先主刘备病情加重，他下诏把诸葛亮召回白帝城，对他交代了后事。刘备说："丞相您的德能才略，高于曹丕十倍以上，您必然能够兴复汉室、安定国家。皇子的才德并不足以持国，他继位后，劳烦丞相您来辅佐他。如果他能够体念我们蜀汉的天下是多么来之不易，还肯争气的话，您就对他多加教导。倘若他不肯振作，朕授予您废除他的权力，蜀汉的朝政，就由您来亲自统领操持。"

诸葛亮听到这些话，泣不成声地说："臣常念陛下浩浩恩典，常思效法古来圣贤忠诚的志节。只要臣还活着一天，就一定会竭心尽力地效命、报效于朝廷，臣鞠躬尽瘁，死而后已。"刘备下诏诲勉他的儿子说："国家大事无论大小，一定都要向丞相求教。丞相对我蜀汉的忠诚，是皇天后土所共知晓的。你要把他当成是自己的父亲一样来尊崇和孝敬。"

后主刘禅即位之后，诸葛亮被封为"武乡侯"，后来又兼任益州牧，大大小小的政务都由诸葛亮来决断。为表明自己对朝廷忠诚不贰的志节，以及始终位居臣位的态度，诸葛亮曾经对后主恳切地说："为臣家在成都，有八百株桑树、四十五顷的薄田。家人靠这些来生活，已经是绰绰有余。至于臣出兵在外随身的衣食用品，靠着朝廷的俸禄就足够了，臣并不需要另外去筹措营生的产业，不需要为家里添加任何的财产。希望有一天当臣过世之时，全家上下都不会留下任何多余的衣食财物，而辜负了朝廷的深恩与陛下的厚爱。"诸葛亮过世后，人们发现他的家里果然是如此。

身为辅国的重臣，诸葛亮为蜀汉制定了完善的典章制度，他整饬①军队，发展经济，强化社会治安，淳厚社会的道德风尚。在他当政的时期，对百姓的教化、政令行文都十分清楚明晰，法令严明而又合乎情理，政令严厉而从未使人感到不公。蜀国上下都十分敬畏他的威德，凡此种种，无不归功于丞相平等无私的爱民之诚。诸葛亮治理蜀汉的时候，百姓生活安定、物资充足，民风淳朴厚道。他整肃了当时的朝政，给百姓以持之深远的仁政与德教。

诸葛亮统帅军队赏罚分明，他法令严明、言出必信，而又非常体恤将士的劳苦，深得士兵们的拥护，使他们都愿意为国家出生入死，甚至慷慨捐躯。他出征在外无论是进与退都很有法度。用兵的时候，进退如风。出兵时军威赫赫、气度俨然。在历史上，人们称他带兵"出入如宾"，纵使是在他国，也像是行走在自己的国土上，从未曾劳扰百姓。所以蜀国的军队出行，当地百姓也不会惊恐忧虑。

"功业飘零五丈原"，诸葛丞相五十四岁的那一年，拖着病体，在五丈原（今陕西眉县西南）和司马懿的军队一直相持了一百多天，其年八月诸葛亮阖然长逝。就在他病情很严重的时候，他仍然拖着虚弱的身体，夙兴夜寐亲自处理军务。当时他已经吃不下什么东西了，周围的士卒见他日渐消瘦，都泪流满面，不忍心再看下去。

丞相去世后，沉浸在悲恸之中的蜀军秘不发丧，长史杨仪率领着军队整军出行，司马懿决定出兵追击。蜀军鼓声大作，士兵奋勇向前，就如同丞相生前统领着他们那样。司马懿被震住了，他不得不领兵撤退，但他无论如何都无法想到，诸葛亮早已长逝在军旅之中。

"出师未捷身先死，长使英雄泪满襟。"诸葛亮临终前留下遗嘱，让后人把他安葬在汉中定军山下，墓地不用太大，容得下一口棺材就够了，也不要用任何的物品来陪葬。他临终前出神入化的军政部署，使得司马懿也不得不由衷地佩服他是"天下的奇才"。诸葛亮过世之后，每逢年节人们都会自发地去祭拜他。百姓就像祭拜自己的祖先一样，对他追思与缅怀。

蜀汉的国政得以奠立四十多年的基业，无不仰赖诸葛亮忠心耿耿的操持。朝廷感念他的德政与功劳，为他建立了祠堂，全国上下都去祭拜他。后来魏国镇西将军钟会征伐蜀国，来到汉中的时候，也特别来到丞相祠堂去祭拜。他下令所有士卒，不许在丞相的墓旁放牧砍伐。威德的感化，连敌军的将领也由衷地尊敬他。

《三国志》的作者陈寿在任著作郎的时候，荀勖②等人请他考定整理诸葛亮的遗著。一想到这位忠诚一生的老臣，在危难之时兢兢业业地辅弼国主，那忠勇的精神令陈寿深深地感动。他细致地整理遗稿，把它分成二十篇，记载在《三国志》当中。诸葛亮留下的文集，点点滴滴记录下许多颁令给臣民属下的言辞，开诚布公的心迹和孜孜不倦的教导跃然纸上。他留下的风范遗教，长久地化导着对他怀念至深的人民。

【注释】①饬：chì，整顿。②勖：xù。

朋友对您说

身为治世的良臣贤相，诸葛亮"受任于败军之际，奉命于危难之间"，在国家最艰危的时候，以一腔忠义担起了一国的重任。他兢兢业业，小心谨慎，唯恐有所闪失，而辜负了先主刘备的托付，辜负了他们以心相照的允诺。

数千年后，多少人捧读诸葛亮的《出师表》而泪洒衣襟，这样的忠义，这样的至诚，这样的清廉，在世代中华子孙的血脉中流传。

孟尝还珠

东汉时孟尝在合浦（今广西浦北）做太守，合浦沿海，向来没有生产五谷食物，可是海里却出产珠宝。从前在那地方做官的人，大多都很贪婪，所以海里的珠蚌，渐渐地迁徙①到交趾地方去了。这样一来，别地方的商人也不再到合浦地方来了，于是境里贫穷的人，因为没有生计可做，很多人在路上饿死了。孟尝到任以

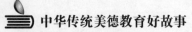

后，就把以前的积弊统统革除。果然不到一年，迁去的珠子又回来了，百姓们渐渐地恢复了从前的职业，商贾②依然来来往往流通了，人人都说孟尝像神明一样。

【注释】①徙：xǐ，迁移。②贾：gǔ，商人。

朋友对您说

　　孟尝为官，能以自己的清正廉洁，舍贪去污，护爱众生，从而感得天地万物心神安定而向往归属，被尊称为神明，留名千古，故"廉"被士大夫奉为立身处世的根本。做人要活得清清白白，需要清廉自爱。

孙谦感物

　　南北朝时，梁国有一个人，叫孙谦，屡次做太守，他做官以仁德教化百姓，蛮夷的人都送给他金钱宝贝，他一概不收；百姓们送他绸绢布帛，他也一概不收。每次在上任的时候，没有房子住，他就去借空的马房住着。零陵郡（今湖南永州）向来猛兽很多，孙谦到任以后，那些猛兽就没有了。等到孙谦离开此地去别的地方做官，猛兽仍旧又出来害人了。孙谦在官衙内居住，也很俭朴，冬天睡的不过布被粗席，在夏天的时节，也没有蚊帐，可是他晚上睡着的时候，并没有蚊虫来咬他，人家都觉得很奇异。

朋友对您说

　　奇异之人必有奇异之处，其实孙谦能感得动物不犯，其奇异之处正是他有清正廉洁的品行。这也告诉我们一个道理：高贵廉洁的人总是能以其洁身自爱，严于律己而令人肃敬。

包拯贡砚①

　　北宋有一个著名的清官叫包拯，字希仁，天圣年间进士，宋仁宗时任监察御史，后任龙图阁大学士，官至枢密副使。他在端州（今广东肇庆）做知州时，此地向来出产一种做砚台用的名贵石头。从前在那地方做官的人，都借着进贡皇上的名目，总要多取几十倍，拿去送给朝里面有势力的人。而包拯叫砚工只要做到进贡的砚数够了。等到他离任的时候，也不曾拿一块砚石回去。

　　他做开封知府时，为官公正，执法严明。他处处以身作则，从不为自己谋私利。有一次，他的舅舅犯了罪，他照样依法论处。此后他的亲戚朋友再没有人敢依仗他的权势为非作歹了。当时的百姓都非常尊敬、爱戴他，称他为"包青天"。

他平生没有私下的积蓄，曾经警诫子孙们说："我的后代做官的，有犯了贪赃的人，这个人就不准回到自己家里来；死的时候，也不准葬在祖坟里，倘若不照着我的志向做，就不是我的子孙了。"

【注释】①砚：yàn，砚台，写毛笔字研墨用的文具。

朋友对您说

"包青天"的美誉已经在中华流传数百年了，包拯之所以能留名千秋，不但是因为他为官时，断案如神，更因为他清正廉洁，秉公执法，深得百姓的信赖和崇敬。

老子说："清静为天下正。"清静之道，是自然之道，是治理天下真正的道。清正廉明，清白、正直无私、廉洁、光明磊落，无论是为官为民，这都是人们向注的品行。

许衡心主

元朝有一个叫许衡的人，在一年盛夏，他路经河南，天气很热，口干舌燥。路旁边有一棵梨树，一些人见了就抢着去摘梨子吃，只有许衡独自一个人端正地坐着，也不看他们。有个人问他："为什么不吃梨子来解解渴呢？"许衡说："不是我的东西拿是不可以的。"那个人又说："天下已经大乱了，这个是没有主人的呀！"许衡说："梨子没有主，难道我的心也没有主了吗？"始终不去拿梨子来吃。后来许衡居住的乡村里，有棵果树，果子烂熟了，掉在地上，连小孩子走过，都一眼不看就走了。

朋友对您说

"廉"引申的意义是高尚的德行、正直、节俭等。

如果我们从小就加强学习修养，自觉做到常思贪欲之害，但求心里无邪念，洁身自好，必定能化作一笔笔宝贵的精神财富，成就我们威武不屈，贫贱不移的贤善人格。

柳韩和丸

唐朝时节度使柳公绰的妻子韩氏，是宰相韩休的孙女儿，她治理家务严谨庄

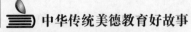
肃、俭省简约，堪称缙绅家的模范。嫁到柳家以后，摒弃那些绫、罗、锦、绣的衣服，一概不肯穿着。每当回娘家去探望父母的时候，就坐一乘竹轿子，叫她的两个儿子穿青衣在后面跟着走去。她常常用那些苦参、黄连做成丸药，分给她的儿子们，在晚上读书的时候含在口里来激励他们勤奋读书。后来她的儿子名叫柳仲郢[①]，官居尚书仆射，她的孙子名叫柳玭[②]，当了御史大夫。

【注释】①郢：yǐng。②玭：pín。

朋友对您说

　　韩氏能高瞻远瞩，育儿时能身先示范，治理家务严谨庄肃、俭省简约，并能以此严格管教孩子，如此教育出心性安泰，洁身自好，精进励勤的孩子。当为我们今天的家长自律和教育孩子借鉴和效仿啊。

修母荻[①]训

　　宋朝文学家欧阳修的母亲郑氏，在欧阳修四岁那年就守寡了，家里非常贫苦，她自己辛辛苦苦地工作，才能敷衍衣食等各种费用。她亲自教儿子读书，家里没有纸笔，平时在地上炉灰里划字，在下大雪的夜里就用荻草的梗教儿子写字。郑氏常常对儿子说："你的父亲做官时很廉洁，又喜欢救济人家的贫苦，得到的俸禄虽然不少，可是从不让家里有剩下的钱财。你父亲说：不要因这个钱财累了我啊。因此你父亲死了以后，没有积下一个钱，没有置下一亩地给你过生活。我之所以心里觉得还有点希望的，就是坚信你父亲这样仁孝的行为，将来一定有很好的子孙啊！"欧阳修听了母亲这一番话，感动得哭了，于是更用心读书。当欧阳修还在贫贱的时候，他的母亲料理家务很俭朴，等到欧阳修已经中了进士，渐渐发达起来，郑氏仍旧俭朴，不准超过从前的老样子。

【注释】①荻：dí，多年生草本植物，生长在水边，叶子长形，跟芦苇相似，秋天开紫花。

朋友对您说

　　作为母亲，郑氏在家道中落、孤子寡母的逆境中，不屈于困境，并能在困苦中以正道教育孩子，教导孩子仁孝廉洁自律，最终激励并发挥出孩子的潜力，这也是我们教育孩子值得借鉴和学习的地方啊。

朱冲送牛

西晋时，有位官职很高的大臣，名叫朱冲。虽然地位很高，待人却十分宽厚，而且自幼就养成喜欢读书的好习惯。朱冲小时候家里很穷苦，就靠着耕田过活。邻居家丢失了一头小牛，就把朱冲家的小牛认去了。后来邻居家失去的小牛在树林里找到了，于是邻居家觉得自己的举动太过分了，深感惭愧，就把朱冲家的牛送回来还给他。朱冲问明原因后，发现那家生活非常困难，就把小牛送给了邻居。又有一头牛，践踏朱冲家田里的稻子，朱冲却屡次拿着饲牛的草给牛吃，一点也没有怨恨的神色。牛主人也觉得惭愧，就不再放纵这头牛危害别人了。

后来朝廷下了诏书，请朱冲去做博士。朱冲推说有病不肯去，隐居到深山里去。他住的地方临近羌①戎等少数民族地区，那些羌人和戎人对他像君主一样敬奉。

【注释】①羌：qiāng，我国古代西部的民族。

朋友对您说

朱冲，虽然地位很高，却能宽厚待人，从而感化他人，转变风气，可谓"润物细无声"，这全靠高贵的品质，而引发了他人的廉耻之心、惭愧之心。这是改变他人的根本之处啊。

《论语》云："教人，使人必先知耻；无耻，则无所不为。既知耻，又须养护其知耻之心，督责之使有所畏，荣耀之使有所慕。督责荣耀，皆非所以为教也。"这是说，教人知耻，并养护其知耻之心，奖惩并用是最佳的教育方法。

一念忏悔

从前有个妙高禅师，他修行非常精进，但他有个缺点，就是爱打瞌睡，每次坐到蒲团上，腿一盘就开始打瞌睡。他后来想了一个方法来克服打瞌睡，在寺庙后面找到了一个台子，这个台子正好在悬崖的上面。他就坐上去，把腿一盘，一半伸出悬崖。心里想：如果我打瞌睡，就会摔下悬崖，当场摔死，所以应该不会再打瞌睡了。当双腿盘上去，坐好后，他立刻就打瞌睡，结果真的摔下悬崖。摔下后，在半空中惊醒，突然有位菩萨在半空中将他接住，托到台子上。妙高禅师就问菩萨："您是谁？"菩萨说："我是韦陀，看你这么精进，特别来护你的法。"妙高禅师听了很高兴，说："这个世界上像我这么精进，坐在悬崖上打坐的人有多少呢？"他就起了骄傲的心。韦陀菩萨说："像你这样坐在悬崖上打坐的人很多，但是像你这么

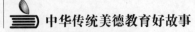
骄傲的人很少，所以，从此二十世我不再来护你的法！"说完后，就走了。

妙高禅师大吃一惊，立刻观照自己的傲慢，当场就跪下来礼拜，忏悔道："以后我不会再那么傲慢了，请您继续来护我的法吧！"说完痛哭流涕，但没有办法，菩萨已经走了。怎么办呢？"虽然没有人护我的法，但我还是要继续修行。"他爬到妙高台上，继续盘腿打坐，心里想："经过这么重大的教训，我一定不会再打瞌睡了！"但不多时，又打瞌睡了。打瞌睡又摔下去，摔到半空中，惊醒了：糟糕！韦陀菩萨不会再来救我了啊！快掉到离地面二寸的时候，突然有位菩萨又托住他，把他托到了台上，他就问："您是谁？""我是韦陀。"妙高禅师说："你不是说从此二十世不再来护我的法了吗？"韦陀菩萨说："我本来说二十辈子不来护你的法，但你刚刚一念忏悔心起，已经超过二十世矣！所以我现在继续来护你的法。"

朋友对您说

当一念的忏悔心起，就超过二十世久矣！因此，忏悔是非常有力量的。至少使我们减少继续犯恶的因缘，同时增加我们善的因缘，忏悔可以改变我们的命运。

所以古人也说过"耻可以全人之德"，知道羞耻是保全我们的心念、行为不离正道的护栏。

"耻之一字，其利无穷"，"耻"这一个字，如果我们能懂得它的意义，并能在生活中做到"知耻"，那给我们的一生及一切都带来无尽的利益。

上行下效

春秋时候，齐景公自从宰相晏婴死了之后，一直没有人当面指责他的过失，因此心中感到很苦闷。有一天，齐景公欢宴文武百官，席散以后，一起到广场上射箭取乐。每当齐景公射一支箭，即使没有射中箭靶的中心，文武百官都是高声喝彩："好呀！妙呀！"、"真是箭法如神，举世无双。"

事后，齐景公把这件事情对臣子弦章说了一番。弦章对景公说："这件事情不能全怪那些臣子，古人有话说，上行而后下效。国王喜欢吃什么，群臣也就喜欢吃什么；国王喜欢穿什么，群臣也就喜欢穿什么；国王喜欢人家奉承，自然，群臣也就常向大王奉承了。"景公听了弦章的话，认为弦章的话很有道理，就派侍从赏给弦章许多珍贵的东西。弦章看了摇摇头，说："那些奉承大王的人，正是为了要多得一点赏赐，如果我受了这些赏赐，岂不是也成了卑鄙的小人了！"他说什么也不接受这些珍贵的东西。

在现实生活中，我们希望别人怎么做，首先我们应该先怎么做。

负荆请罪

战国时候，秦昭襄王一心要使赵国屈服，接连侵入赵国边境，占了一些地方。公元前279年，他又耍了个花招，请赵惠文王到秦地渑池去会见。赵惠文王开始怕被秦国扣留，不敢去。大将廉颇和蔺相如都认为如果不去，反倒向秦国示弱。赵惠文王决定硬着头皮去冒一趟险，他叫蔺相如随同他一块儿去，让廉颇留在本国辅助太子留守。

为了防备意外，赵惠文王又派大将李牧带兵五千人护送，相国平原君带兵几万人，在边境接应。到了预定会见的日期，秦王和赵王在渑池相会，并且举行了宴会，高兴地喝酒谈天。

秦昭襄王喝了几盅酒，带着醉意对赵惠文王说："听说赵王弹得一手好瑟。请赵王弹个曲儿，给大伙儿凑个热闹。"说罢，真的吩咐左右把瑟拿上来。赵惠文王不好推辞，只好勉强弹一个曲儿。

秦国的史官当场就把这事记了下来，并且念着说："某年某月某日，秦王和赵王在渑池相会，秦王令赵王弹瑟。"

赵惠文王气得脸都发紫了。正在这时候，蔺相如拿了一个缶，突然跪到秦昭襄王跟前，说："赵王听说秦王挺会秦国的乐器。我这里有个瓦盆，也请大王赏脸敲几下助兴吧。"

秦昭襄王勃然变色，不去理他。

蔺相如的眼睛射出愤怒的光，说："大王未免太欺负人了。秦国的兵力虽然强大，可是在这五步之内，我可以把我的血溅到大王身上去！"

秦昭襄王见蔺相如这股势头，十分吃惊，只好拿起击棒在缶上胡乱敲了几下。

蔺相如回过头来叫赵国的史官也把这件事记下来，说："某年某月某日，赵王和秦王在渑池相会。秦王给赵王击缶。"

秦国的大臣见蔺相如竟敢这样伤秦王的体面，很不服气。

有人站起来说："请赵王割让十五座城给秦王上寿。"

蔺相如也站起来说："请秦王把咸阳城割让给赵国，为赵王上寿。"

秦昭襄王眼看这个局面十分紧张。他事先已探知赵国派大军驻扎在临近地方，真的动起武来，恐怕也得不到便宜，就喝住秦国大臣，说："今天是两国君王欢会的日子，诸位不必多说。"

这样，两国渑池之会总算圆满而散。

蔺相如两次出使，保全赵国不受屈辱，立了大功。赵惠文王十分信任蔺相如，拜他为上卿，地位在大将廉颇之上。

廉颇很不服气，私下对自己的门客说："我是赵国大将，立了多少汗马功劳。蔺相如有什么了不起？倒爬到我头上来了。哼！我见到蔺相如，总要给他点颜色看看。"

这句话传到蔺相如耳朵里，蔺相如就装病不去上朝。

有一天，蔺相如带着门客坐车出门，老远就瞧见廉颇的车马迎面而来。他叫赶车的退到小巷里去躲一躲。让廉颇的车马先过去。

这件事可把蔺相如手下的门客气坏了，他们责怪蔺相如不该这样胆小怕事。

蔺相如对他们说："你们看廉将军跟秦王比，哪一个势力大？"

他们说："当然是秦王势力大。"

蔺相如说："对呀！天下的诸侯都怕秦王。为了保卫赵国，我就敢当面责备他。怎么我见了廉将军倒反怕了呢。因为我想过，强大的秦国不敢来侵犯赵国，就因为有我和廉将军两人在。要是我们两人不和，秦国知道了，就会趁机来侵犯赵国。就为了这个，我宁愿容让点儿。"

有人把这件事传给廉颇听，廉颇感到十分惭愧。他就裸着上身，背着荆条，跑到蔺相如的家里去请罪。他见了蔺相如说："我是个粗鲁人，见识少，气量窄。哪儿知道您竟这么容让我，我实在没脸来见您。请您责打我吧。"

蔺相如连忙扶起廉颇，说："咱们两个人都是赵国的大臣。将军能体谅我，我已经万分感激了，怎么还来给我赔礼呢。"

两个人都激动得流了眼泪。打这以后，两人就做了知心朋友。

朋友对您说

蔺相如能以大局为重，心胸宽广；廉颇能知错认错，善莫大焉。

准奏，刘穷

明朝有一位叫刘玺的，做了官，只吃青菜，也得了个"青菜刘"的外号，他的另一个外号叫"刘穷"。

后来他管漕运，是个肥差，可穷得依旧，连皇帝都知道了他。

有一天，他写的奏章到了皇帝那里，皇帝一听是刘玺写的，就问："是不是刘穷啊？要是他写的，朕就不看了，准奏。"

朋友对您说

做肥差，穷依然；心淡泊，品自高。

唯一一次占公家便宜

唐朝大历年间，有一位郑馀庆的高官。他当过兵部尚书、太子少傅、太子少师，还封了荥阳郡公，食邑两千户，按理说应该过着奢靡的生活了。可是，他一生清贫节俭。

有个段子说，有次他请客，吩咐厨子："一定要去毛，蒸烂了，脖子别折断啊。"大家一听，饥肠辘辘，觉得不是鸡鸭就是鹅什么的。结果菜端上来，竟然是一盘蒸葫芦。

他死的时候，没钱办丧事，连皇帝都知道了，特意多给了他一个月的俸禄——这就算他唯一一次占公家便宜吧。

朋友对您说

物质清贫，精神清正。

凑钱买棺材

清朝顺治年间的进士李时谦，当过推官，当过两个县的知县，还当过监察御史，不过他以清廉著名。他身体不好，后来病退了。

回家没多少时间，陕西大闹饥荒，朝廷重新起用他，让他去赈灾。按理说，自己得首先吃饱了再说吧？可是他没有，一分便宜都没有占。

终于，他病死在任上。当地的督抚、将军等官员去他府上凭吊，看到院子里满地都是荒草，厨房里的炊具都不全，大家感动得落了泪，凑钱给李时谦买了棺材，送他回江淮老家。

朋友对您说

廉洁的关键在于内在的操守，有正确的价值观。

觉悟了的王士禛

康熙四十六年，济南一带大旱，朝廷官员开始赈灾，让那里所有的乡绅把佃户的名字造册上报，然后按着名字发米。

只有当过刑部尚书、此时已经告老还乡的王士禛拒绝上报。官员们找到他，说这米是朝廷的恩惠，你不能不领。王士禛说："以前朝廷有规矩，遇到饥荒，谁家的佃户谁负责。我现在虽然不当官了，但我遵守以前的规矩。"最后，他也是一粒米没领。

当时的赈灾官员们非常感慨——其实，王士禛家粮食也不多了，存粮的瓶瓶罐罐都见了底儿。

朋友对您说

守规矩才能真正廉洁自律。

陆绩带石过河

三国时，陆绩曾任郁林太守，卸任时乘船离开，由于他为官清廉，家产甚少，所带的行李太轻，结果弄得小船都不能过河，于是他就先找来几块石头压船，才得以过河。

朋友对您说

廉洁心安、平安。

两袖清风

于谦是明朝著名的民族英雄和诗人，他曾先后担任过监察御史、巡抚、兵部尚书等职。于谦作风廉洁，为人耿直。

于谦生活的时代，朝政腐败，贪污成风，贿赂公行。当时各地官僚进京朝见皇帝，都要从本地老百姓那里搜刮许多的土特产品，诸如绢帕、蘑菇、线香等献给皇上和朝中权贵。

明朝正统年间，宦官王振以权谋私，每逢朝会，各地官僚为了讨好他，多献以珠宝白银。可是，巡抚于谦每次进京奏事，总是不带任何礼品。他的同僚劝他说："你虽然不献金宝、攀求权贵，也应该带一些著名的土特产如线香、蘑菇、手帕等物，送点人情呀！"于谦笑着举起两袖风趣地说："带有清风！"

朋友对您说

于谦带着"两袖清风"，真正做到了"要留清白在人间"。

克己奉公

祭遵，字弟孙，东汉初年颍阳人。祭遵从小喜欢读书，知书达理，虽然出身豪门，但生活非常俭朴。

公元24年，祭遵去投奔刘秀，被刘秀收为门下吏。后随军转战河北，当了军中的执法官，负责军营的法令。任职中，他执法严明，不徇私情，为大家所称道。

有一次，刘秀身边的一个小侍从犯了罪，祭遵查明真情后，依法把这小侍从处以死刑。刘秀知道后，十分生气，想祭遵竟敢处罚他身边的人，欲降罪于祭遵。但马上有人来劝谏刘秀说："严明军令，本来就是大王的要求。如今祭遵坚守法令，上下一致做得很对。只有像他这样言行一致，号令三军才有威信啊。"

刘秀听了觉得有理。后来，非但没有治罪于祭遵，还封他为征虏将军，颍阳侯。

祭遵为人廉洁，为官清正，处事谨慎，克己奉公，常受到刘秀的赏赐，但他将这些赏赐都拿出来分给手下的人。他生活十分俭朴，家中也没有多少私人财产，即使在安排后事时，他仍嘱咐手下的人，不许铺张浪费，只要用牛车装载自己的尸体和棺木，拉到洛阳草草下葬就可以了。

祭遵死后多年，刘秀仍对他的克己奉公精神十分怀念。

朋友对您说

克己奉公是廉洁的表现，其事迹让世人永远怀念。

狐狸本不坏

狐狸原来不聪明，也没有坏心眼儿。一天，狐狸遇见了仙女，就请求仙女给它聪明才智。仙女拿出一只仙果给狐狸吃。狐狸吃了仙果，马上就变得聪明起来，大家都夸它机灵能干。

一天，巫婆见到狐狸，说："你光有聪明才智是不够的，如果再有点儿贪婪就更了不起了。"

狐狸自言自语地说："看来这'贪婪'一定也是好东西了。"

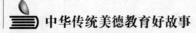

巫婆拿出一粒黑色药丸，让狐狸吞下。狐狸吞下后觉得这药丸不错，忙说："你再给我100粒、1000粒这种药丸！"

巫婆笑着说："这药丸一吃就灵，你刚吃下一粒就变得贪婪起来了。好了，现在你既有才华又有贪婪，是世界上最了不起的动物了。"

从此狐狸有了坏心眼儿。它骗乌鸦嘴里的肉吃，把花公鸡骗出去吃了，又把鸭子咬死了，越来越贪得无厌，大家都恨透了它。仙女知道后感慨地说："如果早知道狐狸要接受贪婪，当初我就不会给它聪明才智了。"

朋友对您说

才智与贪婪结合，只能孕育出罪恶。

让乌龟飞，让兔子追

在第二次龟兔赛跑中，白兔小姐接受了上次的教训，认真对待，跑了个冠军。一时间白兔小姐成了动物王国的名兔，动物王国决定要给白兔小姐拍部纪录片，名字就叫《让兔子飞》，不过所有拍摄费用得自己出。这下可难坏了白兔小姐，哪儿去弄那些钱？老山羊是过来羊，深知其中的猫腻，告诉小白兔，可以去拉赞助商。于是，小白兔开始了凑钱之旅。

小白兔首先找到了老虎，"嘿嘿，借钱可以，你得在片中承认我是你的教练，你所有的成就都是我精心指导的结果。""可是你压根儿一点也没教我呀！"面对老虎的无耻条件，小兔子气呼呼地走了。找到大象，大象慢言慢语："可以，但公映后80%的票房收入归我。"找到乌鸦，乌鸦直言不讳："出资没问题，但你必须做我们乌鸦食品厂的代言人……"找到灰太狼，灰太狼说："凑钱很容易，得帮我弄只小羊当作利息……"

无奈，最后白兔小姐只得硬着头皮去找自己的老对手乌龟。老乌龟一脸的阴险："咋样，尝到当明星的苦头了吧。不过，我可以进行全方位的赞助。""谢谢，真是太谢谢你了。"白兔小姐一脸的惊喜。"不过我是有条件的，当然我这个条件很简单，只不过是稍改一下片名而已……"走投无路的白兔小姐只得答应。

没过多久，白兔小姐的纪录片公映了，题目叫《让乌龟飞，让兔子追》……

朋友对您说

对功利的追逐，如果没有道德的底线和制度的规范，人类社会会变成动物世界。

鱼国国王

有一条非常大的鱼。这条鱼粗暴、骄傲、不讲理，总是欺负小鱼们。

"我是世界第一大鱼，是鱼国国王，小不点让开！让开！"

他大声喊骂着驱散小鱼。因此小鱼总是提心吊胆。

好吃的食物被大鱼独自霸占，使他又胖又壮。相反的，小鱼们时常饿肚子，变得消瘦不堪。

有一天，渔夫撒下网捕鱼，被网进网内的小鱼，纷纷自网眼逃走了。最后只剩下大鱼被抓到。而且就这条大鱼，便把渔网塞得满满的。

"哇！好大的一条鱼啊！"

渔夫欢天喜地地回家了。小鱼们也高兴地跳起舞来。

朋友对您说

贪婪自肥者会自投罗网。

馋嘴老鼠

馋嘴老鼠有了新发现，胡子猫在一个大箱子里藏了很多好吃的。

这个秘密，本来馋嘴鼠是不打算告诉伙伴们的，可是那个箱子的门太重，他打不开。

听说有好吃的，伙伴们当然愿意帮忙。

那个夜晚，他们使出全身的力气，一起拼命拉，终于打开了箱子。

呀！里面全是吃的。老鼠们不客气地钻进去，关上门大吃起来。

"这个火腿是我的！"

"这个面包我要了！"

"这瓶牛奶归我了！"

"这块西瓜谁也别和我抢！"

"我要鱼！"

"我要肉！"

慢慢地，他们感觉越来越冷，没有力气开门了。

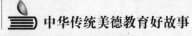
第二天早上，胡子猫看到冰箱里的一串冰冻老鼠棍儿，心里乐开了花。

 **朋友对您说**

> 为什么活生生的馋嘴老鼠在冰箱里变成一串串的冰棍？贪婪、自私。

打草惊蛇

相传在南唐的时候，当涂县的县令叫王鲁。这个县令贪得无厌，财迷心窍，见钱眼开，只要是有钱、有利可图，他就可以不顾是非曲直，黑白颠倒。在他做当涂县令的期间，干了许多贪赃枉法的坏事。

常言说，上梁不正下梁歪。这王鲁属下的那些大小官吏，见上司贪赃枉法，便也一个个明目张胆干坏事，他们变着法子敲诈勒索、贪污受贿，巧立名目搜刮民财，这样的大小贪官竟占了当涂县官吏的十之八九。因此，当涂县的老百姓真是苦不堪言，一个个从心里恨透了这批狗官，总希望能有个机会好好惩治他们，出出心中怨气。

一次，适逢朝廷派员下来巡察地方官员情况，当涂县老百姓一看，机会来了。于是大家联名写了状子，控告县衙里的主簿等人营私舞弊、贪污受贿的种种不法行为。

状子首先递送到了县令王鲁手上。王鲁把状子从头到尾只是粗略看了一遍，这一看不打紧，却把这个王鲁县令吓得心惊肉跳，浑身上下直打哆嗦，直冒冷汗。原来，老百姓在状子中所列举的种种犯罪事实，全都和王鲁自己曾经干过的坏事相类似，而且其中还有许多坏事都和自己有牵连。状子虽是告主簿几个人的，但王鲁觉得就跟告自己一样。他越想越感到事态严重，越想越觉得害怕，如果老百姓再继续控告下去，马上就会控告到自己头上了，这样一来，朝廷知道了实情，查清了自己在当涂县的胡作非为，自己岂不是要大祸临头！

王鲁想着想着，惊恐的心怎么也安静不下来，他不由自主地用颤抖的手拿笔在案卷上写下了他此刻内心的真实感受："汝虽打草，吾已惊蛇。"写罢，他手一松，瘫坐在椅子上，笔也掉到地上去了。

 朋友对您说

> 上梁不正下梁歪。干坏事的人一般是做贼心虚，即使真正的惩罚还未到来之前，只要有一点什么声响，也会闻风丧胆。

水滴石穿

宋朝时，张乘崖在崇阳当县令。当时，常有军卒欺侮将帅、小吏等侵犯长官的事。张乘崖认为这是一种反常的事，下决心要整治这种现象。

一天，他在衙门四周巡行。忽然，他看见一个小吏从府库中慌慌张张地走出来。张乘崖喝住小吏，发现他头巾下藏着一文钱。那个小吏支吾了半天，才承认是从府军中偷来的。张乘崖把那个小吏带回大堂，下令拷打。那小吏不服气："一文钱算得了什么！你也只能打我，不能杀我！"张乘崖大怒，判道："一日一钱，千日千钱，绳锯木断，水滴石穿。"为了惩罚这种行为，张乘崖当堂斩了这个小吏。

朋友对您说

小错不改，将会酿成大错。

不贪为宝

鲁襄公十五年，宋国有个人得到一块宝玉，将它献给子罕，子罕不接受。

宋人说："我把它给玉工鉴定，玉工认为它是宝物，所以我敢献给您。"

子罕说："我以不贪为宝，而你以玉为宝。你把宝给了我，当然丧失了宝；但我收下了你的玉，也就丧失了不贪这个宝。这样，双方都丧失了宝。不如各守其宝。"

宋人见子罕坚辞不收，只得实言相告道："小民若是留下宝玉，会不得安宁，所以特地到都城来献给您。"

于是，子罕命一位玉工对这块宝玉进行了雕琢，送到市场上卖掉，把卖玉的钱交给宋人，然后派人护送他回家。

朋友对您说

不贪为宝，不贪可贵。不贪的人心安、平安。

鸣 谢

我们以感恩的心态编写《教育好故事》丛书，编著的过程是一个品读的过程、学习的过程、反思的过程和感恩的过程。

感恩故事原作者智慧的启迪。

感恩八十八岁高龄的智慧老人容老热情的题词和语重心长的序言。

感恩编著老师辛勤地选择、认真地点评和细致地校对。

编著者